JN262917

ハヤカワ・ミステリ

ED McBAIN

ラスト・ダンス

THE LAST DANCE

エド・マクベイン

山本　博訳

TOKYO HAYAKAWA BOOKS

A HAYAKAWA
POCKET MYSTERY BOOK

日本語版翻訳権独占
早　川　書　房
© 2000 Hayakawa Publishing, Inc.

THE LAST DANCE
by
ED McBAIN
Copyright © 2000 by
HUI CORPORATION
Translated by
HIROSHI YAMAMOTO
First published 2000 in Japan by
HAYAKAWA PUBLISHING, INC.
This book is published in Japan by
arrangement with
HUI CORPORATION
c/o CURTIS BROWN GROUP LTD.
through THE ENGLISH AGENCY (JAPAN) LTD.

本書もまた
わが妻ドラギカ・ディミトリエイチ－ハンターに。

この小説に現われる都市は架空のものである。
登場人物も場所もすべて虚構である。
ただし、警察活動は実際の捜査方法に基づいている。

ラスト・ダンス

装幀　勝呂　忠

登場人物

スティーヴ・キャレラ
マイヤー・マイヤー
アーサー・ブラウン
……………………87分署の二級刑事

アンディ・パーカー
バート・クリング
……………………同署の三級刑事

モノハン
モンロー
……………………市警の殺人課刑事

オリー・ウィークス……………………88分署の一級刑事
ロバート・キーティング……………………弁護士
シンシア・キーティング……………………ロバートの妻
アンドルー・ヘンリー・ヘール……………シンシアの父親
ガブリエル・フォスター……………………牧師
アルシーア・クリアリー……………………ホステス
ノーマン・ズィマー……………………《ジェニーの部屋》プロデューサー
コニー・リンドストローム…………………同共同製作者
ローランド・チャップ……………………同監督
ランディ・フリン……………………作曲家

フェリシア・カー
アヴラム・ザリム
ジェラルド・パーマー
……………………同初演スタッフの孫

ベティ・ヤング……………………会社員
ロレイン・リドック……………………大学生
ダニー・ギンプ……………………情報屋
ウォルター・ホップウェル…………………ギンプの友人
シャーリン・クック……………………市警の医師
ネリー・ブランド……………………地方検事補

1

「心臓が悪かったんです」女が、キャレラにいった。

　死んだ男の眼球に小さな血が点々と見られるのは、そのせいかもしれない。急性右心不全の場合、そうした出血がよく見られる。ところが、毛布の端から突き出ている足が灰青色をしているとなると、話は別だ。

「この数日間、具合があまり良くないといってたんです」その女はいった。「医者に行くように何度もいったんですけど、わかった、行くよ、行くよ、心配するなというばかりで……おわかりいただけるでしょう？　で、今朝様子を見に寄ってみたら、こんな姿になって。ベッドで死んでいたんです」

「それで、警察に電話をくださったんですね」マイヤーが頷きながらいった。

　今朝は、麻薬のおとり捜査に出かけるつもりだったから、ブルージーンズにスウェットシャツを着て、リーボックをはいていた。ところが、キャレラと一緒にここへ来て、どうも嘘をついているとしかみえない女にさぐりを入れる成り行きになった。無骨で禿げ男のマイヤーは、青い目を大きく開き、いかにも驚いたふりをして質問している。手榴弾なんかどこにも隠していないようにだ。

「ええ」彼女はいった。「警察に電話しました。なにをおいてもそうしたんです」

「亡くなっていられるのはすぐわかった、そうですな？」

「まあ……そうです。死んでいるのはわかりました」

「脈をみるとか、そうしたことは何かなさらなかったんですか？」キャレラがきいた。

　以前より均整がとれ、身体が引き締まってきた――四十歳の誕生日を迎えて、意識して六ポンドほど痩せたのだ――今朝は、紺色のズボンにグレーのコーデュロイ・ジャケット、格子縞のスポーツシャツ、それに紺のニット・タイを合わせている。十時少し過ぎまで、この事件は予想もしなかった。本当は、十時十五分には刑事部屋で空き巣の被害者の話を聞くことになっていたのだ。ところが、ここに来ることになった。女の話を聞きながら、キャレラもこの女が嘘をついているのに気がついていた。

「ええ」彼女はいった。「いいえ、しませんでした。あの、脈はみませんでしたが、息をしているかもと思って、身体の上にかがみこんでみましたから。でも、死んでいるのはわかりました。つまり……どうぞ、ご覧になってください」

死んだ男は仰向けに寝ていて、毛布を掛けられていた。目と口をあけ、舌が突き出ている。キャレラはふたたび男を眺めた。かすかな悲しみと苦痛を示す表情が、一瞬、ナイフのように彼の目に突き刺さった。こうした瞬間、キャレラは無力感に襲われる。いつも思うのだが、おれはもともとこうした死と向き合わなければならない仕事には向いていないんだ。

「それで、あなたは警察に電話された」マイヤーがふたたびいった。

「ええ。電話に出た人に話をしました」

「電話は九一一にしましたか？　それとも直接分署に？」

「九一一ですわ。分署の電話番号なんか知りません。この辺に住んでいるわけではありませんから」

「交換手に、アパートに来てみたら父が死んでいたとおっしゃった。そうですね？」

「ええ」

「何時でしたか、お嬢さん？」

「今朝の十時少し過ぎです。どちらでも気にしませんが、私はミセスです」謝っているみたいな言い方だった。

キャレラは腕時計を見た。十一時二十分前。検視官は何をしているんだ？　検視官が被害者の死亡を宣言するまでは、何ひとつ手をつけられない。死体の他の部分も見たかった。脚の方も足先と同じ状態かどうか確かめたかった。

「ミセス・ロバート・キーティングです」女はいった。「シンシア・キーティングといった方がよろしいかしら」

「お父様のお名前は？」マイヤーがきいた。

「アンドルー。アンドルー・ヘールです」

マイヤーにこの調子で続けてもらった方がいいだろう、とキャレラは思った。マイヤーもキャレラと同じことに気がついていた。二人とも、首をつった死体の特徴はよく知っていた。この死体の状況は、首つりに非常に似ている。しかし、首にひもも巻かないで、しかもベッドに仰向けに寝たまま首をつろうというのはできない相談だ。

「お父様は何歳でしたか？」

「六十八でした」

「心臓が悪かったということですね？」

「八年間に二度発作を起こしました」

「ひどい発作でしたか？」

「ええ、それはひどくて」

「バイパスの手術をしたんですか？」

「いいえ。血管形成術を二度ほど。でも、病状はとても悪かったのです。そのたびに、もう少しで死ぬところでした」

「その後も、そんな具合にずっと悪かったんですか？」

「そうですね……そんなことはありません」

「心臓が悪かったとおっしゃいましたが」

「八年間に、二度ばかりひどい心臓発作をおこしました。ですから、心臓が悪かったといったんです。でも、日常生活では何も制限されていませんでした」

「おはよう」寝室のドアから声がした。刑事たちは一瞬、立っているのがカール・ブレイニーかポール・ブレイニーかわからなかった。カール・ブレイニーとポール・ブレイニーが双子だということを知ってる者はあまりいない。ほとんどの刑事たちは、電話とか死体置場で話をするとき、そのどちらかだけを相手にしているから、検視局に同じ苗字の人間が二人いるというのは単なる偶然だと思っていた。警察業務の中で偶然というものは無視できない要素なのだ。これは現場に生きている警官なら、誰でも気がついている。

ブレイニーは、二人とも五フィート九インチ。体重はポールが百八十ポンド、カールが百六十五ポンドだ。カールの髪の毛はまだ衰えを見せていないが、ポールの方は後ろの方が少し禿げかかっている。ポールもカールもスミレ色の目をしているが、どちらも別にエリザベス・テーラーの親類というわけではない。

「カールだ」戸口の男はそういって、刑事たちの疑念をただちに消し去ってくれた。軽いトップコートをはおり、格子縞のマフラーをゆったりと首に巻き付けている。そのコートとマフラーを取ると、ドアを入ったところに置いてある背もたれのまっすぐな椅子の上に投げかけた。

「あなたは？」彼がシンシアにきいた。

「娘です」彼女が答えた。

「お気の毒です」心からそう思っているような言い方だった。「すぐ、お父様を調べさせていただきたいのですが」彼はいった。「外に出ていただけませんでしょうか？」

「ええ、わかりました」彼女はそういって、ドアの方に歩いていき、立ち止まってきいた。「夫を呼びましょうか？」

「それはいい考えですね」キャレラがいった。

「職場はすぐそばなんです」彼女は誰にともなくそういうと、キッチンに入っていった。壁に掛かっている電話のダイヤルを回している音が聞こえた。

「どんな様子かね」ブレイニーがきいた。

「窒息だ」とキャレラ。

ブレイニーは、まっすぐベッドのところへ行って、唇にキスでもするかのように死んだ男の上にかがみこんでいた。彼は、一目で、目に気がついた。「これを見て窒息死といったんだね？」彼がきいた。「溢血点を」

「そうなんだ」

「溢血点があるからといって、窒息死の絶対的証拠とはいえないぞ」ブレイニーはきっぱりといった。「刑事さんよ、その点はおまえさんたちもご存じのはずだ。ところで、彼が発見されたときもこんなふうだったのかね？　こんな具合に仰向けに？」

「娘さんの話ではね」

「偶然、窒息してしまったとは考えられないだろう？」

「そうなんだ」

「彼女を信じられない理由でもあるのかね？」

「血の斑点がある。それに、足が青い」

「えっ？　足も青いのか？」それをきくと、ブレイニーはすぐベッドの足元を見た。「首をつって死んだ、そう考えているんだろう？」

「ところが、娘の方は、父親が心臓病を患っていたといってる」キャレラがいった。「心臓マヒだったのかもしれない。ほんとのことはまだわからんだろう？」

「誰か知ってる者でもいるかね？」ブレイニーは、死んだ男の足にきいた。

「さて、ほかに何かわかりそうなものがあるかどうか見ようじゃないか」そういって、毛布をめくった。

死んだ男は、白いシャツの襟元を開け、グレーのフランネルのズボンに黒のベルトを締めていた。靴下と靴ははいてない。

「服を着たままベッドに入ったというわけだ」ブレイニーがそっけなくいった。

「裸足だ」キャレラがいった。

ブレイニーはぶつぶついいながら、シャツのボタンをはずし、死んだ男の胸に聴診器を滑り込ませた。鼓動が聞けると思っていないから、聞けなくても別に驚きもしなかった。次に、着ているものを脱がし――縞のボクサーショーツをはいていた――すぐに死体の脚と前腕と手が暗青色になっているのに気がついた。「もし首をつったんなら」彼はキャレラにいった。「そうだと決めつけているわけじゃないがね。ただ、もしそうなら、立った姿勢だったことになる。そして、もしその後でこのベッドに運ばれたとしたら、もちろんそうだときめているわけじゃないが、死んでからしばらくしてからだ。そうでなければ、死斑は四肢では薄くなって、背中と尻に移っているはずだ。よく見てみよう」そういって、彼は死んだ男を横向きにした。背中は青白く、尻は満月のように白かった。「ない」彼はふたたび死体を仰向きにした。ペニスがむくんで膨張している。

「死斑は」ブレイニーが説明した。「組織液が沈降したものだ」死体のパンツに乾いたシミがあった。「おそらく精液だろう」とブレイニーがいった。「どういう理由かはわかってないのだが、窒息の場合、精液の放出がよく見られる。性行為とはまったく関係がない。精嚢の死後硬直によって起こるんだ」彼はキャレラを見た。キャレラはただ頷いた。「ロープによる擦り傷はない」ブレイニーが首を調べながらいった。「輪縄の痕もない、皮膚をひねったり締め付けたりした際にできる水疱もない。これはロープの結び目が原因でできたのかもしれない」そういって、顎の下の小さな痣をさした。「輪縄の類は見つかったかね？」

「まだ本格的な捜索はしてないんだ」キャレラがいった。

「まあ、確かに首つりのように見える」ブレイニーがいった。「だが、誰にそんなことがわかるっていうんだ？」

「まったく、誰がわかるっていうんだ？」見なれている漫才でもやるように、キャレラが繰り返した。

「おれがおまえさんだったら、あの娘からもう少し話をきいてみるな」ブレイニーがいった。「さて、あとは解剖にまわそう。それまでは、おまえさんのものだ。彼は死んでるよ」

死体とブレイニーと両方が行ってから、十分ほどで移動科研班がやって来た。キャレラは、繊維を特に注意して探せといった。主任技手は、繊維はいつも注意を払って探しているが、特に注意して、というのはどういうことかときいた。キャレラは、マイヤーがシンシア・キーティングと話をしている部屋の向こう側に目を向けた。主任技手は、なぜ特に注意して繊維を探す必要があるのかよくわからなかった。しかし、それ以上キャレラに質問しなかった。

雨が降り始めていた。

市では、十月十五日になったら暖房を入れるように法律で義務づけている――キャレラは、その日が偉人の誕生日なんだろうと考えていたが、そんなことは誰にもいわなかった。すでに二十九日だったが、多くのビルがまだぐずぐずしていて市の条例をまもろうとしなかった。雨が降って外の気温が下がったので、アパートの中は肌寒かった。冷たい外から入ってきたばかりの技手たちは、コートを着たままだった。キャレラはコートをはおり、マイヤーが死んだ男の娘とのんびりおしゃべりしている方へ、ぶらぶらと歩いていった。二人とも、彼女が死体を発見したといってる場所で本当に発見したのか知りたかった。が、まだその質問はしない。

「……それとも、ちょっと寄ってみただけだったんですか？」

「私が来ることは知ってました」

「何時頃ということは？」

「いいえ。ただ午前中に行くといっただけですから」

「しかし、あなたがここに来たとき、お父様はまだベッドに寝ていらしたんですね」

重要な質問なんだ。

「そうなんです」

彼女の方には、なんのためらいもない。

「服を着たまま？」キャレラがきいた。

彼女は彼の方を向いた。一瞬、彼女の目に、意地悪なお巡りね、というきらめきが光った。この頃はいまいましいテレビ番組が多いから、だれにも警官の手口がわかってしまっている。

「ええ。でも、靴と靴下ははいてませんでしたわ」

「お父様はいつも服を着て寝ていたのですか」キャレラはきいた。

「そんなことありません。きっと一度起きてから……」

「それで？」マイヤーがいった。

彼女は振り返って彼を見た。この人は親切なお巡りさんかしら？　でもまだよくわからないわ。

「また、ベッドにもどったんです」彼女は説明した。

「なるほど」マイヤーはそういうと、靴と靴下以外の服をそっくり着たままでベッドで寝ていることについて、かくも完璧かつ論理的に論証された説明に納得してやらなければいけないな、という顔をして、キャレラのほうを見た。

「たぶん、何かが起きそうだと感じたんですわ」シンシアがさらにいった。

「何かが起きそう？」促すように、マイヤーがいった。

「ええ。心臓発作。発作が起きそうなときはわかるでしょ」

「なるほど。それで、横になろうとしてベッドに入ったと考えられたわけですね」

「そうなんです」

「救急車なんか呼ばないで」キャレラがいった。「ただ、寝ていようとしていた」

「ええ。そうすれば、発作も起きないと思ったんでしょうね。心臓発作のことですけど」

「靴と靴下は脱いで寝たわけですね」

「ええ」

「ここにいらっしゃったとき、鍵はかかっていましたか?」キャレラがきいた。

「鍵は持っています」

「ということは、鍵がかかっていたんですか?」

「そうです」

「ノックはしました?」

「ノックしましたけど、返事がなかったので、中に入りましたわ」

「そうしたら、お父様がベッドにいた」

「ええ」

「靴と靴下は、今あるところにあったんですか?」

「ええ」

「床の上に? 安楽椅子のそばの?」

「ええ」

「それで、あなたは警察に電話をなさった」マイヤーがいった。三度目だ。

「そうです」シンシアはそういって、彼を見た。

「何か犯罪でも起きたと思われたんですか?」キャレラがきいた。

「いいえ、そんなこと思ってもいません」

「でも、警察に電話をされたんでしょう」マイヤーがいった。

「そんなことがなぜ重要なんですの?」何で自分が追いつめられているのかに気がついて、いきなり嚙みついた。親切だったお巡りさんが、突然意地悪なお巡りにかわってしまった。

「この人は、ただおたずねしているだけですよ」キャレラがいった。

「違うわ、この人は、ただおたずねしているだけじゃないわ。何か大事なことがあると考えているのよ。私が電話したこと知っているくせに、何度も何度も、警察に電話したんですね、警察に電話したんですねって、きくんですから。何かをねらっているのでないなら、あなたがたがここにいるはずはないでしょう」

「われわれには、しなければならない質問があるんですよ」キャレラが静かにいった。

「でも、どうしてその質問ばかり？」

「自然に死んだ人を見つけた場合、警察に電話する必要がないと思う人もいるんですよ」

「じゃあどこに電話するんですか？　必ず？」

「親戚とか、友人。弁護士ってこともありますよ。なにも警察にかぎらないと、私の相棒はただそういってるだけです」キャレラは穏やかにいった。

「じゃあ、どうしてそういわないんです？」シンシアが鋭くいった。「警察に電話したかって、そればっかりきいているじゃないですか」

「すみません、奥さん」マイヤーが、いかにもすまなそうにいった。「警察に電話するのがおかしいだなんて、ほのめかそうとしてるんじゃないんです」

「でも、ここにいらっしゃるお仲間は、あなたのように考えていないようだわ」シンシアはわけがわからなくなってそういった。「夫とか、お友だちとか、司祭さまとか、ともかく警察以外の人に電話すべきだったと考えているんですわ。お二人とも、どういうことなの？」

「われわれとしては、単にあらゆる可能性について調べなければならないだけです」キャレラは、彼女が嘘をついていると確信を深めながらいった。「拝見したかぎりでは、お父様はベッドの中で亡くなられた、おそらく心臓発作か、何か他の原因で。もっとも、それが何かは今のところわかりませんな。解剖の結果が……」

「父は、以前に二度も心臓発作を起こした老人です」シンシアはいった。「何が原因だったとおっしゃりたいのですか？」

「わかりません」キャレラはいった。「奥さんはおわかりですか？」

シンシアは彼の目をじっと見据えた。

「夫は弁護士ですのよ。ご承知でしょう」彼女はいった。

「お母様はまだご存命ですか?」マイヤーが、彼女のいったことと暗黙の脅しを、はぐらかすようにいった。

「夫は、今こちらに向かってるところです」彼女はマイヤーの方に振り向きもせず、キャレラをじっと見据えたままいった。自分の目の光で溶かしてしまおうとするかのように。グリーン、彼は気がついた。グリーンの目のレーザー光線なんか浴びたら、いとも簡単にとけてしまう。

「生きていらっしゃるんですか?」マイヤーがきいた。

「ええ」シンシアがいった。「でも離婚してますわ」

「あなたの他にお子さんは?」

彼女はもう少しのあいだキャレラを睨みつけてから、マイヤーの方に振り向いた。いくらか落ちついたようだ。

「私だけです」彼女はいった。

「離婚されてからどのくらいになります?」マイヤーがきいた。

「五年です」

「最近のご様子は?」

「なんのことです?」

「お父様のことですよ。一緒に暮らされている人がいらっしゃったんでしょうか?」

「知りません」

「誰かつきあっている人は?」

「父のプライベートなことは、私には関係ありません」

「お父様とはよくお会いになっていられましたか、ミセス・キーティング?」

「一カ月に一度ぐらいかしら」

「最近、心臓のことで、こぼしたりしていられませんでしたか?」

「私は聞いてません。でも、年寄りがどんなふうかはご存じでしょう。自分自身の面倒さえもみられないんですから」

「誰にもこぼしていられなかったんですかね?」マイヤーがきいた。

「私の知ってるかぎりでは」

「じゃあ、どうして心臓発作で死んだと思ったのですか?」キャレラがきいた。

シンシアはまずキャレラを見た。それからマイヤーを見、またキャレラを見た。

「あなたがた二人ともきらいよ」彼女はそういうと、キッチンに入って窓際に一人たたずんだ。

キャレラの視線が、そばをうろついていた科研技手のひとりを捕らえた。キャレラは頷くと、彼の方に歩いていった。

「ブルーのカシミアのベルトです」彼はいった。「ブルーのカシミアの繊維が、あそこのドアのフックにかかってました。どう思います?」

「ベルトはどこだ?」

「そこの椅子のそばです」そういって、ドレッサーのそばにおいてある安楽椅子を示した。青のバスローブが、椅子の背に投げかけてある。バスローブのベルトは、死んだ男の靴と靴下と一緒に床の上に並んでいた。

「フックは?」

「浴室のドアの裏側です」

キャレラは部屋を見わたした。浴室のドアが開いていて、ドアの上部にクロムめっきをしたフックが、ネジでとめてあった。

「バスローブには、ベルト通しがあります」技手がいった。「ベルトだけが床に転がってるのはおかしいです」

「ベルトなんてものはしょっちゅう落ちてしまうもんだがな」キャレラがいった。

「確かにそうです。しかしですね、首つりでもしたらしい男がベッドで寝ているというのも、そうざらにあることじゃあないですよ」

「あのフックは頑丈かね?」

「頑丈でなくてもいいんです」技手がいった。「首つりというのは、脳に行く血流を止めさえすればいいんですから。頭ぶんの重さがあれば十分です。われわれは、首つりに耐える重さは、平均して十ポンドもあれば十分だと考えています。額縁をかけるフックで、十分用が足ります」

「刑事の試験を受けるべきだな」キャレラはそういって、

にこっとした。

「それはどうも。でも、もう二級刑事になってます」技手はいった。「ここで重要なのは、首をつるために、老人の首にベルトがまわされ、フックにかけられたかもしれないということです。繊維が一致すればですがね」

「もっとも、老人があのフックにバスローブをかける習慣がなかったということでないとね」

「自然死だったということを証明できる理由を探していられるんですか、百個もの理由を？　それとも、殺人だったかもしれないっていう理由の方ですか？」

「誰が殺人だなんていった？」

「おっと、すみません。私はただその方をお探しだと思いこんでいたものですから」

「自然死に見せかけた自殺という線はどうかね？」

「そりゃあ面白いですね」

「検査結果はいつ出るのかな？」

「今日の午後遅くでしょう」

「電話するよ」


「名刺をどうぞ」技手がいった。

「刑事さんですか」男の声がした。

キャレラがキッチンのドアの方に振り向くと、がっしりとした男が立っていた。黒いベルベットの襟がついた濃いグレーのコートを着ている。コートの肩は雨に濡れ、顔は外の寒さで真っ赤になっていた。鼻の下に小さな髭をたくわえ、ふっくらした頰と非常に濃い茶色の目をしていた。

「ロバート・キーティングです」そういって、キャレラの方に歩いてきたが、手は差し出さなかった。妻が、すぐ後ろに立っている。彼がアパートに来てから、二人が話し合ったのは確かだ。妻の顔には、夫が刑事にパンチのひとつもくらわしてくれたらいいのにと書いてあった。もちろん、キャレラはそんなことはごめんだ。

「妻に、いろいろうるさいことをおっしゃったそうですな」キーティングがいった。

「それはどうも気がつきませんで」キャレラがいった。

「そんなことがあれば、ただではすまされないといいにきたんですがね」

キャレラは、あなたの奥さんこそ、ここにやってきて、お父さんが浴室のドアで首をつっているのを発見し、お父さんを降ろしてベッドに運んだなんてことをしていたら、ただごとではすまないぞと考えていた。そんなことがなければいいんだが。

「もしも誤解がありましたなら、お詫びします」彼はいった。

「誤解などあってはならんのです」キーティングがいった。

「もう、そんなことはないでしょう」キャレラがいった。

「われわれの考えをこの際はっきりさせておきましょう。もし、あなたのお義父さんが心臓発作で亡くなったのなら、午前のうちに埋葬していただいても結構です。もう二度とお会いすることはないでしょう。しかし、もし他の理由で亡くなったのなら、われわれとしてはその理由を探さなければなりません。ということは、しばらくのあいだはわれわれにおつきあいいただかなければならないのです。おわかりいただけますか?」

「ここは犯行現場です」技手がいった。「立ち退《の》いていただきます」

「今、なんていいました?」キーティングがいった。

　その日の午後四時半、キャレラはダウンタウンの科研に電話し、二級刑事のアンソニー・モレノに取りついでほしいと頼んだ。電話に出たモレノは、浴室のドアのフックからとれた繊維は、バスローブの青いカシミアのベルトからとった繊維とぴったり一致するといった。

　それから十分もしないうちに、カール・ブレイニーが電話してきた。アンドルー・ヘンリー・ヘールの死体を解剖した結果、窒息死の死体現象と合致するというものだった。

　キャレラはふと、シンシア・キーティングに警察まで出頭するように伝えたら、夫は付き添ってくるだろうかと思った。

　ロバート・キーティングは民間企業の顧問弁護士だが、警察は犯罪を行なったと信ずるに足る理由がないかぎり、妻を署に引きずっていったりしないということは知りぬいていた。彼は刑事事件専門の友人に頼み、今、その友人なる者がやってきて、自分の依頼人はいったいここで何をしているのか教えてほしいといっていた。もちろん、ミセス・キーティングが警察から呼び出しを受け、夫だけに付き添われて任意出頭してきたということは知らされていた。

トッド・アレクサンダーは、肉付きのいい、小柄なブロンドの男で、チェックのベストとグレーのフランネルのズボンの上に紺のジャケットを着ていた。薄汚れた刑事部屋にいるよりかヨットの試合に参加した方が似合いそうだった。しかし彼の態度は、何百人ものむこうみずな警官のいいかげんな容疑を数え切れないほど扱ってきた男のものだった。今、刑事部屋にいることも、ここに来なければならなかった状況についてもまったく動じていなかった。

「これはいったいどういうことなんですか」彼は詰め寄った。「二十五語以内でいってもらいましょう」

キャレラはまばたきすらしなかった。

「アンドルー・ヘールは、窒息により死亡したとする検視報告書がある」彼はいった。「これで二十五語以内ですかな?」

「十二語だ」マイヤーがいった。「しかし、そんなことどうでもいいじゃないか」

「証拠によれば、ヘール氏のカシミアのバスローブのベルトが結んで首に巻かれ」キャレラがいった。「自殺か他殺か、とにかく首つりができるような状態で浴室のドアのフックからぶらさがったようですな」

「それが、私の依頼人とどういう関係があるんです?」

「あなたの依頼人は、お父様がベッドで亡くなられたとお考えになっておられるようですな」

「あなたは、刑事さんにそういったのですか?」

「私は父を、ベッドの中で見つけた、といったんです」

「亡くなっておられたのですか?」

「ええ」シンシアはいった。

「ミセス・キーティングに、彼女の権利について知らせましたか?」アレクサンダーがきいた。

「まだ質問ひとつしてませんよ」キャレラはいった。

「しかし、今、彼女から聞いたんですが……」

「それは現場でのことですよ」

「じゃあ、彼女がここに来てからまだ話をしてないと？」

「あなたが見える三分前に着いたばかりですから」

「何か容疑を受けているとか？」

「いいえ」

「じゃあ、なぜ彼女はここにいるんです？」

「いくつか質問したいことがあるもので」

「それでは、彼女の権利を読んでやってください」

「もちろんです」

「そんなに驚いたような声を出さないでください、刑事さん。彼女は拘束され、あなたは殺人なんて言葉を口走っているんですから。彼女の権利を聞かせてやってください。その後で、質問に答えるか決めますから」

「もちろんです」キャレラはふたたびそういうと、被疑者の権利をそらんじ始めた。「ミランダ対エスコベドの事件に対する合衆国最高裁判所の決定に基づき」彼はそう唱えると、彼女には黙秘する権利があると教え、彼の述べていることを理解できたか尋ねた。ついで、弁護士と相談する権利があると教えたが、この点は彼女はすでにやっていた。また、弁護士がいなければ、弁護士をつけることも可能だと伝えたが、この条項は今の場合、あてはまらない。さらに、弁護士の立ち会いのあるなしにかかわらず、尋問に答えようと決心しても、いつでも取りやめることができるといった。おわかりですか？　そして最後に、今、質問に答える意思があるかきいた。彼女は答えた。「隠すものなんかありません」

「ということは、イエスですね？」キャレラがきいた。

「ええ、何でもお答えします」

「検視報告書とやらはどこにあるんです？」アレクサンダーがきいた。

「そこの私の机の上です」

アレクサンダーは報告書を取り上げると、ざっと目を通し……

「サインは誰のものですかね？」彼がきいた。

「カール・ブレイニー」

……急に興味を失ったように、机の上に投げ返した。

「ブレイニーさんとは直接話をしたんですか？」彼がきいた。

「ええ、しました」

「報告書にないことを何かいってましたか？」

「首に巻き付けたベルトがやわらかくて幅広だったから、締めた痕跡は皮膚にかすかに残っている程度だった、とだけいっていました。ただ、顎の下には典型的な擦過傷ができていたと」

「わかりました。では、質問をどうぞ」アレクサンダーがいった。「ここで一日つぶすわけにはいきませんからな」

「ミセス・キーティング」キャレラがいった。「今朝何時にお父様のアパートに着きましたか？」

「十時過ぎです」

「今朝の十時七分に警察に電話をかけましたか？」

「時間はそれほど正確にはわかりません」

「これで思い出せますかね？」キャレラはそういって、コンピューターからのプリントアウトを渡そうとした。

「見せてもらえますかな？」アレクサンダーがキャレラの手からそれを取り上げた。今度も、おざなりに見るだけで、すぐシンシアに渡してきいた。「この電話をかけましたか？」

「ちょっと見せてくださいません？」彼女はいった。

彼女は黙って読み、それからいった。

「ええ、かけました」

「時間はあってますか？」キャレラがきいた。

「ここにその時間がリストアップされているんですから、その時間に電話したんだと思いますわ」

「十時七分ですね？」

「ええ」

「交換手に、今父のアパートに来てみたら、ベッドで父が死んでいたといいましたか？」

「ええ、そうです」

「交換手にすぐ誰かをよこすように頼みましたか？」

「ええ」

「これはアダム・ツーの受信記録です」キャレラがいった。

「到着時刻は……」

「アダム・ツーとは？」アレクサンダーがきいた。

「この分署のパトカーで、今日は朝八時から午後四時までアダム地区をパトロールしてます。ミスター・ヘールのアパートはアダム地区にあるんです。この記録によると、パトカーは午前十時十五分に現場に着いたことになってます。こちらの方は、私が書いた捜査報告書ですが、われわれの到着時刻は十時三十一分です。われわれというのは私と相棒のことです。マイヤー刑事と私ですがね」

「そんなことで何を証明しようとしてるんですかね、刑事さん？」

「別に何も。ただ事態の経過をいっただけですよ」

「結構ですな」アレクサンダーがいった。「ミセス・キーティングが九一一に電話してから二十四分もしないうちに、四人もの警察官が現場に来てたわけですな！　立派なものです！　しかし、質問を再開する前に、何をねらっているのかお伺いしてもよろしいですかな？」

「ミセス・キーティングに、九一一に電話をする前に、何をしたか教えていただきたい」

「もうお話ししたではありませんか。アパートに入り、ベッドの中で父親が死んでいるのを見つけ、すぐに警察に電話したと。それが、この人のしたことです、刑事さん」

「私はそうは考えていません」

「では、何をしていたといいたいんです？」

「それはわかりません。しかし、この方が電話をかけるまで、四十分近くもアパートにいたことはわかってます」

「なるほど。で、どうしてそれがわかったんです？」

「管理人が、九時三十分に彼女が入ってくるのを目撃しているんです」

「本当ですか、シンシア？」

「いえ、そんなことありません」

「そういうことのようです。それでは、尋問は終わりにしていただいて、もっと生産的なことに精を出していただきましょう。キャレラ刑事、マイヤー刑事、どうもありがとうございい……」

「廊下の向こうにいます」キャレラがいった。「警部の部屋です。ここに呼んできましょうか？」

「誰のことです？」

「管理人ですよ。ミスター・ザブリスキ。彼は九時半だったと記憶しています。毎朝その時間にゴミ容器を出すんです。九時四十五分にゴミ収集車が来ますから」

一瞬部屋は静まり返った。

「あなたがその管理人をおさえているならば……」アレクサンダーがいった。

「ええ、おさえてます」

「そして、彼が、ミセス・キーティングがあの建物に入るのを見ていたなら……」

「彼はそういってます」

「あなたは、その時刻からこの人が電話をかけた十時七分までのあいだに、あのアパートで何が起こったと思っているんですか？」

「それは」キャレラはいった。「この方ご自身が浴室のドアのフックにお父上をつるしたのではないならば――」

「グッバイ、ミスター・キャレラ」アレクサンダーはそういって、乱暴に立ち上がった。「シンシア」彼はいった。「帰っていいんだよ。ボブ」今度は彼女の夫にいった。「おれを呼んでくれてよかったよ。ミスター・キャレラは殺人事件にしようとしてるんだ」

「公務執行妨害っていうのはどうです――捜査当局に嘘をついた」キャレラがいった。

「何ですって？」

「あるいは、証拠隠滅でもいいです」

「ええっ？」

「あるいはその両方。私が何を考えているかお知りになりたいでしょう、ミスター・アレクサンダー？　私の考えでは、ミセス・キーティングはお父上がフックで首をつっているのを発見した……」

「帰ろう、シンシア」

「……それから、お父上を降ろして、ベッドまで運んだ。私は、この方が……」

「時間切れだ」アレクサンダーは快活にいった。「では、刑事……」

「彼の首からベルトをはずし、靴と靴下を脱がし、毛布をかけたと思いますね。その後で警察を呼んだ」

「何の目的で？」

「この方ご自身におききになってください、さあどうぞ。私にわかってることは、公務執行妨害は刑法百九十五条五項の違反だということです。証拠の隠滅は二百十五条四十項の違反です。妨害は軽罪のAにすぎません、しかし……」

「どっちの罪状についても証拠がないでしょう！」アレクサンダーがいった。

「死体が動かされたのははっきりしてます」キャレラがいった。「それが証拠の隠滅になります！　四年間、刑務所でお暮らしいただくことになるかもしれません！」

シンシア・キーティングが突然わっと泣き出した。

彼女の話によると……

「シンシア、私の忠告を聞いてほしいんだが」彼女の弁護士は何度も話に割り込んできた。しかし、誰でもその気になれば——遅かれ早かれ——しゃべってしまうように、彼女もしゃべった。

「何があったかっていいますと」彼女が話しはじめ、今や三人の刑事が彼女の話に耳を傾けていた。事件担当のキャレラとマイヤー以外に、突然話が面白くなってきたことを知ったバーンズ警部が、自分の部屋から取調室に入ってきたのだ。バーンズは、茶色のスーツに小麦色のボタンダウンのシャツを着て、濃い茶色のネクタイをきれいなウインザー結びに締めていた。きちんとした服装をしていても、彼にはたった今まで沼沢地で泥炭を拾っていたがさつなアイルランド人のような印象がある。髪型のせいかもしれない。窓ひとつないこの部屋にはそよ風すらないはずなのに、グレーの髪が風に吹かれたように乱れている。目は物騒な青色だ。男であれ女であれ、法律をもてあそぶやつは、バーンズには我慢できないのだ。

「父の様子を見に寄ってみたんです」シンシアがいった。

「実際、この頃あまり具合が良くなくって、心配だったものですから。前の晩に話をしたんです……」

「何時でしたか？」キャレラがきいた。

「九時頃だったと思います」

刑事たちは三人とも、昨晩の九時にはまだ彼は生きていたんだと考えた。彼の身に何が起こったとしても、それは夜の九時以降に起きたんだ。

父親のアパートは、彼女が住んでいる川向こうのカームズ・ポイントから地下鉄で四十分のところにあった。夫はいつも七時半に仕事に出かける。川を見下ろすアパートで一緒に朝食をとるのが習慣になっている。夫が出ていくと、自分だけの一日を過ごす準備をする。子どもはいなかった。仕事もしていなかった。おそらく、今まで一度も真剣に就職のための訓練を受けたことはなかったし、三十七歳にもなって実のある仕事は何もできないからだろう。それに――

――こんなことは今まで誰にも話す気にならなかった。でも今は、狭苦しい取調室の中で話し出したのだ。テーブルの片側では、三人の刑事が無表情に耳を傾けている。反対側では、夫と弁護士がやはり冷たい顔をして座っている。なぜ、今、この懺悔室で、この男たちに、こんなことを認めてしまうのか、彼女自身よくわからなかった。しかし、彼女は何のためらいもなく話した。今まで自分のことをとりたてて頭のいい娘だと思ったことはありません、どこから見ても平凡な娘（娘という言葉を使った）。あまり美人でもないし、利口でもないわ。ただの、そうですね……シンシアという娘。そういうと肩をすぼめた。

シンシアは有閑マダムというほどではなかったが、買い物に行ったり、ギャラリーや美術館に行ったり、午後の映画を見たりして、ただ意味もなく一日中忙しくしていた。そうして、いつも夫が出かける朝の七時半から帰宅する夜の七時半までの時間をつぶしていたのだ。「彼は会社の顧問弁護士をしてますの」そういえば、夫の勤務時間が十二時間だということを理解してもらえるような話し方だった。実は、父親のところに行く機会ができて感謝していたのだ。何かをする仕事ができたのだから。

でも本当は、父と一緒にいてもあまり楽しくなかったんです。彼女は、長年にわたって多くの取り調べが行なわれ、その最中にタバコの焦げ跡がついてしまった細長いテーブルの周りに中立の立場で座っている五人の即席陪審員に向かって、そう告白した。ずっといつまでも告白を続けたいようだった。証拠の隠滅とか公務執行妨害についてはまだ一言もしゃべってなかったが、それ以外の自分がしたり感じたりしたことはすべて話したいようにみえた。キャレラはふと、彼女には話し相手が誰もいなかったのではないかと思った。生まれて初めて、シンシア・キーティングに、話を聞いてくれる人ができたのだ。そしてこの人たちは彼女の話に熱心に耳を傾けている。

「本当に退屈な人です」彼女は語った。「父のことですわ。若い頃から退屈な人でした。でも年をとった今では、もっと退屈になってます。昔は看護士でした。そんなの男の仕事なのかしら？　退職してから話すことといったら、〝病院〟で働いてたころの患者のことばかり。どの病院だったかも覚えてないと思いますわ。ただ〝病院〟ですの。〝病院〟で、あんなことやこんなことがあったというんです。そんな話ばかり……」

刑事たちは、彼女がまだ父親のことを現在形で話しているのに気がついた。しかし、これはよくあることで、特に問題にしなかった。彼らは忍耐強く、証拠の隠滅や公務執行妨害の話がでるのを待った。そのためにこうしているのだから。あのアパートで、昨晩の九時から彼女が九一一に電話した今朝の十時七分までに何があったのか、それを知りたいのだ。

彼女は今日の天気にふさわしく、GAPの緑のツイードのスカートと、タートルネックのセーターを着ていた。それにローヒールのウォーキング・シューズとスカートに合わせたストッキング。彼女は歩くのが好きなのだ。天気予報によれば今日は雨が降ることになっていた……

実際、彼女が話し続けているあいだ、雨が降っていた。しかし、窓のないこの部屋にいる人たちは、誰も外で何が起きていようが、知りもしなければ気にもかけなかった……

……それで彼女は折り畳み傘をトートバッグの中に入れ、肩に掛けた。地下鉄の駅は彼女のアパートから遠くない。九時二十分前頃に地下鉄に乗り、川を越え、四十分後には市についた。父親のアパートまではほんの少し歩けばいい。九時半頃にアパートの建物に入った。そういえば、管理人がゴミ容器を外にだしていた。父親は三階に住んでいた。この建物にはエレベーターはついてない。彼にはそんな贅沢はできないのだ。〝病院〟にいたときはすばらしい日々を送れたが、退職したときにはほとんど何の蓄えもできていなかった。彼女が階段をのぼっていくと、廊下にただよって来る料理のにおいで吐き気がした。三階の踊り場で立ちどまって、一息入れるとアパート3Aまで歩いていってドアをノックした。返事がなかった。彼女は腕時計を見た。九時三十五分。もう一度ノックしてみた。

父にはしょっちゅういらいらさせられる。ひどいときにはほんとに腹が立つ。父は今朝彼女が来ることを知っていたはず。昨日の晩、今日来ることをいっておいたんだから。それを忘れるなんてことがあるかしら？　朝食を食べにどこかに行ったのかしら？　それともシャワーでも浴びている？　彼女はアパートの鍵は持っていた。この前心臓発作を起こした後に、父がくれたのだ。あのとき父は、独りぼっちで死ぬかもしれない、そして何日間も誰にも気づかれずに腐ってしまうかもしれない、そう思ってほんとにこわかったのだ。彼女は鍵を使うことがめったになかったからどんな鍵だったかさえ覚えていなかった。ともかく細かなものがごちゃごちゃ入っているハンドバッグの中を探した。やっと小さな黒い革の財布の中にあるのが見つかった。そこには貸金庫の鍵も入っていた。これも突然心臓発作を起こしたときの保険だ。

シンシアは鍵を差し込んで回した。静まり返った朝の廊下で――ほとんどの住人はすでに仕事に出かけたあとだったが、廊下の先のどこかの部屋では女がむかむかするほど嫌なにおいの料理をしていた――錠前の鍵が落ちるカチッというかすかな音がした。ノブを回し、ドアを押し開けた。鍵を引き抜くと、もとの黒い革の財布にもどし、アパートに入った……

「お父さん？」

……そしてドアを閉めた。

返事がない。

「お父さん？」彼女はもう一度呼んだ。

部屋は物音ひとつしなかった。

それは奇妙な静けさだった。一時的に留守にしたアパートで、すぐに誰かが帰ってくるのを待っているような期待に満ちた静けさではなかった。畏敬の念を起こさせるほどの静寂、永遠を証明する厳かな沈黙だった。この静寂があまりにも完璧で、あまりにも絶対的だったので、すぐに恐れと、なぜか興奮を呼び覚まされた。何か恐ろしいものが待ちかまえている。この部屋にはぞっとするものがある。沈黙は、おぞましい何かに出会う合図のようだった。彼女の皮膚にちくちく刺すようなふるえがきた。彼女は、部屋に背を向け、帰ろうとした。すぐにでもそこから出ていこうとした。

「あのとき、帰ってしまえばよかったんだわ」彼女はいった。

父親は、浴室のドアの内側に首をつってぶら下がっていた。ドアは寝室に向かって開いていたから、彼女が部屋に入って最初に目にしたのが、首をつった人の姿だった。彼女は叫ばなかった。ただ後ずさって、壁にぶつかった。ふたたび部屋に背を向け、帰ろうとした。現に、いったん寝室から脚を踏み出し、廊下に出た。しかし、そこにぶらさがっていた無言の人影が彼女を呼び戻した。彼女はふたたび寝室にもどると、部屋を横切って浴室のドアの内側にぶらさがっている人影の方に進んでいった。一歩ずつ。一歩踏み出すごとに立ち止まって息を整え、勇気を奮い起こした。そこにぶら下がっている男を見上げては、また次の一歩を踏み出すために見下ろし、少しずつ前進する足元を見つめ、ドアとそこにぶら下がっているグロテスクな人影にじりじりと近づいていった。

首の回りに何か青いものが巻き付いていた。頭が片方にかしいでいた。まるで眠ったために頭がその方向に垂れたかのようだった。フックはドアの上部に取り付けてあった。それから、青いものが――スカーフ？　それともネクタイかしら？――フックに結んであり、そのために父親の爪先が一インチかそこら床から離れていた。彼女は、父親が裸足で、足が青く、しかも、首に巻き付いている布よりももっと黒っぽく紫がかった青色になっているのに気がついた。手も青かった。打たれたときの青あざに似た、同じ黒っぽく紫がかった青色が、哀願しているかのように開いた手のひらや指や甲いっぱいに広がっていた。彼は白のシャツとグレーのフランネルのズボンをはいていた。舌が口から突き出ていた。黒に近い色をしていた。

そこにぶら下がっている父親の身体に近寄った。顔をじっと見上げた。

「お父さん?」信じられずにいった。もしかしたら父親がもっと舌を突き出し、からかうような声をもらし、にやっと笑うかもしれない。何か、ともかく、父がふざけているんだとわからせてくれるような何かをしてくれるかもしれない。彼女が子どもの頃、よくそうやって一緒にあそんでくれたのだ。父はまだ若くて……退屈なこともなく……死んではなかった。でも、死んだのだ。もう動かない。死んでしまった。現実に、ほんとうに、死んでしまった。二度と彼女に向かってにやりとすることもない。彼女は父の大きく見開いた目をじっと見つめた。彼女と同じようにグリーンだが、小さな血の点々が散らばっている目だ。彼女自身の目はつぶってしまいそうなほど細くなり、顔はゆがんだ。苦痛のためではなかった。苦痛はいっさい感じなかった。誰かを失ったとか誰かに棄てられたとかいう感じさえなかった。ただ、あまりにも長い年月、この男を知らないままでいた。ただ、恐怖とショック、そして怒り、説明のしようのない怒りを感じた。突如訪れた強烈な怒り。どうしてこんなことしたの? どうして誰か呼ばなかったの? くそっ、いったいどうしたっていうの?

「今までこんな言葉使ったことありませんでしたわ」彼女の話に耳を傾けている五人の男にそういった。部屋はふたたび静かになった。

そうだ、警察だわ、と彼女は思った。警察に電話しなければ。男が首をつっています、いえ、父が首をつっています、と警察に通報しなければ。彼女は部屋を見わたした。電話。電話はどこ? ベッドのそばにあるはずだわ、心臓が悪かったのだから。いつも電話は——

彼女は電話を見つけた。ベッドの脇ではなく、部屋の向こう側のドレッサーの上だ。プラグの差し込み口をもうひとつ取り付けてもらうのにいくらかかるとでもいうの？　頭の中では、今やらなければならないこと、思いがけずやるはめになってしまったことが渦をまいていた。まず、夫に電話しなければならないだろう。「ボブ、お父さんが死んでしまったの」葬式の準備をしなければならない。柩を買い、友だちみんなに連絡しなければ、ああ、でもお父さんの友だちって誰かしら？　そうだ、お母さん。お母さんに電話しなければ、もう離婚して五年たっているけれど。お母さんはきっというわ。「よかった、嬉しいわ」って。けど、まず警察だわ。自殺のときに警察に通報しなければならないってことは知っている。もしお父さんがフックで首をつって舌を突き出していたら、警察に電話しなければならないと、どこかで読んだか見たかしたのだ。突然彼女はヒステリックに笑いだした。手で口を覆い、子どものように上目づかいに見た。それから、目を大きく見開いて聞き耳をたてた。誰かがやってきて、彼女が死体と一緒にいるのを見つけてしまうかもしれない。

少しのあいだじっとしていた。胸の鼓動が早鐘のように打っている。それから、電話機まで歩いていった。九一一に電話しようとしたちょうどそのとき、何かが彼女の心の中で起こった。それまで考えてもみなかったことが自然に心の中に浮かんできたのだ。彼女は思い出した。小さな黒い革の財布に入っている貸金庫の鍵。そして、その貸金庫の中には、高校の陸上競技で取った銀メダルなどと一緒に保険証券が入っているといった父親の言葉を思い出した。父親は、たいした額ではないが、おまえとボブが受取人だよ、だからそこに入っていることを忘れるなよ、とそういったのだ。さらに、彼女はどこかで聞いたか、読んだかしたこと、あるいはテレビか映画のどこかで見たことを思い出した——どこも情報だらけなのだ——ともかく、どこかで聞いたことがある。もし誰かが自殺したら、保険会社はその人の生命保険を支払わないと。

彼女はそれが本当かどうか知らなかった。しかし、もし本当だとしたら？　それに、父親がいくら掛けていたかも知らなかった。たぶんそんなに多くはないだろう。だいたい、父はたいした金など持ったためしはなかったんだから。しかし、仮に、その証券が十万ドルだとしたら、あるいは五万ドルとか二万ドルとか一万ドルでもいい、そんなことはどうでもいい。でも、父が何かにひどく悩んで――お父さん、いったい何をそんなに悩んでいたの？――自殺してしまったという理由だけで、何年ものあいだ払い続けてきた保険料を保険会社が取りあげてしまうとしたら？　それが公平だとは思えなかった。絶対そう思えなかった。

しかし……

もし……

ほんとにもしもの話だが……

もしも父が心臓発作か何かでベッドの中で死んだとしたら？　もしも死亡診断書を書く人が、父の死はベッドの中の自然死だと認めてくれたら？　もしもそうなれば、保険会社とは何のトラブルも起きず、彼女とボブは、いくらであろうと、保険金を受け取ることができるだろう。彼女は少しのあいだ考えた。驚くほど冷静だった。アパートの静けさにも、父親が命を失ってじっとそこにぶら下がっているのにも慣れてきたのだ。腕時計を見た。十時十五分前。アパートに来てからたった十分かそこら？　そんなに短い時間？　永遠のように思えたのに。

彼女は遺体を降ろしてベッドに運ばなければと考えた。

ふたたび遺体に近づいた。命を失った緑の目をのぞき込み、顔の毛穴や、細かな血の点々や醜く突き出た舌をじっと観察しながら、さわれるように勇気を奮い起こそうとした。そして、吐いたりもらしたりしないで、こんなに死の近くに立っていられるのだから、きっとさわり、動かすことができるだろうと考えた。

首に巻きつけてある布はバスローブのベルトのように見えた。父親がその端を結んで輪をつくり、頭からかぶって首にまいたのがわかった。ベルトをフックにかけるとき、スツールか何かを使ったのはあきらかだ。そしてスツールを蹴飛ばして首をつった。だけど、スツールはどこ？　それとも何か別のものを使ったのかしら？　ああ、そんなことを考えている暇はない。どんなふうにやったにしろ、やったのは事実だ。遺体を降ろしてベッドに運ばなければ、彼女と夫は保険金を取り損ねてしまう。肝心なのはそのことだった。

彼女は、そのわずかな時間、そんなことをすれば保険金詐欺になりかねないということをまったく考えなかった。ほんの一瞬でも法律を犯しているとは思わなかった。ただ、過失を訂正してやるつもりだった。つまり、自殺をすれば保険がおりなくなるかもしれないということに気がつかなかった、父親の愚かさを正してやるつもりだったのだ。もっとも彼女が聞いてたことが本当ならばの話だが。でも本当だと思いこんでいた。本当でなければそんな話を聞くはずがないでしょう?

さあ、やってしまおう、と彼女は思った。

父に初めてさわったとき、冷たい感触に、思わず吐き気をおぼえた——腕の下に片方の肩をつっこみ、あいている手でフックのベルトを外したときに、父の顔が彼女の顔にくっついたのだ。彼女は自分の肉体がびくつくのを感じ、その瞬間思わず父を落としそうになった。しかし、死の舞踏のようにぴったりくっついたまま、父をベッドまで引きずっていき、その上に投げ出した。まず背中と尻がベッドに落ち、脚と足は床に引きずっていた。彼女は嫌悪のあまり後ずさった。はーはーと息を切らした。思ったより重かったのだ。ベルトが青い幅広のネックレスのように首にまかれたままで、グロテスクな青い手足とつりあっていた。片手を頭の下に入れると、ふたたび肉体の湿った冷たさを感じたが、頭を持ち上げてベルトを引き抜いた。結び目をほどき、部屋の向こう側の安楽椅子のところまで持っていった。そこにはそのベルトと合う青いバスローブが掛けられていた。しばらく考えてバスローブにベルトを通しておかなければならないことに気がついた。しかし、実際にやってみると、手がぶるぶるふるえ、ベルトを通す気力をなくしてしまった。しかたなく、靴と靴下のそばの床の上に落としておいた。

ふたたび腕時計を見た。

十時になるところだった。

どこかの教会で時刻を告げる鐘が鳴り始めた。

その鐘の音が、心を揺り動かすような、しかしはっきりしない想い出を呼び覚ました。遙か昔の日曜日のこと？ピクニックの支度？花柄の遊び着を着た小さな女の子？彼女は鐘の音を聞きながら立っていた。泣きたくなるような音だった。彼女は物音ひとつしないアパートで根が生えたようにたたずんでいる。教会の鐘が遠くで鳴っている。とうとう鐘が止んだ。彼女は大きなため息をつくと、ふたたびベッドに目を向けた。

父親はベッドに斜めに寝かされていた。投げ出されたまま仰向けで、脚は膝で曲がり床に垂れていた。彼女は近づいて脚を持ち上げ、身体を回して正しい位置に持っていった。頭は枕に乗り、足はベッドのすその止め板にもう少しで届くところだった。身体の下になっていた毛布をひきぬいてベッドのすそに寄せた。服を着たままベッドで寝ているのはおかしいと思われるのはわかっていた。どうせやるなら、毛布を胸にかける前に服も脱がした方がいいこともわかっていた。しかし、生まれてから一度も父親の裸を見たことがなかった。ましてや、服を脱がすと思っただけで——冷たく青くしぼんでしまった裸の死体を見なければならないと思って——その恐ろしさにぞっとし、思わず一歩後ずさってしまった。そんな行為を考えることすらやめたいように首を振った。恐い、と思った。恐怖だ。彼女は毛布をかけた。顔以外はすべて隠れるように顎のちょうど下までかけた。

それから電話のところに行って、九一一に電話し、交換手に今父親がベッドの中で死んでいるのを発見したから、誰かをよこしてくれと静かに頼んだ。

「あの子はショックを受けたんです」アレクサンダーがいった。「自分のやってることがわかってなかったんです」

「たった今、保険金詐欺を計画していた話をしましたよ」キャレラがいった。

「いや、そんなことはいわなかった。証券に何が書いてあるかも知らないんだ。本当に証券に自殺除外条項があったのですかね？　そんなこと誰が知ってるっていうんです？彼女が知っていたのは、父親の貸金庫に保険証券が入っているということだけです。だから、どうして彼女が保険金詐欺を計画していたなんていえるんです？」

「おやおや、それはですね」キャレラがいった。「自殺を自然死のように見せかけようとしたら……」

「彼女は、世間に父親が自殺したなんて思われたくなかったんです」アレクサンダーが口をはさんだ。

「嘘だ」バーンズ警部がいった。

婦警の一人が、シンシア・キーティングを廊下の先のトイレに連れていき、三人の刑事はまだ取調室の細長いテーブルに座っていた。アレクサンダーは三人の向かい側に立ち、陪審員に向かっているかのように弁論を展開していた。刑事たちはといえば、ポーカーでもしているように見えた。たぶんしていたのだ。ゲームは、キャレラが有利に進めていた。彼こそキーティング夫人を尋問して、少なくとも二件の犯罪と、もしかして第三の犯罪、保険金詐欺未遂も自白するようにしむけたのだ。彼は十二時間近くもぶっとうしに働いてちょっと疲れて見えた。マイヤーは隣りに座って、スペードのロイヤル・ストレート・フラッシュでも持ってるみたいに、自信たっぷりの表情を浮かべていた。女は彼らの知りたいことを全部話したのだ。アレクサンダーはやりたいなら好きなだけ策を弄したらいい。しかし、うまくはいかないだろう。マイヤーにはわかっていた。これほどのカードを持っていたら、警部はこの三件すべてについて彼女を容疑者リストに載せようというだろう。

「あなたがたは、本当にあの子を刑務所に送りたいんですか？」アレクサンダーがきいた。

なかなかいい質問だ。

本当にそう思っているのだろうか？

あるいは、彼女は保険金詐欺を考え、後で保険金を請求できるように、ある種の犯罪行為を犯していたかもしれない。しかし、実際に保険金請求の手続きをするまでは、詐欺を働いたことにはならない、そうだろう？　とすると、彼女のやったことは、実際に社会にとってひどく害のあるものだったろうか？　本当に彼女を、赤ん坊を切り刻んだり下水溝に棄ててしまった女たちがいる刑務所に送り込んでいいのだろうか？　カームズ・ポイントのきちんとしたところの主婦を、酒屋のオーナーやガソリンスタンドの店員を殺した筋金入りの女囚たちにセックスを強要されるような所へ本当に送っていいのだろうか？　われわれは本当にそんなことを望んでいるのだろうか？

なかなかいい質問だ。

しかし、それは、カール・ブレイニーがその晩八時三十分に電話してくるまでの話だった。彼は、アンドルー・ヘンリー・ヘールの解剖が全部すんで、今帰宅するところだといった。キャレラが解剖の結果を聞きたいかもしれないと思ったのだ。

「いつもの毛髪薬毒物分析をやっていたんだ」ブレイニーがいった。「毛髪サンプルを洗滌し、乾燥し、有機溶媒抽出をした。抽出物を分光計に注入し、その結果を判定対照用の資料サンプルと比較した」

「何がわかったんだ？」

「カンナビス製剤だ」

「英語でいってくれ、先生」

「マリファナだよ。アパートにあったかい？」

「いや」

「髪の毛が教えてくれたのはそれだけじゃないんだ」

「他に何か？」

「ロヒプノール」

「ロ、ヒ、ノール？」

「R−O−H−Y−P−N−O−Lだ」ブレイニーがいった。「フルニトラゼパムという薬のブランド名だ」

「聞いたことがないな」

「この市ではあまり見かけないんだ。救急病院の世話になることもないし、死ぬこともない。穏和安定剤の一種のベンゾジアゼピンといって、南部や南西部ではけっこう知られてる。若いやつらが、アルコールや他の薬と一緒に使ってるんだ」

「窒息死っていったんじゃなかったか」

「そうなんだ。まあ、我慢して聞いてくれ。毛髪の分析結果を見て、もう一度血液を調べたんだ。今度はフルニトラゼパムとその第七アミノ基の代謝産物にしぼった。結局、その原薬であるフルニトラゼパムが少量発見されただけだった——命にかかわるほどの量ではない。しかし、少なくとも二ミリグラムは絶対に摂取したといえるんだ」

「ということは？」

彼には意識がなかったということだ。自分では首をつれなかったということだ。おまえさんは殺人事件を扱うことになったのさ」

というわけで、新たな局面を迎えることになった。

2

アンドルー・ヘンリー・ヘールの死体が、カリー・ストリートと十二丁目の角のアパートのベッドで発見された翌日、十月三十日、土曜日の朝は、雨が情け容赦もなく降っていた。キャレラとマイヤーは分署から裏の駐車場に向かって走りだしたが、数歩も行かないうちに身体の芯までずぶぬれになってしまった。雨は車の屋根にも激しくたたきつけていた。キャレラが運転席側のドアのロックになんとかキーを差し込もうと手探りしているあいだ、雨は彼の頭を突き刺し、目を叩きつぶし、コートの肩をびしょぬれにし、髪の毛を額にはりつけた。マイヤーは助手席側で、大きな身体をまるめ、目を細め、無慈悲な雨に溺れながら辛抱強く立っていた。

「いいから思う存分ゆっくりやってくれ」マイヤーがそう

勧めた。

キャレラはやっとのことでキーを差し込み、回して開けると急いで乗り込み、助手席の向こうまで腕を伸ばして、マイヤーのためにドアのロックをはずした。マイヤーは「ふーっ」といってドアを閉めた。

二人の男は、騒々しい音をたてている繭に閉じこめられたかのように、しばらく息もしないで座っていた。フロントガラスも脇の窓も、雨と一緒に溶けてしまったみたいだった。彼らの後ろには、分署の明かりが黄色くぼーっと光り、安心感と暖かさを見せていた。ふだんの分署の建物ならめったに感じない慰めだった。マイヤーは体重を移して、ズボンの後ろポケットからハンカチを取り出し、顔と禿げた頭のてっぺんを拭いた。キャレラは、ドアのポケットからダンキン・ドーナッツのペーパー・ナプキンを数枚取って、びしょぬれの髪をぬぐおうとした。「こりゃひどい」そういって、もっとナプキンを取った。

みんながあざけり半分に呼んでいる〝社用車〟のフロントシートは、厚手のオーバーコートを着た二人の男が座ると、身動きがとれなかった。二人はよく一緒に組んで当番に当たるが、その組み合わせはいつも同じとはかぎらない。当番表以上に緊急性と偶然性という特殊事情によって支配されるので、電話が鳴ったときに誰が刑事部屋にいたかによって決まる。二人は昨日の朝、一緒にヘール事件をつかんだ。この事件は、逮捕までこぎつけるか、あるいは、未解決事件として片づけられるまではこの二人が担当することになる。

キャレラが車を発進させた。

マイヤーがラジオのスイッチを入れた。

警察の指令を伝える絶え間ない声が、打ちつける雨の中で引っかくような音を立てていた。しばらく時間がかかったものの、ポンコツのヒーターがどうやら車の中に暖かい空気を送り込み、そのカタカタいう音が、ドラムのように律動的な雨の音、通信指令係の単調な声、そして黒いアスファルトの路面をこするタイヤのシューッシューッという音に重なり合った。勤務中の警察官は、常に片耳をそばだて、通信指令係が自分たちの車を呼んでないか注意する。

特に、警察官がやられたことを告げる緊急シグナルには気をつける。その場合、近くにいる車はすべて駆けつけることになっている。そういうわけで、二人は、片耳を傾けながら、雨が降り、いつ止まるかもわからないヒーターの温風が顔や足に吹きつけているあいだ、今月のキャレラのバースデー・パーティとか——四十歳になってからはあまり嬉しくない話題だが——マイヤーのことが好きでもないくせに、危険な仕事をしているからという口実で、もっと生命保険をかけさせようとしている義弟とマイヤーとのあいだのトラブルなど、とりとめのない話をしていた。

「おれたちの仕事は危険だと思うかい?」彼がきいた。

「危険ではないよ」キャレラがいった。「しかし、運しだいだな」

「彼が戦闘保険とかいってるのを買うほどのことはないだろう?」

「ああ、ないと思うよ」

「先週、ビデオを借りたんだがね」マイヤーがいった。

「ロビン・ウィリアムズが死んじまって、天国に行くんだ。今まで見た映画で、最悪だったね」

「誰かが死んじまって天国に行くだなんて映画は絶対に見ないな」キャレラがいった。

「《夢》というような題がついている映画なんかは、絶対見るもんじゃない」マイヤーがいった。「サラは、死んじまった映画スターがそこらへんをうろついているのに、生きている人間には見えないっていうような映画が好きなんだ。おまえさん、そんなの聞いたことがないだろう?」マイヤーがいった。

「ああ、ないな」キャレラはそういって微笑んだ。長いあいだ一緒に働いていると、相手の気持ちが読めるようになってくるもんだと考えていた。

「おまえさんの子どもはまだティーンエージャーになっていなかったね」マイヤーがいった。「ロフィーズって聞いたことがあるかね? ルーフィーズでもいいや。ロープは? アール・ツーっていうのは? どれも子どもたちがヤクに使ってる名前さ」

「初耳だ」キャレラがいった。

「昔は一ミリグラムと二ミリグラムの錠剤があったが」マイヤーが説明した。「ホフマン＝ラ・ロッシュは――製造会社の名前だ――最近二ミリグラム錠剤をドイツの小売り市場に出すのを止めてしまった。でも、ここではまだ手に入る。そうだ、別の呼び方もある、ラ・ロッシュだ。ローチなんていうのもある。ブレイニーはあのお年寄りがどのくらい飲んだといってたかい？」

「少なくみても二ミリグラム」

「三十分で気を失ってしまっただろう。バリウムより十倍も強いらしい。味も臭いもない。ほんとに聞いたことないのか？」

「一度も」キャレラがいった。

「デート・レイプ・ドラッグとも呼ばれてるんだ」マイヤーがいった。「最初にテキサスで広まったとき、ガキどもはヘロインの効果を高めたり、コカインの効果が急激にさがるのを抑えたりするのに使ったんだ。その後、あるカウボーイが女の子のビールに二ミリグラムの錠剤を入れると、六本入りのパックを全部飲んだのと同じ効果があるのを発見したんだ。十分か二十分後には、彼女は何の苦痛も感じなくなっている。抑制がきかなくなり、意識を失う。翌朝目を覚ましたときには、何も覚えていないんだ」

「まるでSFだな」キャレラがいった。

「白い小さな錠剤で」マイヤーが続けた。「飲み物に溶かしても、鼻から吸ってもいい。ラッフィーズと呼ばれることもある。それ以外に、フォーゲット・ピルとかルーフノル、リブとも呼んでいるな。一錠、三、四ドルぐらいだ」

「ご教示、感謝するね」

男たちはアンドルー・ヘールの銀行へ行くところだった。

彼の貸金庫の開扉を許可する裁判所の令状を携えていた。シンシア・キーティングの告白によると、金庫の中には、父親の生命保険証券が入っている。彼女の夫の話では、彼の法律事務所が父親の遺言書を預かっていた。遺言により、老人の財産はすべて娘とその夫に残された――もっとも、その額たるやたいしたものではなかった。アパートで見つけた預金通帳の残高は、二千四百七十六ドル十二セントだった。また、老人は三〇年代、四〇年代にさかのぼるSP

盤のコレクションも持っていた。どれもが稀少品ではない。ベニー・グッドマン、ハリー・ジェイムズ、グレン・ミラーといったあの当時のスイングのヒット曲ばかりだ。何度も聞いたから、盤面にはひっかき傷がつき、溝は擦りへっていた。アパートには、本も何冊かあったが、ほとんどは読み古したペーパーバックだった。八枚セットの銀の皿は高価とは思えなかった。

もちろん、ぼろぼろの財布に入った一枚の五ドル紙幣すら、しばしば殺人を引き起こす市では、こうした身の回り品でも殺人の動機になり得ただろう。しかし、それもキーティング夫妻のような裕福な人間にはあてはまらない。それに、この事件は、どこかの馬鹿が通りで人を無差別に撃ったというような、いつでも起きるありふれた事件ではなかった。誰かがわざわざ最初に老人に薬をもり、それから首をつるという面倒なことをやったのだ。そんなことをやったからには、それだけの見返りがあったはずだ。

キャレラは銀行の前の駐車禁止帯に車を止め、警察車であることを示すピンクの紙が見えるように日よけを降ろした。巡回中の警官は、普通これを見れば、それだけで行ってしまう。キャレラは車から出ると銀行の正面玄関に向かって雨の中をダッシュした。マイヤーもその後を跳ねるようにかけていった。

裁判所の令状によって、死んだ男の貸金庫が開けられた。言われたとおり、アンドルー・ヘールの娘と娘婿を唯一の受取人とする二万五千ドルの保険証券があった。証券には確かに自殺除外条項があった。

一条五項　自殺

もし被保険者が保険証券発行の日から一年以内に自殺により死亡した場合、当社による支払額は、それまでに支払われた保険料の範囲内とする。

しかし、証券は十年近くも前に発行されていた。

木曜日の晩が、問題の晩だった。

シンシア・キーティングによれば、その晩の九時に父親と話をし、翌朝の九時半頃に彼が首をつっているのを発見したことになっている。電話会社に照会すると、確かに前の晩の九時七分に父親の電話番号に電話し、二分間しゃべっている。だからといって、彼女がそのあとで地下鉄に乗って川を渡り、木々に囲まれた街に入って、父親のアパートまで階段をのぼり、ワインかビールかボトルの水に二、三錠落とした上で、フックにかけて首をしめる……そういったことができなかったということにはならない。

ところが——

シンシアは、父親に電話した後、自分のアパートから一ブロック先にある映画館で女友だちのジョシーに会い、九時十五分頃始まって十一時四十五分頃終わった映画を一緒に見て、その後、〈ウエストモア〉という小さなスナック・バーでお茶とスコーンを食べたと断言した。帰宅したのは十二時半頃で、翌朝の九時二十分前まではアパートを一歩も出なかった。それから地下鉄で川を渡り、父親のアパートまで歩いていったけど、かわいそうにお父さんは浴室で首をつってました。すごく悲しかったわ。彼女が見た映画は回顧上映されていた黒澤作品のひとつで、タイトルは《天国と地獄》だった。安っぽいミステリものを書いているアメリカ人作家の小説からとったものだ。映画館への電話で、映画のタイトルと上映時間に間違いないことが確認された。友人のジョシー・ガリターノは、電話で、彼女がシンシアと一緒に映画に行き、その後でお茶とチョコレートのスコーンを食べたと証言した。シンシアの夫は、予想どおりポーカーをやって一時頃帰宅したら、妻はベッドで眠っていて、その夜はずっとアパートにいたと証言した。

ポーカーゲームにはキーティングの他に六人の男が参加していた。キーティングは、ゲームは八時に始まり、夜中の十二時十五分頃終わったと断言した。六人の男は、キーティングがそのあいだずっと一緒だったと証言した。彼の妻も、予想どおり彼が一時頃帰宅して、その後はずっとアパートにいたと証言した。

刑事たちには、この二人の重要容疑者には鉄壁のアリバイがあり、アンドルー・ヘールの飲み物にロヒプノールを入れ、彼を浴室のフックにひっかけたやつは誰であろうと、まだどこかでのうのうとしているように思えた。

日曜日の朝ヘールの葬式で、司祭がヘールに会ったこともないのに、彼は実に正直で立派な人物だったと、たった一人の遺族に語っているのを聞かされた。シンシア・キーティングと夫のロバートは、涙も見せずに聞いていた。ヘールの質素な木製の柩に最初の土がかけられたとき、まだ雨が降っていた。

まるで、彼がこの世に存在したことがないかのようだった。

その日曜の晩、キャレラは自宅からダニー・ギンプに電話した。

「ダニーか？」彼はいった。「スティーヴだ」

「やあ、スティーヴ」ダニーがいった。「何かわかったかね？」

これは冗談だ。ダニー・ギンプは情報屋だ。彼が——キャレラではない——情報を集めて流す方なのだ。金のために。男たちは社交辞令は省略した。キャレラはすぐ用件に入った。

「アンドルー・ヘールという老人が……」

「何歳だい？」ダニーがきいた。

「六十八だ」

「古代人だな」ダニーがいった。

「木曜日の晩、殺された」

「どこで？」

「カリー・ヤードをちょっと行ったところのアパートでだ」

「何時？」

「検視官は真夜中あたりだろうといってる。しかし、検視が正確かどうかはわかってるだろう」

「どうやって殺されたんだ？」

「首つりだ。しかし、その前にロヒプノールという薬を飲まされている。聞いたことあるかい？」

「もちろん」

「持っているのか？」

「もちろん」ダニーがいった。

「とにかく」キャレラがいった。「彼に死んでほしいと思っていた連中、二人だが、やつらには一マイルものアリバイがある。おれたちは、その二人が首つりの輪っかをうまく作ったやつを知っているんだろうと思っている」

「ふふーん」

「彼は弁護士で……」

「死んだ男がかい？」

「いや、容疑者の一人だ」

「刑事弁護士か？」

「いや。しかし、刑事弁護士を知っている」

「だからといって、殺し屋を知ってることにはならない」

「そこんところに何かひっかかりがあるかもしれない」

「わかった」

「あちこちほじくりだしてくれ、ダニー。二万五千ドルの保険金がからんでいる」

「たいした金額じゃないぜ」

「それはわかっている。しかし、殺すには十分な額かもしれない」

「ああ、それじゃあ、何があったのか、ひとつあたってみるか」

「連絡してくれ、いいな？」

「もし何かわかったらな」

「わからなくてもだ」

「了解」ダニーはそういうと、電話をきった。

彼がやっとキャレラに連絡してきたのは次の日曜日、十一月七日の夜だった。その頃には、事件はにっちもさっちも行かなくなっていた。

ダニーは自分で指定したカルヴァー・アヴェニューと六丁目の角のピザ店に、足をひきずりながら入ってきた。雨風を防ぐために擦り切れたコートの襟をたて、大学生がよく着る長い縞のマフラーを首に巻き、ウールの手袋をしていた。彼は、核兵器の秘密を握ったスパイのように店の中をじっと見まわした。キャレラが合図すると、ダニーは顔をしかめた。

「そんなことをするなよ」ダニーはボックス席に身体をすべりこませながらいった。「人目のあるところで会うだけでもやばいのに」

キャレラはダニーがたまに苛つくことがあっても大目に見た。警察官になって初めて撃たれたときに、ダニーが病院まで見舞いにきてくれたことをけっして忘れていない。それは、ダニーにとってなんでもないことではなかったはずだ。警察の情報屋だということがいったんばれてしまうと、長くはやっていられないからだ。ダニーは店の中をすばやく見まわし、おかしなやつがいないか確かめた。この場所は自分で選んだものだが、どうも落ちつけないようだ。おそらく、月曜日の朝九時なのに、思いがけず大勢の客がいたからだろう。朝食にピザを食べるなんて馬鹿なやつがいるのかね？　しかし、彼自身が警察に出向くわけにはいかなかった。かといって、キャレラにサウスサイドにある自分の汚い小さな部屋に来てほしくはなかった。本当をいうと、恥ずかしかったのだ。いい暮らしをしていたこともあったというのに。

彼は、キャレラが今まで見たこともないほど痩せていた。目は涙でしょぼしょぼし、鼻水をたらしていた。テーブルの上のホルダーからひっきりなしに紙ナプキンを取っては、鼻をかみ、くちゃくちゃにしたナプキンをまだ着たままのコートのポケットにつっこんだ。どこか具合が悪そうだった。しかし、それよりなにより、身ぎれいじゃない。いつも小綺麗な身なりを自慢している人間にしては変だ。髭がのびている。ぼろコートの袖口からシャツの汚れた袖口が見える。顔には吹き出物が点々とし、爪の先は黒ずんでいる。ダニーは、キャレラにじろじろ観察されているのを感じて、弁解がましくいった。「ずっと脚の具合が悪かったんだ」

「そりゃあ気の毒だったな」

「ああ、まだ悪いんだ。あの撃たれたときからだ」

「そうか」

本当は、ダニーは撃たれたことなどない。彼が足をひきずっているのは、子どもの頃小児マヒにかかったからだ。しかし、ギャング同士の大銃撃戦で負傷したふりをして、街で一目おかれるようになった。情報を手にするにはこうした話がどうしても必要だ、と信じている。キャレラは、彼のこういった嘘は気にかけなかった。

「ピザはどうだ？」

「コーヒーの方がいいな」そういって、ダニーが立ち上がろうとした。

「座ってろよ」キャレラはいった。「おれが取ってこよう。他に何か？」

「菓子パンがいい」ダニーがいった。「何かチョコレートのやつにしてくれ」

キャレラはカウンターに行き、五分ほどたってから、チョコレートのエクレア二個とコーヒーを二つ持ってもどってきた。ダニーは手に息を吹きかけて温めようとしていた。入口からカウンターまで、客がひっきりなしに出入りするため、外の冷たい空気が絶えず入ってくる。彼はコーヒーカップを持ち上げると、しばらくのあいだそれで両手を温めた。キャレラがチョコレート・エクレアにぱくついた。ダニーもぱくついた。「うーん」彼はいった。「こりゃあ、うまい」そして、またぱくついた。「うーん」彼はまたいった。

「で、何がわかった？」キャレラがきいた。

二万五千ドルといえば、かなりの大金である。地下鉄の切符を手に入れるためだけに殺人をしかねない街なのだから。誰かがシンシアの父親を引きずりあげて首をつっているときに、ロバート・キーティングと妻が別のことをしていたとしても、誰かを雇ってその仕事をさせたという可能性もある。この市では、金さえ出せば、誰に対してもどんなことでもやってもらえる。誰かの眼鏡を粉々に割ってもらいたい？　誰かの指の爪をはがしてもらいたい？　脚を折ってもらいたい？　もっとひどい傷をくらわせてやりたい？　一生身体が自由にならないような怪我をさせたい？　皮をはぎたい？　やけどさせたい？　それとも——小声でいう必要すらない一言——殺してもらいたい？　何でもお望みどおりだ。誰かに話をつけるだけで、お望みどおりにやってもらえる。

「実は、いろいろわかったんだ」ダニーはそういったが、仕事よりもエクレアの方が気になるようだった。

「うーん、本当かね？」キャレラがいった。

昨晩の電話では、ダニーは面白い話をつかんだとしかいわなかった。どうやら今朝はそれ以上のものをつかめたらしい。もっとも、取引前の駆け引きかもしれない。

ダニー本人には、今度手に入れた情報は相当の価値ものだとわかっていた。事実、すごいネタだから、キャレラからいつも払ってもらう以上の金を払ってもらってもいいと思っていた。ただ、親友と思っている男と下手な駆け引きをするのはいやだった。もっとも、キャレラが同じような気持ちをもってくれてるかどうかはわからない。さりとて、殺人事件の逮捕ができそうな情報を渡してやるというのに、キャレラからテーブル越しに五十ドルばかりを投げてよこされるのも面白くなかった。そんなケチなお礼で渡すにはもったいないほどどいいネタなのだ。

「誰がやったかわかったよ」彼は単刀直入にいった。

キャレラは驚いた。

「ああ。ついてたんだ」ダニーはそういって、にやっとした。歯の具合も悪そうだ。健康に気を配ってないのはあきらかだ。

「さあ、聞かせてくれ」キャレラがいった。

「これは少なく見ても、殺し屋が手に入れた報酬と同じくらいの価値があると思うぜ」ダニーは声を落としていった。

「いくらなんだ？」

「五千」ダニーがいった。

「冗談だろう？」

「そう思うか？」ダニーがいった。

キャレラはそうは思わなかった。

「そんな大金だと、警部にうんといってもらわなきゃならん」彼はいった。

「もちろん、そうしてくれ。けど、そいつはここらあたりにそうぐずぐずしていないと思うぜ」

「彼になんといったらいい？」

「誰にだ？」

「警部さ」

五千ドルといえば、情報屋に与える金としては大金だ。

刑事部屋の贈賄資金は、毎月の入金しだいだが、これより多いこともある。また、あちこちの麻薬の手入れで何ドルか消えてしまっても、それがいわゆる〝軍資金〟として使われたのなら、誰も文句をいわない。ただ、ダウンタウンの波止場で大規模な麻薬の取り押さえがあったため、この二カ月ほど分署に入ってくる金は少なかった。キャレラはこの出入りが定かでない資金が現在五千ドルもあるか見当がつかなかった。それに、警部がそれほどの大金を警察のスパイに渡すだろうか。ダニーの情報は、そんな出費に見合うほどの純金ものでなければならない。

「誰がやったか、そいつがどこにいるか、おれが知ってるといえよ」彼はいった。「もしそれでも五千ドルの価値がないというなら、おれは取引相手を間違えたわけだ」

「どうやってこの情報を手に入れた？」

「おれの知ってるやつからだ」

「そいつはどうやって？」

「本人からさ」

「もうちょっとなんとかわかる情報をくれよ」

「いいとも」ダニーはいった。「おまえさんがねらっている男は、ポーカーゲームをしていた」

「ロバート・キーティングのことか？」キャレラは驚いてきいた。

「いや。ロバート・キーティングって誰のことだ？」

「おまえこそ誰のことをいってるんだ？」

「おまえさんが探してるやつさ」ダニーはいった。「そいつはこの前の木曜日の晩、ポーカーゲームをしていた」

「わかった」

「ロバート・キーティングって誰だ？」ダニーがふたたびきいた。

「誰でもない」キャレラはいった。「で、そのゲームがどうしたって？」

「その男は大金を賭けていた」

「どのくらい？」

「一回の賭け金が千ドル。そいつは五千ドル持ってきたんだ。それが夜明け前には二万ドルになった。大儲けだ」

「そいつはギャンブラーなのかね？」

「いや。ただギャンブルが大好きな殺し屋なんだ」

「この市の出身か?」

「テキサスのヒューストンだ。そこに帰るつもりなんだ」

「いつ?」

「今度の水曜日だ。そいつを捕まえたいなら、ぐずぐずしちゃいられないよ。ところで、ヒューストンておかしいと思わないかい?」

キャレラはヒューストンのどこもおかしいとは思わなかった。

「外国人ならきっと頭にくるぜ」ダニーがいった。「同じスペルなのに、違う発音をするんだ。英語なのにさ」

「そいつの名前はどう綴るんだ?」キャレラが探りを入れた。

「おっとっと!」ダニーがいった。「知ってるだろう、ニューヨークには、テキサス州のヒューストンとまったく同じ綴りの通りがある。ところが、ハウストン・ストリートと発音するんだ。しかし、サム・ユーストンのやつが同じような綴りの自分の名前をユーストンと発音するものだからおれたちもテキサスのユーストンていう。おかしいだろう、その殺し屋は自分の名前をどう発音するんだね?」

「その殺し屋は自分の名前をどう発音するんだね?」

「ダメ、ダメ、ダメ」ダニーはそういって、指を振った。

「そいつを雇ったのは誰だ?」キャレラがいった。「それを教えられないか?」

「誰がそいつを雇ったのかは、知らない」

「あの老人は、どうして殺されたんだろう?」

「誰かがじいさんの持ってるものを欲しがった。でもじいさんは渡そうとしなかった。だから、あいつらは殺《や》っちまった」

「あいつら?」

「誰でもいい」

「複数?」

「それははっきりとはわからないな」

「〝あいつら〟といったぞ」

「ただの言葉のあやだよ。おれがわかってるのは、あいつらが欲しいものを手に入れるのにじいさんを殺っちまわなきゃならなかったってことさ」

「しかし、あのじいさんはたいして持ってなかったんだ、ダニー」

「おれはただ聞いてきたことを話しているだけさ」

「誰から？」

「ダチだよ。そいつは殺し屋からじかに聞いたんだ」

「殺し屋は、その友だちに誰かを殺したといったのか？」

「そんなはずないさ」

「おれもそう思ってた」

「だけど、話はたっぷりしたんだ」

「たとえばどんな？」

「酔っぱらっての話だ。こうだったとか、ああだったとかさ」

「いったい何だったんだ、ダニー？」

「わかったよ。考えてみろよ。もしあのおいぼれが、誰かが欲しがるものを持ってて、それを手放そうとしなかった。そしてそれがすごく値打ちのあるものだった。そしてもし……」

「それをおれたちが探してる男がいったのか？」

「そうだ。誰かが、そのじいさんを殺して事故のように見せかけてくれたやつに五千ドル払うとしたら？　そしてもし……」

「そいつはそういう言葉を使ったのか？　事故って？」

「ああ」

「それから、見返りは五千ドルだと？」

「そいつが、ポーカーゲームに持ってきたのも同じ五千ドルなんだ」

「そいつは、おまえさんの友だちにいつ、そんなことをべらべらしゃべったんだ？」

「木曜の晩だよ。ポーカーの後でな。二人はそいつのホテルの部屋に行って、二、三杯飲んで、マリファナをやったんだ」

「それは誰が持ってきた？」

「酒のことか？」

「酒とマリファナだ」

「殺し屋のおごりなんだ。そいつがパーティを開いたんだからな。この際ひとついっとくけどな、スティーヴ。男ってものは、なんかで金を手にして、しかもポーカーでそれを四倍にもしたら、誰かに話さずにはいられないんだ、わかるかね？　自慢話がしたくなるんだ。ああいった連中はどうしてもそうなるんだ。自分が大物だと見せたくなるのさ。おれの友だちの方は、そのポーカーゲームですってんてんさ。勝ったやつは、負けたやつに自慢したくなるんだ。だから、そいつはおれの友だちをかわいそうなやつだと思って、一緒に酒やマリファナをやらないかって誘ったんだ。そうすりゃ、自分がおいぼれを片づけて五千ドル手に入れた大物だってしゃべれるからな」

「しかし、そうはいわなかったろう？」

「五千ドルの方はいった。実際の殺しについてはノーだな」

「それじゃあ、売り物は何もないじゃないか」

「ネタは山とあるさ。おまえさんは自分が電話でしゃべったことを覚えてるかね？　おれにきいたんだぞ。そのじいさんが浴室で首をつられる前に、アール・ツーを一服盛られたことについて、何か情報がなかったかって。そういう話は、誰も忘れないものさ、スティーヴ。さてと、おれの友だちはホテルの部屋を出る前に——ところで、あいつらセックスをしたと思うぜ。友だちと殺し屋だがね。おれの友だちの方はゲイなんだ。それはともかく、殺し屋はちょっとしたプレゼントをしたんだ。敗者へのプレゼント、わかるだろう？　残念賞だ。セックスがもっと良くなるってな。にやにやしながらいったんだ。セックスがもっと良くなるぜ、ハルポ、試してみろよって。そうそう、ハルポってのはおれの友だちの名前だ。で、ハルポはバイアグラのカプセルでももらったと思ったんだ。ところが、これだった」

ダニーはポケットに手をつっこんだ。手を開くと、細長い透明のプラスチックで覆ってあるブリスター包装の白い錠剤が、手のひらに載っていた。その表面にロッシュという文字がいくつもいくつも並んでいた。「ローチだ」ダニーがいった。「じいさんの首をつったやつが使ったものと同じだ」

「誰からもらったんだ？」

「ハルポだ」

「ハルポの名前は？」

「マルクス」ダニーはそういうと獰猛なバラクーダのようににやりとした。

「話を整理させてくれ」

「どうぞ」

「木曜の夜のポーカーゲーム……」

「ルイストン・アヴェニューだ」

「アンドルー・ヘールを殺した男は、ポーカーに五千ドル持ってやってきた。帰るときには二万ドルになっていた。その後、おまえさんの友だちのハルポを、酒とマリファナとちょっとしたセックスに誘った。そして殺しの自慢話を始めた。別れるときに、友だちにローチをくれた」

「おぬし、わかってるじゃないか」

「それから、殺し屋はあさってこの街から出て行くんだな？」

「おれが知ってるかぎりはな」

「これはよた話じゃないだろう、ダニー？」

「おれがか？　よた話だって？」

「つまりだな、やつは本当にこんどの水曜日にヒューストンに帰っちまうのか？」

「ハルポがそういったんだよ」

「ハルポはおまえさんに教えてくれたのかね、そいつの名前と……」

「ああ、そうだ」

「……どこに泊まっているかも？」

「そのとおり」

「ご親切にな」

「友だちだからさ。それに、もしおまえさんとこの警部がうんといえば、あいつにも何かちょっとしたものをやれるしな」

「この件については、あとで連絡するよ」キャレラがいった。

「了解。あわてなくていいよ」ダニーはいった。「水曜まであるからな」

「あとで知らせるよ」そういってキャレラは、ボックス席から出ようとしたとき、突然、秋の今頃の外気がどんなに寒いか思い出した。おまえは四十歳になったんだ、そう思ったとたん、その場所も寒くなった。彼は模造革のボックス席を滑り、脚をのばして立ち上がろうとし、テーブルの向こう側ではダニーも同じことをしていた。そのとき、最初の一発が異常に込み合っている店の騒音を貫き、店はたちまち静まり返った。二発目が聞こえる前に、人々はテーブルの下に飛び込んだ。二人の殺し屋が足早にこちらのボックス席に近づいてくる。キャレラがそれに気づくのに一瞬遅れた。一人は白人で、もう一人は黒人。機会均等だ。キャレラが、彼らのねらいがダニーと気づくのにもう一瞬遅れた。

キャレラはすでにコートのボタンをはずしていて、腰の反対側に手を伸ばした。九ミリのグロックがカチッとバネの音をさせてホルスターから飛び出した。またもや銃声が聞こえた。誰かが叫んだ。ダニーは血を流しながら、四つん這いになって逃げようとしていた。一人の男が出口の方に走っていきながら、配膳台をひっくりかえした。ピザの具が床に散らばり、トマトソースがアンチョビや、マッシュルームや、粉チーズや、スライスしたつるつるのペパローニの中に流れ込んでいった。キャレラはテーブルを立て、その後ろに飛び込んだ。またもや叫び声があがった。近くでもう二発発射され、バタバタと足音がした。彼が頭をあげると、ちょうど銃を持った男たちが店の前方に逃げて行くところだった。彼はさっと立ち上がると後を追った。あたりにはまだ客がいっぱいで銃を撃てない。通りへ出た。ここなら邪魔されずに撃てると思ったが、その瞬間彼らは角を曲がって消えてしまった。

くそっ、と彼は思った。

キャレラが最後に聞いた二発は、ダニーの顔に至近距離で撃ち込まれたものだった。頬に近い方の一発は、皮膚のすぐそばで発射されていた。すすのかたまりがついていたが、傷口あたりに火薬はついていなかった。顎の近くの方は、二、三インチ離れたところから撃たれたものだった。

火薬の粒子が直径二インチ以上に散らばって、傷口の周りに少しばかりすすがついていた。キャレラが彼のかたわらに膝をついたときには、ダニーは事切れていた。

ひとりの巡査が拳銃を抜いてピザ屋の店内にどたどた入ってくると、まるでアクション映画のエキストラのように「どけどけ、みんな後ろにさがれ」とわめいて、客をよけいに怖がらせた。皆が無我夢中で出口に押し寄せたため、テーブルや椅子がひっくりかえされ、ほとんどの客はいなくなっていた。しかし客の中には、血を流している犠牲者をもっと近くで見たがったり、テレビカメラが来たら手でも振るつもりで、まだうろうろしているやつもいた。悲劇が繰り広げられているあいだ、カメラに向かい歯をむき出して笑ったり手を振ったりするのが好きな愚か者がこの世にはいるのだ。

「勤務中だ」キャレラはその巡査にいった。「救急車をよんでくれ」

二人目の巡査が店に入ってきた。やはり銃を抜き、目を大きく見開き、顔は蒼白になっている。彼は、肝硬変で亡くなった叔父のピートを葬儀所で見たとき以外には、死体を見たことがなかったのだ。初めの巡査も、同じように慣れてなかったが、すでに携帯電話で、八七分署のマーチスン巡査部長にカルヴァー・アヴェニューと六丁目の角のピザ店で撃ち合いがあった、店の名は〈グイード〉だと、伝えていた。「男が一人撃たれた。死体運搬車のほうがいい」死体運搬車という言葉は、マーチスンをたじろがせてしまった。

救急車や隣りのチャーリー地区の二台目の警察車が縁石に乗り付けるより、テレビカメラの到着の方が、五分ほど早かった。どう見ても偽物らしい毛皮を着た女が、うろつき回っているレポーターに、突然大きな男が二人入ってきてそこに倒れている男を撃ち始めたといった。そこでカメラマンは、オプ・アート（一九六〇年代のアメリカ前衛美術の一種）のシーンのように、ピザ・トッピングと、血と、トマトソースが混じりあってつるつるすべる海の中に横たわっているダニーの方にカメラを移動させた。二番目の巡査は、みんなに後ろにさがっているように指示した。彼はパトカーのトランクの中に置いてきた犯行現場を示す黄色いテープを貼るかどうか迷っていた。ウォッチ・キャップ（寒冷期に米海軍下士官がかぶる折り返しのついた毛糸の縁なし帽）とスキー・パーカにだぶだぶのズボンをはいた二人のティーンエージャーが、犠牲者の後ろに陣取り、カメラににやついて手を振ろうと頑張ったが、間に合わなかった。カメラマンはすでにカメラを店の入口の方に向けていた。八七分署の二人の刑事がいかにも役人らしくせわしそうに入ってくるところだった。オーバーコートに警察バッジをつけ、顔は外気の肌を刺すような寒さで真っ赤になっている。そこにちょうど救急車が入ってきた。これはいいショットだ。コートをひるがえしてさっそうと歩いてくる刑事と赤い光を点滅させている救急車。カメラマンにとって実にラッキーな日だった。

　現場に駆けつけた刑事の一人、アーサー・ブラウンは、後で刑事部屋の連中にいった。キャレラに聞かなくても、床に倒れていた男が死んでるのはわかっていたと。ブラウンと行動をともにしていた刑事はバート・クリングだった。彼はキャレラを見つけると、すぐにそばに行ってきいた。

「何が起こったんだ？」

「二人の殺し屋が、ダニー・ギンプをやっちまった」キャレラはそういうと、立ち上がった。コートの袖がダニーの傷口から出た血に染まり、ズボンの膝は床に散らばったピザで汚れていた。

　ストレッチャーが運び込まれるあいだ、彼らはそこに立っていた。

　救急隊員はダニーを急いで運ぶ必要がないと一目でわかった。

3

火曜日の朝は、二件の殺人事件が議題となっていた――これは八七分署ですら異常な事態だった――そのため、バーンズ警部は、彼の部屋に集まった刑事たちに、誰も反対しなければ、お定まりのちっぽけな事件はすべて飛ばして、すぐさま殺人事件の検討に入ると宣言した。アンディ・パーカーは、自分が二週間も前から段取りしてきた麻薬の手入れより、ケチな密告者殺人事件の方が優先するというのはおかしな話だと思った。しかし、パーカーが〝アイルランド人的人相〟と内緒でいってる表情を警部が浮かべているときは、逆らわない方がいいとわかっていた。

ハル・ウィリスも、自分の事件を飛ばされてしまうのは面白くなかった。犯人がチョコレートをまぶしたドーナッツを被害者の枕の上に置いていくという空き巣事件を昨日つかんだんだ。これは以前クッキー・ボーイがやっていたのとそっくりな手口だ。クッキー・ボーイのやつは八月に保釈金で自由の身になるとどっかに消えてしまった。今回の男は、どう見てもクッキー・ボーイの模倣犯だった。だから、警部がそんなに殺人の話にむきにならなければ、そいつのよく似たところが今朝のちょっとしたお笑いの種になっていたんだ。パーティに呼ばれたのに、お願いだから踊らないでねといわれたティーンエージャーのように、この二人の刑事は、壁にもたれながら腕を組んでうつむき、不機嫌さを態度で示していた。警部の机の上にのっている、刑事部屋の贈賄資金から火曜日ごとに振る舞われるベーグルとコーヒー――もっと正確にいえば時間厳守を奨励するための餌だが――に見向きもしなかった。

朝の八時だった。早くもぎらぎらした太陽がバーンズ警部の部屋の隅の窓から射し込んでいた。警部も含め総勢八人の刑事が集まっていた。ピザ店での銃撃戦に駆けつけたアーティー・ブラウンとバート・クリングは、発砲した二人の男についてどんな手がかりでもいいから欲しかった。

キャレラとマイヤーはヘール事件を検討したかった。壁にむっつりともたれかかっている二人の刑事は、何であろうと意見を述べる気なんか全然なかった。彼らはのけ者にされたような感じてむっつりしていたが、バーンズは彼らがむくれているのにまったく気づかなかった。コットン・ホースはどちらにも与していなかった。彼の皿はとっくにからになっていた。実のところをいえば、先週はまるまる一週間法廷に釘付けになって証言をしていたのだ。警部の机に向かい合った革の安楽椅子に座り、よその市から訪ねてきた警官のような妙な疎外感を味わいながら、警部が二つの事件の概要を話すのをきき、それから質問した。「その二つの事件は関連があるんですかね？」

「おそらくな」とキャレラ。

「マイヤー、きみの意見は？」バーンズがきいた。

「ダニーを口止めしようとしていたのならね」

「スティーヴが狙われたんではないことは確かか？」

「ええ。狙いはダニーでしたよ」

「どっちも、おれに向かっては一発も撃たなかった」

「十人、十二人という人間が目撃してるんだ、やつらがまっすぐダニーに向かっていったのを」ブラウンがいった。

「ああいう連中は映画をいくらでも見てるからな」

「誰もが、あれは組織の処刑だといってるんだ」

「真っ昼間にかね？」ホースはそうききながら、信じられないように首を振った。彼は陽のあたるところに座っていた。日の光が彼の髪に射し、その赤毛を火事のように見せた。彼の髪は左のこめかみのところから一筋の白毛が走っているが、それが解けた雪ように見えた。

「誰もおまえさんをやった暴漢が脳外科医だったといわないんだな」

「黒と白ほどはっきりしているといいたいのか？」

「それと赤がいっぱいだ（What is black and white and red〈read〉all over？という子どものなぞなぞ遊びから。答は新聞）」

「昔の喧嘩が原因だったのかもしれない」ホースが意見を出した。「やっと、あいつを捕まえたんだ」

「まさか偶然の一致じゃないだろうが、昨日あいつがスティーヴと会ってたのとは。いや、やはり偶然の一致かもな」バーンズがいった。「おれは警官を長いことやってるんだ」

「そいつらは、ダニーがスティーヴに何かをしゃべる前にやっちまいたかったんだろう」ブラウンがいった。彼は本箱の近くの椅子にまたがって座っていた。巨大なグリズリーのような肌の色をした大男である。シャツの襟をあけ、その上からグリーンのセーターを着ていた。腕を、背もたれの一番上の横木にのせている。

「あいつは何かいったかい?」クリングがきいた。「そいつらにやられる前に?」

「あまりな。先に金が欲しかったんだ」

「そりゃあ、虫がよすぎるぜ」

「いくら要求したんだ?」ホースがきいた。

「五千ドル」

ホースは口笛を吹いた。

「あいつは何をバラすと約束したんだ?」ウィリスがとうとう好奇心に負けてきいた。彼はこの班の中では一番背が低く、鋼のような身体に緊張感をみなぎらせている。暗い目がその日の冷たい日の光を映していた。パーカーが彼の方に振り返って、まるでこの世で無二の親友が、突然ブタの糞まみれになるためにアリゾナ州のアニストンに引っ越してしまったかのように、鋭い目を向けた。

「やつはヘールをやった男の名前と住所を知ってるといったんだ」キャレラがいった。

「どうやって知ったんだ?」ウィリスがきいた。いまや完全に話に引き込まれている。パーカーは少しばかりウィリスから離れた。

「やつの友だちが、殺し屋とポーカーをしたんだ」

「ちょっとその話を整理させてくれ」ホースがいった。

「ダニーが殺し屋と一緒にポーカーをやったんだな?」

「違う、違う」マイヤーがいった。「ダニーの友だちがやってたんだ」

「浴室のドアでヘールの首をつった男と一緒にか?」

「そう、そいつが彼の首をつったんだ」

「ああ、そいつがか?」

「そのとおり」

「何だよこれは。映画かね？」ウィリスがきいた。

「そうだといいんだが」キャレラがいった。

「おれだったらその場で金を渡したぞ」パーカーが突然いった。そして面白くなくて黙っていたつもりだったのに、それを変えたことに気がついて、自分自身びっくりした。みんなが一斉に彼の方に向いた。口ぶりに熱がこもっていたのに驚いたのだ。そして今朝は彼がわざわざ髭を剃ってきたことにも気がついて驚いた。「そういう情報なら」彼はみんなの会話に突入するようにいった。「おれだったら、ちょっと銀行強盗でもやってくるから、待っててくれって頼んだろうな」

「そうだったな」キャレラがいった。

「あいつの友だちっていうのは、誰なんだ？」クリングがきいた。今朝は、オクラホマかワイオミングから持ってきたような茶色の革のジャケットを着ていた。実をいえば、この夏に露天市のワゴンで見つけたものだった。ブロンド、はしばみ色の目、それに女なら誰でもうらやましがるほどの肌の色とまつげ。それがいかにも純朴な田舎者というふうに見えるものだから、善良な警官と悪徳警官のコンビの筋書きでやるときに、うまい役割を果たしてくれる。いつも仏頂面をしているために怖がられているブラウンと組んだときが、特にいい。「ダニーは何かヒントでもくれたのか？」

「ハルポっていう名だ」

「やっぱり映画だ」ウィリスがいった。

「ハルポ何っていうんだ？」

「聞かなかった」

「そいつはゲイだ」マイヤーが説明した。

「白人、黒人？」

「いわなかったな」

「ポーカーはどこでやったんだ？」

「ルイストン・アヴェニューだ」

「八八分署だな」

「ああ」

「たぶん黒人だ」パーカーがいった。「八八分署だからな」

ブラウンが彼をにらんだ。
「何だよ」パーカーがいった。「おれ、何か気に障ること
いったか」
「おまえさんのいってることがわからねえのよ」
「八八分署でポーカーとくれば、てっきり黒人の話だと誰
もが考えるだろうよといっただけさ」パーカーはそういっ
て、肩をすくめた。「ともかく、なんだよ、おまえさん今
日はやけに敏感じゃないか」
「おれが何をしたっていうんだね、おまえさんをにらんだ
ってわけか?」ブラウンがきいた。
「おれを横目に見たじゃないか」
「もうやめろ、わかったな?」バーンズがいった。
「あんまり敏感にならないでくれよな」パーカーがいった。
「世界中のやつらが、おまえさんを百十二回も撃つために
のこのこ出かけるなんてことはないんだからさ」
「いいかげんにしろ」バーンズがいった。「聞こえたのか、
それとも何か文句でもあるのか?」
「聞こえましたよ。彼がちょっと敏感すぎるんですよ」
「もう一度いってみろ、アンディ」ブラウンがいった。
「黙れ!」バーンズが叫んだ。
「おれはただ」パーカーがいった。「もしそれが黒人のカ
ードゲームなら、ダニーの友だちのハルポと、ヘールの首
をつった男は二人とも黒人だった可能性があると、そうい
ってるだけなんだ」
「いいとこ突いたぜ」ブラウンがいった。
「おやっ」パーカーはそういって、目をぐるりと回した。
「これで終わりだな?」バーンズがきいた。
「もし終わりなら」パーカーがいった。「手入れの段取り
の話にしてくれ……」
「おまえさんら二人のたわ言はおしまいかときいたんだ」
「何がたわ言なんだ?」パーカーがきいた。
「ほっとけよ、ピート」ブラウンがいった。
バーンズは二人をにらみつけた。一瞬部屋が静まり返っ
た。ホースが咳払いした。
「可能性はあるな」彼はいった。「ピザ店で発砲したやつ
の一人が、ヘールもやったという」

「どういう意味だ？」

「やつは、ハルポがダニーに自分の話をしちまったのをかぎつけた。それで、その話が広がらないうちに、ダニーを片づけちまおうと思った。そういう可能性もあるだろう、ってことだ」

「首つり男が、突然ハジキ屋に変わったというのか？」パーカーがいった。

「かもしれない」

「なにしろ二万五千ドルの保険金がからんでいるからな、うーん？」ウィリスがいった。

「娘と婿が、唯一の受取人だ」キャレラがいった。

「二人はそのことを知ってるのか」

「もちろんだ」

「ところが彼らには完璧なアリバイがある」マイヤーがいった。

「だから、殺し屋にやらせたってことか」

「ダニーがそういったんだ。殺し屋はじいさんを始末して五千ドル手に入れたって」

「そのとおりにいったのか？」バーンズがきいた。

「いや。ダニーはいったんだ。そのじいさんは、誰かがどうしても欲しいものを持ってて、それをどうしても手放そうとしなかったんだと。なにか大金が転がり込んできそうなものだ」

「殺しについては何かいったか？」

「じいさんを片づけて、事故死のように見せかけたら五千ドル払ってくれるやつがいると」

「でも、なぜだ？」ウィリスがきいた。

「なぜとはどういう意味だ？」

「おまえさんの話だと、じいさんが誰かが欲しがるものを持ってた……」

「そのとおり」

「それじゃあ、もし、そのじいさんが殺されたら、その誰かさんとやらはどうやってそれを手に入れるんだ？」

刑事たちは言葉もなく考え込んだ。

「きっと保険金だ」とうとうホースがいった。

「じいさんを殺して手に入るものといったらそれだけだ」

「そうすると、話はまた娘と婿に戻ってしまうな」

「他に何もなければだが」キャレラがいった。

「たとえば？」

「じいさんは拷問されなかったかな？」ホースがきいた。

「いや」

「というのは、殺し屋は欲しいものが手に入らないとわかったら……」

「いや、拷問はされてない」マイヤーがいった。「殺し屋は、じいさんに薬を飲ませて首をつった。それだけだ」

「一緒にマリファナをやり、飲み物にルーファーズを入れた……」

「そいつは、ポーカーの男がハルポにやったものだ」

「その二人は知り合いかね？」パーカーがきいた。

「ポーカーのときに、初めて会ったらしい」

「その二人のことじゃない。じいさんとじいさんを殺したやつのことさ」

　ふたたび、部屋は静まり返った。今は、みんながパーカーの顔を見ている。ときどき、すごいことを考えつく。

「つまり、その二人は仲間同士か、それとも何かの関係があったんじゃないか。そうだろう、そうでなきゃ、どうやってアパートの部屋に入れたんだ？　また、どういう成り行きで一緒にマリファナをやったり飲んだりしたんだ？　だから、二人は知り合いだったんだ、違うかね？」

「どうしてだかわからないが」キャレラがいった。「ダニーの話では、撃ったやつはヒューストンから来た殺し屋で、明日には帰ってしまう」

「ダニーは何でもしゃべってくれたんだ。ただおまえさんが知りたいこと以外はな、そうだろう？」

「じいさんはヒューストンに行ったことがあるのか？」バーンズがきいた。

「ええと、知りません」

「じゃあ、何を知ってるんだ？」

「あんまり、今のところは」

「探し出せ。それもすぐにだ」

「遺書はあったのか？」ホースがきいた。

「持ってるものは、すべて子どもに残した」

「どんなものだ？」

「ブプキス」マイヤーがいった。

「何だ、それは？」とパーカー。

「つまらんものって意味さ」

「それじゃあ、人を殺してまで欲しがるものっていったい何だったんだ？」

「マクガフィン」ホースがいった。

「だからいったろう」ウィリスがいった。「馬鹿げた映画なんだ」

「映画か」バーンズがいった。「ピザ店の目撃者を集め、似顔絵を作らせろ。少なくとも、二人なら見つけられるだろう？　白昼堂々とぶっ放したやつらなんだから。それから、ポーカーをどこでやったか調べろ。そうすりゃ……」

「ルイストンです」キャレラがいった。「ルイストンというと……」

「ルイストンのどこなんだ？　その男は、明日街を出てってしまうんだぞ」

部屋は沈黙した。

「これはダニーを中心とするひとつの事件として扱ってくれ」バーンズがいった。「ポーカーをやっていたやつらの一人は、ダニーを知っていた。ヘールを殺したのは別のやつかもしれない。誰がポーカーをやってたか見つけろ。それから、じいさんがどんな人物だったかもだ。世間と没交渉に生きてたわけじゃないだろう。誰も、そんなことはしないんだ。もしじいさんが、誰かが欲しがってるものを持ってるとしたら、それが何だかも調べるんだ。もし、これがただの保険金事件なら、検挙するまでキーティング夫婦から目を離すな。この事件を担当しているおまえさんたち四人は、チームを組んでやれ。聞き込みは好きなようにばらばらにやっていい。しかし、何かつかんでこい」

　キャレラは頷いた。

「マイヤー？」

「はい」

「アーティーとバートは？」

「わかりました」

「じゃあ、しっかりやってこい」バーンズがいった。

「麻薬の手入れの方はどうなるんです?」パーカーがきいた。
「続けろ」バーンズは、頑丈な闘犬のアメリカン・スタッフォードド・テリアにでもけしかけるようにどなった。

警察学校には、目撃者があてにならないことを教える訓練コースがいくつかある。同じテーマで、さまざまな場面が設定されている。講義を受けている最中に、誰かが教室に入り、授業を中断させ、出ていく。訓練中の警察官は、あとで、教室に出入りした人物がどんな人物だったか説明を求められる。あるコースでは、闖入者はただ窓を開けたら出ていくだけということがある。別のコースではモップとバケツを持って入ってきて、その辺をちょっとモップがけして、そそくさと出ていく女という場合もある。ショッキングなケースになると、男が銃を発射させながら入ってきて、すぐに飛び出してしまうというのもある。こういった訓練が行なわれた後で、闖入者がどんな顔かたちをしていたかを尋ねられるのだが、どれひとつとして正確に説明できたためしはない。

その火曜日の朝、ブラウンとクリングと警察の似顔絵師が、十四人と面接した。そのうちの一人——スティーヴ・キャレラ——だけが目撃者としての訓練を受けていた。しかし、そのキャレラですら、前日の九時十分にピザ店に侵入してきた二人のガンマンがどんな人物だったか、なかなかうまくいい表わすことができなかった。あのとき、そこに居合わせたすべての目撃者のうち、その男たちのことを少しでも覚えていたものは、二人の黒人と四人の白人だけだった。白人の目撃者は、黒人の狙撃手がどんな顔かたちをしていたかうまくいい表わせなかった。モーガン・フリーマン、デンゼル・ワシントン、エディ・マーフィー、マイク・タイソンの違いを言えといわれたのなら、誰でも簡単にできるだろう。たぶん。しかし、警察の似顔絵師から、見本の目や鼻や口や頰や顎や額から選んでくれといわれたら、突然すべての黒人は同じに見えてしまう。アジア人の容疑者をいい表わす場合も、同じように難しいかもしれない。

結局は――アメリカ人が下す多くの決定にみられるように――結果は人種如何で変わってくるのだ。黒人は黒人の容疑者の説明ならうまくいく。白人は白人の容疑者の方がうまく説明できる。似顔絵師がやっと刑事たちに渡してくれた似顔絵は、とても満足のいくものではなかった。似顔絵は……なんといったらいいか……せいぜい大ざっぱなスケッチ程度のものだった。

キャレラとマイヤーが、その火曜日の朝遅く簡易食堂に入っていくと、でぶのオリー・ウィークスは、店の奥のボックス席に一人で座り、朝飯を食うのに夢中だった。軽く頷いて、二人が現われたのを承知していながら、ソーセージにフォークをつきさしたかと思うと口に放り込んだ。卵の黄身がソーセージから紐のようにネクタイに滴り落ち、大急ぎでむさぼり食った朝食、昼食、夕食がこぼれてごちゃ混ぜになってかさぶたみたいに固まっていた上に合流した。オリーはいまにも飢饉が襲ってくると思いこんでいるような食べ方をする。彼はコーヒーカップを持ち上げると、がぶりと飲んだ。満足の笑みを浮かべ、やっとテーブル越しに、訪ねてきた二人の警官をみた。彼は手を差し伸べなかった。警官同士は握手をしないんだ。仕事以外のときでさえ、そうだ。

「なんでやってきた?」彼がきいた。

「きのう殺人事件があった」キャレラがいった。

「どの殺人だ?」オリーがきいた。彼は愛する八八分署を、よくジンバブエ・ウエストと呼んでいるのだが、そこでは毎日、いや、毎分殺人事件が起きている。

「ダニー・ギンプ。たれこみ屋だ」キャレラがいった。

「そいつなら知ってるよ」オリーがいった。

「〈グイードのピザ店〉でおれたちが話をしているときに、二人のハジキ屋が入ってきた」とキャレラ。

「たぶん、おまえさんを狙ってたんだよ」オリーの意見だ。

「そんなことはない。世界中の人間がおれを愛してるからな」キャレラがいった。「やつらはダニーを追ってきて、とうとう見つけたんだ」

「その〈グイード〉ってのはどこにある?」

「カルヴァー・アヴェニューと六丁目の角」

「それはおまえさんの縄張りだよ」

「ところが、別にルイストンの件があるんだ」

「オーケー。話の続きを聞こう」

「ダニーの友だちが先週の木曜日、ポーカーゲームをやった」マイヤーがいった。「ルイストン・アヴェニューでだ」

「そこでヒューストンから来た殺し屋に出会った。そいつはゲームのあとで、彼に少しばかり酒とマリファナと簡単なセックスと、ルーファーズをおごったんだ」

「ほう」オリーはそういってから、ウエイトレスに合図した。「で、おれとどんな関係があるんだね?」

「ルイストンは、八八分署の管轄下だ」

「だから何だっていうんだ? おれは、この分署のくだらねえカードゲームを全部知ってなきゃならないってわけか?」オリーがいった。「オニオン・ベーグルのトーストにクリームチーズをのっけたやつを、もうひとつくれ」彼はウエイトレスにいった。「おまえさんたちは何にする?」

「コーヒーだけもらおう」マイヤーがいった。

「おれも同じだ」とキャレラ。

「いいかね?」ウエイトレスは頷いて、カウンターの方へ歩いていった。「おまえさんたちは、このカードゲームが銃を撃ったやつにつながると思ってるのかね?」

「いや、ヒューストンから来た殺し屋の方だ」

「当世、世の中は殺し屋ばかりだ。なあ?」オリーが悟りでも開いたかのようにいった。「ヒューストンの殺し屋とピザ店で撃った二人には、つながりがあると思ってるのかい?」

「いや」

「それじゃあ、何を……」

「お客さんは八三分署勤務じゃないんですか?」ウエイトレスがそうききながら、オリーのベーグルとコーヒーを二つおいた。

「昔はな」オリーがいった。「転勤になったんだよ」

「もう一杯コーヒーをいかが?」

「うん、いいこちゃん」オリーはお得意のW・C・フィールズをまねていった。「ご迷惑じゃなければ、いただきます」

「八三分署よりこちらの方がお好きですか?」ウエイトレスがコーヒーを注ぎながらきいた。

「きみのいるところが一番さ、かわいこちゃん」

「お上手ね」彼女はにっこりして、大きな身体を振りふり行ってしまった。

「しょっちゅう聞かれるんだ」オリーがいった。「八三分署勤務じゃないんですか? ってな。まるでおれがどこで働いているかを忘れたみたいじゃないか。働く場所を間違えてるみたいにな。この世は、あら探しばかりしてる連中がうようよいる。人のミスを見つける以外に、時間の使い方を知らないんだ。あなたのミドル・ネームはロイドじゃありませんか? とくる。冗談じゃない。おれのミドル・ネームはウェンデル。オリヴァー・ウェンデル・ウィークスだ。おれが自分のミドル・ネームを忘れたというのかね? 昔、おれがロイドとか、フランクとか、ラルフとかいっていたとしたら、嘘をついてたんだ。みんなカモフラージュさ」

こんなふうに興奮するたびに、オリーから嫌な臭いがかすかにたちのぼってくる。自分の身体から発する臭いは気にかけないで、彼はベーグルをつまんでぱくついた。音を立てて噛んでる歯のあいだからクリームチーズが飛び出して、ジャケットの右の襟のラペルに落ちた。

「そいつには名前があるのかい?」彼がきいた。「そのホモは、殺し屋とポーカーをしていたんだろう?」

「ハルポだ」キャレラがいった。

「ファースト・バプティスト教会で働いているやつか?」オリーがいう。

刑事は二人とも彼に目を向けた。

「おれがここで知ってるハルポといえば、あいつだけだ」オリーがいう。「しかし、あいつがポーカーをするなんて驚きだな。もし同じ野郎ならな」

「ハルポなんていうんだ?」マイヤーが尋ねた。

「本名はウォルター・ホップウェルだ。それがどうしてハルポになったかなんて聞くなよ。おまえさんたちがたった今教えてくれるまでは、あいつがホモだとは知らなかったね。人は見かけによらないもんだな？　腹はへってないかね？」彼はそうきくと、またウエイトレスに合図した。

「この方たちにもう一杯コーヒーを持ってきてくれないか」彼はいう。「お二人は、隣りの分署の有名な刑事さんだ。おれには、そこのクロワッサンをひとつくれ」彼はクロワッサンを、まるでフランス語に堪能であるかのように発音した。もっとも、しゃべっているのは彼の腹だ。「おかしいと思うんだが」彼はいった。「なぜ白人のイヌが、ニガーのホモと友だちなんだ？」

オリーは、自分がいかに寛大かを示すために、ときどき〝ニガー〟という言葉を使いたがった。もちろん、そんな言葉を使えば、黒人とかアフリカ系アメリカ人と呼ばれたいと思っている有色人種の怒りを買うことは百も承知の上だ。しかし、こっちはしこたま時間をかけてやっと〝ニガー〟という言い方を覚えたんだ。だから、あいつらが年がら年じゅう自分たちの呼び方を変えたいっていうのなら、勝手にしやがれだ。

「やつは、今教会にいるだろうか？」キャレラが尋ねた。

「ああ、いるはずだ。最上階にちゃんとした事務所があるからな」

「じゃあ、行こう」マイヤーがいった。

「人種暴動でも起こしたいのか？」オリーはそうききながら、にやりとした。まるでそれを楽しみにしているようだ。「あのファースト・バプティストは、要注意箇所としてリストに上がってるんだ。おれだったら、まず電話帳でミスター・ホップウェルを調べて、やつが家に帰ってから会いにいくな」

「おれたちの追ってる男は、明日街を出てしまうんだ」キャレラがいった。

「そんなことなら、まず、朝飯を片づけさせてくれ」オリーがいう。「一緒に教会に行こう」

そういう女をブラウンの母親は〝床屋の女房〟と呼んでいた。近所のゴシップ屋のことだ。なぜかというと、男がヘアカットか髭を剃ってもらうために床屋に行くとする。

一時間かそこらは床屋の椅子の上で囚われの身となる。そのあいだに、自分の心にたまっていることをどうしてもそっくり床屋にしゃべってしまう。床屋は晩に家に帰ると、夕飯を食べながら、その日客から聞いてきたことをそっくり女房にしゃべる。かくて、床屋の女房は、巡回中の警官よりも近所の出来事をよく知っていることになる。というわけで、ブラウンとクリングは今、アンドルー・ヘールのアパートの中で、そんな床屋の女房を捜そうとしていた。

そのビルは六階建てで、各階に三所帯入っている。彼らがその朝十時過ぎに着いたときには、住人のほとんどが仕事に出かけた後だった。六軒のドアをノックした後で、一軒だけ返事があった。さらに二軒ノックした後で、ようやく捜していた女が見つかった。彼女の部屋は、アンドルー・ヘールと同じ階だった。廊下の端の3Cに住んでいる。彼女が、どうぞお入りになって、といったとき、二人はドアの敷居のところでたじろいだ。なんともいえない嫌なにおいの料理をしていたのだ。

悪臭は、キッチンのレンジの上の大きなアルミニウムの鍋からたちのぼっていた。彼女が蓋を開けて中身をかき回したとき、有毒な雲があたりに立ちこめた。クリングは、黒くどろどろした液体がぶくぶく泡立っているのを見て、いもりの目でも入っているんではないかと思った。廊下に引き返して、吐きたくなった。しかし、女は彼らを小さなリビングに通した。ありがたいことに窓が開いていて、さすがの悪臭もいくぶん和らいでいた。彼らは、肘掛けと背もたれにレースがかかっているソファに腰をおろした。女は入れ歯をしていたが、それでもよく笑った。にこにこしながら、名前はキャサリン・キップ、ミスター・ヘールとはこの七年間ずっとご近所同士でしたの、と語った。六十代になっているだろうと思ったが、もちろん彼らは紳士だから、そんなことはきかなかった。彼女は、夫はリヴァーヘッドの鉄道操作場で働いていたが、ある日事故で死んでしまったと話した。それがどんな事故だったかは詳しく話さなかったが、彼らもきかなかった。クリングは、死んだミスター・キップはレンジの上で煮えている黒いごたまぜ汁の毒味をしただろうなと思った。

彼らはまずヘールが死んだ日のことについて尋ねた。あの晩こそ、大酒を飲み、ヤクをやったりした何者かがヘールの部屋にいて、ついでにヘールを浴室のドアのフックにひっかけて首をつらせた晩だからだ。ミセス・キップ、あなたは何か見たり聞いたりしませんでしたか？

「いいえ」彼女はいった。

「あの晩以前でもいいんですが？」ブラウンがきいた。

「何者かが彼のアパートに出入りするのをみてませんかね？」

「どういう意味ですの？」ミセス・キップがきいた。

「ミスター・ヘールを訪ねてきた人です。友人とか、知人とか……親戚とかですけど？」

「そうですね、お嬢さんがよく来てましたよ。シンシアね。ちょくちょく訪ねてきました」

「ヘールさんが死んだ晩は、お嬢さんを見なかったでしょうね？」クリングが尋ねた。

「ええ、見かけませんでしたわ」

「他には誰か？」

「あの晩のことですか？」

「あの晩でも他のときでも。彼が一緒に座って、話したり、一杯やったりしてもいいと思うような人をですね」

「あまり訪ねてくるような人はいませんでしたよ」ミセス・キップがいった。

「出入りする人を誰も見なかったんですか？」ブラウンがきいた。

「見るには見ましたよ。でも定期的ではありません」

「どういうことですか、ミセス・キップ」

「あのう、友だちとか知人とかおっしゃいましたでしょう……」

「そうですが、しかし……」

「ミスター・ヘールに、定期的に会いにくる人のことをいわれているのかと思ったものですから。友だちとか。おわかりですよね。知人とか」

「誰でもいいんです」クリングがいった。「ミスター・ヘールに会いにきた人なら誰でも。それに何回でも」

「それなら、いますわ」ミセス・キップがいった。「あの人に会いにきた人が」

「何回ぐらいですか？」ブラウンがきいた。

「三回です」

「それはいつです？」

「九月ですわ」

キャレラが、セダンをファースト・バプティスト教会の前の縁石につけたとき、またもや雨が降りだした。やんでくれないかと五、六分待ってみた。しかし、どうにもやみそうになかったので、彼らは一斉に車から飛び出し、教会の玄関に向かって走った。オリーが入口の右側のベルを押した。

赤れんがの正面を最近になってサンドブラスト（圧搾空気で金剛砂粒を吹き付け汚れをおとすこと）で磨きたてた六階建ての安アパートのあいだに押し込まれたように建っている白い下見板張りの建物の中に、その教会は入っていた。ダイヤモンドバックの中には、ずっと昔に救いようのない貧困の泥沼に吸い込まれてしまった地区がいくつもある。そこでは、地区の高級化を図ろうなどという考えは、夢のまた夢である。しかし、八八分署管区内の十七丁目から二十一丁目のあいだにあるセント・セバスチャン・アヴェニューは、活気のある小さなコミュニティの中心になっている。何でも揃っている小さな町みたいなものだ。この通りに沿って、手頃なレストラン、極上肉や新鮮な野菜がいっぱいのスーパーマーケット、デザイナーものを売る服飾店、靴や自転車や傘の修理店、劇場が六個もあるシネマ・コンプレックス、それにフィットネス・クラブまである。

オリーはふたたびドアのベルを鳴らした。通りの向こうの低いビルの後ろで稲妻が光った。雷が轟いた。三つのドアの真ん中が開いた。男がそこに立ち、刑事たちと雨をじっと見つめた。六フィート二、三インチぐらいだろうとキャレラは見当をつけた。広い肩と重量級のボクサーのような大きな胸をしている。実際、牧師のガブリエル・フォスターは昔は重量級のボクサーだったのだ。地方のボクシングクラブで定期的に試合をするプロのクラブボクサーとして国中を回っていた頃、自分より強いやつを相手にして頑張りすぎた名残の傷跡が眉にまだ残っている。四十八歳の今も、人を威嚇するような危険人物にみえた。黒のタートルネックのセーターの上にモスグリーンのスーツを着、黒のローファーと黒のソックスをはき、左手の小指には巨大な金の指輪をはめている。彼は教会のアーチ型の中央ドアの中に立ち、刑事たちは外の雨の中に立っていた。

「雨を持ってきましたね」彼がいった。

警察のファイルによれば、フォスターの旧姓はガブリエル・フォスター・ジョーンズだ。しかし、ボクシングを始めたときにリノ・ジョーンズに変え、説教を始めたときにガブリエル・フォスターに変えた。フォスターは自分のことを公民権運動家と思っている。警察は民衆煽動家、日和見主義の利己主義者、それに人種問題につけこむゆすり屋と考えている。だから、この教会は警察ファイルの要注意箇所に載っているのだ。〝要注意箇所〟とは、嫌われている警察が出動すれば、人種暴動を引き起こしかねない場所をさす警察のコードである。キャレラの経験では、そういう箇所のほとんどは教会である。

刑事たちは、教会の広い玄関の階段で土砂降りの雨に打たれて立ち、説教師が中に入れてくれるのを待った。しかし、彼はそのようなもてなしをするつもりは素振りにも見せなかった。

「刑事のキャレラです」キャレラがいった。「八七分署の者です。ウォルター・ホップウェルという名の男を捜しています。彼がここで働いていると聞きましたので」

「そのとおり、ここで働いてますが」フォスターが答えた。

雨が激しく彼らをたたき続ける。

「彼は、きのうの朝殺されたダニエル・ネルソンという男を知っているはずなんです」マイヤーがいった。

「ええ、ニュースで見ましたよ」

「ミスター・ホップウェルは今こちらにおられますか？」

キャレラがきいた。

「会う理由は？」

「捜査中の事件に関する情報をお持ちかもしれないと思いましてね」

「あなたはソニー・コールを撃ち殺した人ですね？」フォ

スターがいった。

キャレラは彼の顔を見た。

「本件がそれとどんな関係があるというんだね？」オリーがきく。

「あらゆる点でだ。この警官は冷酷に兄弟《ブラザー》を撃ち殺した」兄弟だと、とオリーは思った。

「この警官は自分の父親を殺した人間を撃ったのだ」オリーがいう。「しかも、それはウォルターー・ホップウェルとは何の関係もない」

雨が彼の頰を伝い、顎の上に流れてきた。雨でびしょぬれになりながら、彼は玄関の中で濡れもせず気持ちよさそうにしている説教師を見つめ、乾いて、黒人で、そしてうぬぼれきっている彼を憎んだ。

「ここではあなたがたは歓迎されません」フォスターがいった。

「そうかね、それじゃあわれわれにも考えがある」オリーがいう。

「放っておけよ」キャレラがいった。

「だめだ」オリーはいって、ふたたびフォスターの方に振り向いた。「おれたちは、殺人事件の捜査の目撃者としてホップウェルを召喚するよう地方検事に頼むぜ。ウォルターー・ホップウェル、別名ハルポ・ホップウェルに対する大陪審の召喚状を持って、ここにもどってくる。そして、雨の中、おまえのきれいな小さな教会の外に立ってだな、教会から出てくるやつみんなに〝ウォルター・ホップウェルさんですか？〟ときくぞ。もし答がイエスか、または答えてくれなければ、そいつに明朝九時半に大陪審に出頭せよという召喚状を手渡すさ。大陪審に出頭となれば、おれたちなら三十分ですむところの質問が、一日がかりとなるかもしれないな。おれたちを中にいれてくれればの話だがね。どうだね、リノ？　おまえが決めるんだ」

フォスターはオリーを見た。オリーの腹にパンチを入れるか、でなければ顎にアッパーカットをくらわしてやりたいと思っているのが、ありありと顔に出ていた。オリーは、だいたい黒人なんてやつはものごとをあんまり深く考えないもんだと思っていた。しかし、もし今おれがフォスターだったら、こう考えるだろうと思った。確かにここにいるキャレラってやつは自分と同じ色をした黒人を殺した――くだらない人殺し野郎にしてもだ――しかし、だからといって、今、この時期に自分の立場をはっきり打ち出すというのはタイミングがいいだろうか？　兄弟がやられた八月なんて、かなり昔の話だ。だから、九ミリ口径のピストルをもってキャレラをつけ回していた兄弟が殺されたからといって、今頃になってそれで大きなごたごたを引き起こすのはうまいかどうか？　オリーは人の心を読むような人間ではなかった。しかし、たぶんリノはそんなふうに考えているだろうと思った。

「お入りなさい」やっとフォスターがそういった。

彼女には彼らが言い争っているのが聞こえた。

「この建物の壁は紙のように薄いんです」彼女がいった。「何でも聞こえますわ。ちょっと耳をすましてみて」彼女はいう。「一分かそこらしゃべらないで。私のいってる意味がわかりますから。さあ、黙って」

刑事たちは黙りたくなかった。ミセス・キップから、ふだん他人とあまりつきあわないアンドルー・ヘールのところに、九月に三回も何者かが訪ねてきたと聞いては、なおさらのこと黙りたくなかった。しかし、それでも彼らはそれをこらえて沈黙し、耳をすました。誰かがトイレの水を流した。電話が鳴った。かすかに、テレビの昼メロらしき声が聞こえた。

「私のいったことがおわかりでしょう？」彼女が尋ねた。聞こえたでしょう、じゃないのかとクリングは思ったが、口に出さなかった。

「その人は男ですか、女ですか？」ブラウンがきいた。

「ミスター・ヘールを訪ねてきた人ですが」

「男です」

「その男を見ましたか？」

「ええ、もちろん。でも一度だけです。その人が初めて来たときに。食料品店で何か欲しいものがあるかどうか尋ねようと思って、ミスター・ヘールのドアをノックしたんです。買い物に行くところでしたから……」

キャサリン・キップの記憶によると、彼女が最初にその訪問者の怒鳴り声を聞いたのは、廊下に出て、自分のドアの鍵をかけているときだった。その声は、訓練を受けた声、俳優とかオペラ歌手とかラジオのアナウンサーとか、そんな種類の声だった。ミスター・ヘールのアパートのドアを通り抜けて廊下の先まで響きわたっていた。

3Aの部屋に近づくと、言葉が聞き取れた。ミスター・ヘールの客は、一生に一度のチャンスといったようなことをわめいていた。その人物はミスター・ヘールにいった。男これほどのチャンスを逃すなんて愚か者だ。このチャンスがおまえのところに転がりこんできたのはまったくの偶然なんだ。この幸運の星に感謝すべきだ。何百万ドルもの金が入るんだぞ、とその男は叫んだ。おまえは大馬鹿もんだ。

そのとき、彼女はミスター・ヘールのドアのすぐ外に立っていた。

ドアをノックするのが怖いくらいだった。男の声がとても乱暴だったのだ。しかし、同時にノックしないのも怖かった。ミスター・ヘールに何かしないかしら？　男はかんかんになって怒っている。もし彼がミスター・ヘールを傷つけでもしたら？

彼女がドアをノックすると、とつぜん声が止んだ。

「はい？」

「ミスター・ヘール？　私です。キャサリン・キップです」

「ちょっと待ってください、ミセス・キップ」

ドアが開いた。ミスター・ヘールは開襟シャツにカーディガンをはおり、コーデュロイのズボンをはいていた。男はキッチンのテーブルに座って、コーヒーを飲んでいた。

「ミスター・ヘールのお嬢さんのご主人をご存じですか？」クリングがきいた。

「ええ、知ってますよ」

「男はそのご主人でしたか？」

「とんでもない」

「その男について何かご存じですか？」

「いいえ。また会えば、その人だということはすぐわかると思いますけど。でもその人については何も知りませんわ」

「ミスター・ヘールはその男を紹介したりしましたか?」

「いいえ」

「その男はどんな人物でしたか?」クリングがきいた。

ウォルター・ホップウェルは、教会の最上階で、少なくとも一ダースの人間と一緒に仕事をしていた。教会の位制とは何の関係もない連中だった。理事も、牧師の側近もいなければ、教会秘書や広報係もいない。ここの男や女たちは、フォスター個人の宣伝、広告、プロパガンダを行なうために雇われたのだ。そのおかげで、過去十年間、彼は人々の注目を浴び、政治の場に身を置き続けてきた。白人の男三人と、白人の女一人を除けば、全員が黒人だった。

ホップウェルの小さな事務所には、マルコムXとマーティン・ルーサー・キング、それにネルソン・マンデラの写真がかかっていた。窓に吹きつける雨は蛇模様を描いて滴り落ちている。キャレラとマイヤーがホップウェルの話を聞いているあいだ、でぶのオリーはかたわらに立ち、人を小馬鹿にでもしたように、にやにやしていた。二人が尋問している男は、良くても斧殺人鬼、へたすれば連続殺人犯だといわんばかりだ。しかし、ホップウェルはそのどちららしくもなかった。美しい彫刻のような目鼻立ちに、マイヤーのような坊主刈りのほっそりとした男だ。黒のジーンズをはき、黒のタートルネックのセーターと房飾りのついたスエードのベストを着ている。小さな金のイヤリングが左の耳たぶにさしてある。オリーは、確かこれはホモだってことの合図か何かだ、と思った。もしかして、右耳だったかな?

「ダニー・ネルソンが昨日の朝殺された。ご存じですか?」キャレラがきいた。

「ええ。テレビで見ました」ホップウェルが答えた。

「彼と知り合ったきっかけは?」マイヤーがきく。

「おれの仕事を手伝ってくれたことがあるんです」

「ほう?」

「どんな仕事ですか?」キャレラが尋ねる。

「調査です」ホップウェルがいった。

オリーが目をぐるりと回した。

「どんな調査ですか？」マイヤーがきく。

「フォスター牧師に批判的な人たちの情報収集です」

なんだ、調査だときれいごとをいったって密告屋なみだぜ、とオリーは思った。

「彼はどのくらいその仕事をしてたんですか？」

「六カ月ぐらいでしょう」

「じゃあ、六カ月間彼とつきあっていたわけですね？」

「ええ」

「この教会に来たんでしょうね？」

「ええ。報告書を持って」

「その報告書はどうしましたか？」

「誤った噂とか、もっともらしい当てこすりと闘うために使いました」

「どうやって？」

「印刷物にです。それから、牧師がラジオで説教するときに」

「昨日の朝、ダニーと会ったとき」キャレラがいった。

「あなたがたがやったカードゲームのことを話したんですす……」

「ええ」

「ヒューストンから来た男と一緒だったと」

「ええ」

「大儲けした男」

「ええ、儲けてましたよ」

「その男と、ゲームのあとで話をしましたかね？」

「一緒に酒をのみました。それから話もちょっと」

「誰かを殺したといってませんでしたか？」

おやまあ、きわどい聞き方をしやがって、とオリーは思った。

「いえ、人を殺したとはいってません」

「じゃあ、なんといってました？」

「おれ、何か事件に巻き込まれかかってんですかね？」ホップウェルがきいた。

「その男がどこにいるか、つきとめようとしてるんだ」マイヤーがいった。

「そんなお手伝いはしたくはありませんね」

「そいつがどこにいるか、あんたが知っていることは、わかってるんだ」

「いや、知りませんよ」

「ダニーはあんたなら、その男の名前を知っているといってたんだ……」

「ええ、知ってますよ」

「それから、そいつがどこにいるかも」

「ええと、木曜の晩にどこにいたかは知ってますよ。まだ、そこにいるかはわかりませんがね。木曜の晩に会ったきりですから」

「その男の名前は?」キャレラがきいた。

「ジョン・ブリッジズといってました」

「泊まっていた先は? あんたは、あの晩どこに行ったんです?」

「プレジデント・ホテル。ダウンタウンの。ジェファーソン通りにある」

「その男はどんなふうでした? 説明してください」

「背が高い。六フィート二、三インチかな。黒い巻き毛に、淡い青みがかった緑色の目。肩が広く腰がほそい。笑顔がなかなかいい」ホップウェルはそういって、彼自身なかなかいい笑顔を見せた。

「黒人それとも白人?」

「肌の色の薄いジャマイカ人で」ホップウェルはいった。

「彼ら特有の魅力的な軽快さがありましたね。おわかりでしょう? ジャマイカ人の話し方ですよ」

「白人でしたわ」ミセス・キップがいった。「四十五歳ぐらいだろうと思います。髪の色は黒で、目はブルーでした。大柄で。ほんとに大きい男でしたよ」

「どのくらい大きかったですか?」ブラウンがきいた。

「とても大きいの。あなたと同じぐらいかしら」彼女はブラウンを目で測りながら、いった。

ブラウンは、背が六フィート四インチ、体重は裸で二百二十ポンドあった。貨物船のようだと思う人もいる。確かに、バレリーナではない。

「傷とか入れ墨とか、何か彼だとわかるようなしるしは?」彼がきいた。

「何も気がつきませんでしたわ」

「あなたはその人が来たとき一回しか会わなかったとおっしゃいましたが、後の二回はどうして同じ人間だとわかったんですか?」

「声です。声でわかるの。独特の声をしてましたから。興奮すると、いつもあの声が響いてきたの」

「後の二回のときも、興奮してたんですか?」

「もちろんですとも」

「また大声を出したんですか?」

「ええ」

「どういったことで?」

「えーと、私にはまた同じことをいってるように聞こえました。ミスター・ヘールが大馬鹿野郎だとか、そんなことをずっとわめいてましたわ。今ここで大金を出すつもりだし、これからも金が入ってくるんだと話してました……」

「もっと金が入ってくる?」

「つぎつぎと」

「後でもっと金が?」

「ええ。毎年っていってましたよ」

「何を欲しがってたんでしょうね?」

「ぜんぜんわかりません」

「でも、あなたの印象では……」

「ええ」

「ミスター・ヘールはその男が欲しがってるものを持っていた」

「ええ、それは確かです」

「それから、その男はミスター・ヘールに三回続けて会いにきた……」

「ええと、続けてではありませんわ。一度は九月の初め。次に十五日ごろで、三度目がそれから一週間ぐらい後だったわ」

「ミスター・ヘールが持っているものをくれれば、金を払うというために」

「そうです」

「三回」

「ええ。私が聞いたかぎりではそんな印象を受けましたわ」

「で、ミスター・ヘールは断わり続けた」

「その男に、これ以上つきまとわないでくれといってました」

「その男の反応は？」

「ミスター・ヘールを脅しました」

「いつのことです？」

「最後に来たときですわ」

「それはいつです？　何日ごろだったかわかりますか？」

「休日だったってことは確かです」

ブラウンはすでにカレンダーを見ていた。

「労働祝日《レイバーディ》ではないですな」彼がいった。

「いえ、もっとずっと後ですわ」

「九月で休日といえば、あとは贖罪の日《ヨム・キップール》（ユダヤ教の大祭日）ぐらいですな」

「じゃあ、そのときでしょう」ミセス・キップがいった。

「九月二十日だ」

「その日に、最後に来たんですわ」

部屋が静まり返った。ミセス・キップがさっきいったように、目に見えない、秘密の、胡散臭いともいえそうなさまざまな音が、ふたたび建物の中から聞こえてきた。沈黙すると、またもやキッチンのレンジで煮えたぎっている鍋のなんともいえない悪臭が気になった。

「それからその男がミスター・ヘールを脅迫したとおっしゃいましたね？」ブラウンがきいた。

「ええ、後で後悔するぞといってました。いずれ、おれたちは欲しいものを手に入れてみせるとも」

「おれたち？　その言葉を使ったんですか？　〝おれたち〟っていう言葉を？」

「おっしゃる意味がわかりませんが？」

「〝おれたち〟は欲しいものを手に入れるといったんですね？」

「ええ。確かに〝おれたち〟っていったと思いますわ」

「何を欲しがっていたんでしょうか？」ブラウンがまた尋

ねた。

「それはわかりませんわ」ミセス・キップはそういうと、また鍋をかき回すために立ち上がった。

「ダニーがいってたんだが、ブリッジズという男は五千ドルもらったと自慢してたそうだ」キャレラがいった。

「ああ、そんなのは、何もかも大ぼらだと思いますよ」ホップウェルがいった。

「ほらだと、何を?」

「五千ドルですよ」

「なぜ、そんなことをいったんだろう?」

「たいしたやつだと思わせるためにでしょう」

「そのために、誰かが五千ドルくれたといったのか……」

「うーん、そうだと思いますよ。でも大ぼらですがね」

「誰かを殺して、五千ドル」

「いや、そんなことはいいませんでした」

「じゃあ、なんといったんです?」

「あまり覚えてませんよ。けっこう飲んでたんですから」

「彼はいっていたでしょう、ある老人がいて……」

「ええ」

「何か人の欲しがっているものを持っていると……」

「ええ、そうです。でもそれも作りごとですよ」

「その老人の話は作りごと?」

「もちろん、そう思いますよ」

「誰かがその老人を殺したがっていたというのも作りごとですか?」

「ジョンはなかなか想像力が豊かなんです」

「誰かがこの老人を殺して事故のようにみせかけたら五千ドル払おうという……」

「おれは何ひとつ信じませんでしたね」

「しかし、彼はそういったでしょう?」

「ええ、たいしたやつだと思わせるために」

「なるほど。あなたにたいしたやつだと思わせるためにね。ホテルを出るとき、ルーファーズを何錠かもらいましたか?」

「実は、もらいました。でも、ルーファーズはやっちゃいけないものじゃないですよ」

「ミスター・ホップウェル、もしですね、一人の老人が、自殺に見せかけるために、ロヒプノールを飲まされ、首をつられたとしたら、それでもジョン・ブリッジズが五千ドルもらったという話は、あなたに凄いやつだと思わせたかったからだと信じますか……」

「彼はあなたがいうとおりにはいってませんよ。あなたは自分のいいたいことを私にいわせようとしてるんだ」

じゃあ、やつはおまえさんになんといわせようとしてたんだ？　とオリーは思った。

「彼はなんといったんです、正確には？」マイヤーがきいた。

「彼は作り話をしてたんですよ。彼はいったんです、もしも金をくれるといわれたら……」

「五千ドルですな」

「ええ。その金額でした。しかし、全部、もしもの話なんです。彼は、でっちあげ話をしてたんですから」

「誰かを殺したら五千ドルやるといわれたという人物の話……」

「彼はそんな言葉は一度も使いませんでしたよ。〝殺す〟なんて言葉は、一言だって。もしそんな物騒な話が出たら、おれはあわてて逃げ出していましたよ。彼はただ、おれにたいしたやつだと思わせるために、ほらをふいて自慢してたんです」

「彼はどんな言葉を使ったんです？」

「覚えてませんよ。でも〝殺す〟ではなかった。誰かを殺すなんてことは一言もいいませんでした。いいですか。彼がいったことなんか、誰がきちんと覚えてます？　おれたちけっこう飲んでたんですから」

「それにマリファナもけっこうやってた、そうだろう？」

「まあ、少しは」

「それは法にひっかかる物質だぜ」

「あんたたちはマリファナをやったことがないんですかね、刑事さん？」

「彼は誰かの名前を出しましたかね？」マイヤーが尋ねた。

「いいえ」

「どこの老人をやるために雇われたとかは?……」

「ただの作り話だったんですよ」

「誰が彼を雇ってその老人を殺させたかは?」

「うまくできた話、ただそれだけです」

「誰が彼に五千ドルくれたか、いいませんでしたかね。彼はその金をポーカーの賭け金にしたんだが……」

「彼は作り話がすごくうまかった、ただそれだけです」ホップウェルがいった。

「彼のすごくうまい作り話を聞いて、警察に電話すべきだとは思わなかったかね?」キャレラがいった。

「思いませんでしたね」

「新聞は読まないんですか、ミスター・ホップウェル?」

「牧師さんの記事以外は」

「テレビはどうです? テレビは見ないんですか?」

「それも……」

「では、ジョン・ブリッジズがあなたに話したときにですね、五千ドルもらって老人を殺し、病気か何か自然に死んだように見せかけ……」

「〝殺す〟なんて言葉は一度も使わなかった。さっきからいってるでしょう」

「まあどんな言葉を使ったにしろ、彼のいったことと、アンドルー・ヘールという老人とのあいだに関係があるかもしれないとはまったく考えなかったんですか、テレビはあの週ずっと老人の事件で持ちきりだったんですがね?」

「全然。今だって関係があるなんて考えられませんよ。あなたがおっしゃってる殺された老人のことなんて何も知りません。いいですか、おれはジョンの名前を教えた、どこにいるかも教えた。もし彼が何かしでかしたのなら、彼と話をつけてくださいよ」

「彼について他に何か知ってることは?」

「顔の左下に傷跡があります」

「どんな傷です?」

「ナイフの傷らしかった」

「ナイフの傷を思い出すのになんでそんなに時間がかかるんだ?」オリーがいった。「そいつは、顔にナイフの傷があったんだぞ。それなのにそんな大事なことを、最後になって、やっというのかよ？」

「おれは、奇形だとか疾患とかを気にしないようにしてるんですよ」ホップウェルがいった。

「他に、奇形だとか疾患とか思い出すことはありませんかね？」

「いや」

「わかるようなしるしとか、入れ墨は？　たとえば、ほくろとか出産斑とか……」

「えーと、あります。入れ墨が」ホップウェルはそういってから、次をいうべきかちょっと迷った。「ペニスの先端に青い星がひとつ」


プレジデント・ホテルには、ジョン・ブリッジズという名前の泊まり客はいなかった。殺人のあった夜も、その名前の泊まり客はいなかった。ホテルのマネージャーにホップウェルがいった人相を伝えたところ、ジャマイカ人のように見える客や、ジャマイカ人のような話し方をする客は思い出せない。何しろ、一週間に何千人もの宿泊客がある大きなホテルですから、問題の夜に何人かのジャマイカ人が泊まった可能性はあります、といった。

彼らは、テキサス州ヒューストンから来た客がいないか宿泊簿を調べた。一人フォートワースから来た客がいたが、四日にチェックインし、翌日の夜にチェックアウトしていた。もう一人オースチンから来た客がいるが、妻と二人の子どもを連れていた。わざわざそんな男の話を聞くまでもない。署のコンピューターでも、ジョン・ブリッジズという人物に対する逮捕状で、未決のものは出てこなかった。ヒューストンの電話帳にも、その名前で載っている者はいなかった。

キャレラはヒューストンの中央署に電話し、ジャック・ウォルマン刑事と名乗る男と話をした。警官になってから十二年近くになるから、この町で悪さをするやつはほとんど知っている、しかし、顔の左下にナイフの傷があり、ちんぽこに青い星を入れ墨したやつなんかにはお目にかかったことはないといった。

「なんてけったいな野郎なんだ」彼がいう。「その星は何のつもりだ？　ローン・スター・ステイト（テキサス州の別名。州旗はひとつ星にちなむ）のつもりかね？」

「そうかもしれない」キャレラがいう。

「さてと」彼がいった。「とにかく、コンピューターで調べてみよう。しかし、これはめったにお目にかかれない組み合わせだぜ。もし見たことがあれば、そんなに変てこなものは絶対覚えてるはずだがな。もっとも、入れ墨をする前にナイフ傷をつけられたってこともある。ご存じのように、そんな手合いは刑務所で入れ墨をするやつが多いんだ。その場合は、コンピューターに両方は出てこない。わかるだろう？　ここには、ナイフ傷のあるやつはごまんといる。おまえさんが捜してる男はチカーノかい？」

「いや。ジョン・ブリッジズというジャマイカ人だ」

「まあ、ここにも二千人ぐらいジャマイカ人がいる。だから、わかんないな。そいつは何をしたんだ、その野郎は？」

「たぶん、二人の人間を殺している」

「悪党だな？」

「ああ、悪いやつだ」

「痛かっただろうな、そう思わないかね？」ウォルマンがいった。「そんなところに入れ墨するなんて」

　彼は一時間後に電話してきた。コンピューターでジョン・ブリッジズという犯罪人がいないか——市と州の両方で——調べたが、何も出てこなかった。前にもいったように、テキサス州には顔に傷のある犯罪人がうようよいる。キャレラがそいつらすべてのプリントアウトが欲しければ、喜んでファックスするよ。だが、顔の傷と入れ墨入りのちんぽこの両方を持ってるようなやつはいなかった。でも、この古顔の一人が、ペニスに小さなアメリカの国旗を入れ墨しているやつがいたことを思い出したよ。まあ、こんな情報が役に立てばだがね。そいつが勃起するたびに、旗が風にゆれたんだ。しかし、そいつはルイジアナのアンゴラで刑期をつとめているらしい。それはそれとして、あまり役に立てなくてすまないなとウォルマンはいう。キャレラは顔に傷のある犯罪人のプリントアウトをファックスしてくれるようにと頼み、いろいろありがとうといった。

彼らは、最初にこの事件の届け出を受けた十月二十九日の朝、つまり振り出しに戻ってしまった。

4

この大都市圏には三つの空港がある。このうちで最大の空港はサンズ・スピットにあり、週日はほぼ毎日、ヒューストンまで直行便が三便、乗り継ぎ便が六便飛んでいる。市に一番近い空港からは直行便が九便、乗り継ぎ便が十一便だ。川を越えた隣りの州からは、朝の六時二十分から、ほぼ毎時飛んでいる。その空港だけでもノンストップ、乗り継ぎあわせて二十一の便が飛び立つ。これを合わせれば、だいたい毎日五十便もがヒューストンに向けて飛び立っていることになる。テキサス州のヒューストンは活気あふれる大都市なのだ。

十一月十日水曜日の早朝から、十二人の刑事は、コンティネンタル、デルタ、USエアウエイズ、アメリカン、ノースウエストおよびユナイテッド・エアラインズのチェックインカウンターで調査を始めた。直行、またはシャーロット、ダラス／フォートワース、ニューオーリンズ、デトロイト、シカゴ、メンフィス、アトランタ、クリーヴランド、ピッツバーグまたはフィラデルフィア経由でヒューストン・インターコンティネンタルまたはヒューストン・ホビーへ向かう、顔に傷があるジャマイカ人を捜すのだ。これらの便に乗った男で、ハルポ・ホップウェルが語った人相に少しでも似ている者は一人もいなかった。

その日、市から飛び立つ便は、まだまだたくさんあった。

「ここの責任者は誰かね」検視官補は知りたがった。

オリーは、ちらっと彼に目をくれただけだった。ここで、ジャケットの襟に金とブルーのエナメル加工した刑事バッジをつけているのはおれだけだぜ。あの馬鹿野郎、誰が責任者だと思ってるんだ？　おれ以外にこの現場にいる警官といえば、途方に暮れたような顔をしてつったっている役にも立たない制服が二人だけだ。今じゃあ制服が殺人事件の捜査をするとでも思ってるのか？

それとも、あの野郎はおれと一緒に仕事をしたことを忘れたんだろう。オリーにすればそんな馬鹿な話はあり得なかった。自分が簡単に忘れられるような人間だとは思っていないのだ。あいつは、毎日おれみたいな太った刑事と仕事をしているのかね？　派手なスポーツジャケットを着ていたとしても立派な刑事が、ここの責任者なんだ。それがわからなきゃいかん。それとも、オリー様がデブだからそれで覚えていたというとまずいから知らんぷりをしているんだろうか？　もしそうなら、ばかげている。おれは自分がデブなことくらい知っているさ。自分のいないところで、みんながデブのオリーと呼んでいることだって知っている。誰も面と向かっていわないのは、おれを尊敬しているからだと考えている。

「やあ、ウィークス」検視官補が、はじめて気がついたかのようにいった。これじゃあ、ディナーテーブルにカバが座っていることに突然気がついたのと同じだ。「どういうことなんだ？」

「キッチンで、黒人の娘が死んでる」オリーがいった。

検視官補の名前はフレデリック・カーツ、ナチ野郎だ。もっともオリーがナチにお目にかかったことがあるとすればの話だが。鼻の下にはヒトラーのような髭まである。それにブーヘンワルト（ドイツ中東部の小村。強制収容所があった）の狂った医者のような小さな黒いカバン。しわくちゃのスーツ。まるでこの一週間ずっとそのスーツを着たまま寝たようにみえる。ひどい風邪もひいている。ひっきりなしに後ろのポケットからよごれたハンカチを出しては、鼻をかんでいる。いやなナチだ。オリーは、彼の後ろからキッチンに入った。

娘は、流し台の前に、仰向けに倒れていた。ナイフがまだ刺さっている。これはなかなかやっかいな仕事になりそうだ。刺し傷が致命傷だと診断するのには、頭の切れるナチ野郎が必要なんだろう。誰も娘からナイフを抜いてなかった。検視官補が、犠牲者が死亡していると正式に宣言するまでは、何にも触ってはいけないというのが、鉄則だからである。カーツは死んだ娘を調べるのに具合が良い場所がないかと死体のまわりを禿げ鷹のようにぐるぐる回っている。そのあいだ、オリーはじっと待っていた。彼は、カバンを彼女のかたわらに置き、彼女の口元に身をかがめた。口からわずかな息でももれないかと期待しているようだった。オリーは、もしこの娘がまだ息をしているなら、夜の来ないうちに聖女にされるさ、と思った。この市出身の初の黒人聖女だ。カーツは人差し指と中指を彼女の首の脇におき、頸動脈に触れた。脈なんかあるはずないじゃないか、オリーは思った。

「その女は死んでると思うかね？」ジョン・ウェインの真似をしてきいたつもりだったが、他人にはちょっとW・C・フィールズに似ているくらいにしか聞こえなかった。オリーはときどきトム・ハンクスやロビン・ウィリアムズ、ロバート・デ・ニーロの真似をしたが、どういうわけかどれもこれもW・C・フィールズのようになってしまう。だが、彼自身は気がついてなかった。それどころか、自分の耳はたいしたもんで、物まねは完璧だと考えていた。カーツには、さっきの質問が皮肉だとわかっている。たとえ、それが、カウボーイに似ても似つかないでぶの刑事《でか》から出たものであってもだ。彼はオリーの質問に答えず、娘がドアの釘のように——新創案の医学用語——完全に死んでるのはとっくの昔にわかってはいたが、娘の胸に聴診器を差し込んだ。それから、オリーなんかいないふりをして診察を続けたが、相手がでかいオリーとあってはどうしたって無視するのは難しい。突然寝室のドアから声がして、カーツを驚かせた。さっきの自分の質問が繰り返されている。

「ここの責任者は誰かね？」きいてるのはモノハンだった。

またもや、うすのろのあほくさい質問だ、あいつら知ってやがるくせにと、オリーは思った。この市では、事件を最初につかんだ刑事が、その後も正式にその事件を捜査することになる。モノハン刑事と相棒のモンロー刑事、その他さまざまな本署の殺人課の刑事たちは、助言者兼監督者として分署の刑事たちが本領とする殺人現場に送られてくる。彼らの存在理由は、この市がザイールの国全体よりももっと経費のかかる一枚岩的な官僚集団の巣だからである。

この市では、一人分の仕事をするのに十人がかりだ。市のやっていることといったら、高校中退を雇い、制服を着せ、それから市民に対して仏頂面で挨拶する仕方を教えるのだ。この市では、出生証明書や運転免許証が欲しければ、阿呆がコンピューターを操作しているふりをしているあいだ一時間半も並んで待つのだ。その阿呆がやっと目当てのものを見つけたとしても、今度はその代金支払用の郵便為替の手続きをするために、郵便局に行ってまたもや一時間半ほど並んで待つ。というのは、この市では、市の職員が現金や個人用小切手、クレジットカードで受け取ることを許されていないからだ。市の長老たちは、市の組織のいたるところでだらだら働いている職員の力量がどんな程度のものかを知っているし、現金がたちまち消え失せてしまうことも知っているし、クレジットカードなら模造品が造られることを知っているし、個人用小切手ならいつのまにかあちこちの個人の銀行口座に落ちてしまうことを知っているからだ。だから、役所の受付に座っている連中はいつも市民に敵愾心に満ちた目を向けるのだ。連中はこの役所のシステムでは、何も盗めないからと思って怒っているのだ。それとも、同じ市でも、刑務所の看守のような実入りの多い仕事につけなかったからカリカリしているのかもしれない。刑務所勤務なら、野心さえあれば囚人に麻薬をこっそり渡し、上司にはわからない現金をかなり稼ぐことが可能だからだ。

モノハンとモンローのような連中は、このようなシステムには必要不可欠なのだ。

オリーのような経験豊かな刑事に、仕事の仕方を教えようなどという二人の馬鹿者がいなければ、このシステムは一分と三十秒で壊れてしまうだろう。殺人課の刑事は、誰がここの責任者かとうにご承知だ。オリヴァー・ウェンデル・ウィークスだ。その昔、市では殺人課は敬意を払われていたものだった。それなのに、この頃ではテレビでだけというのは、彼らにしても気になるところなのだ。今では、殺人課の誇り高き伝統も、せいぜいその名残があるにすぎない。優雅な過去の痕跡を止めるものといえば、殺人課の警官がいまだに着ている黒のスーツだけだ。それは死の色、殺人の色。

この陰鬱な十一月の午後、モノハンとモンローは二人とも黒のスーツを着ていた。仲間のアイルランド人に、あの酔っぱらいのパディ・オトゥールがくたばっちまってご愁傷さま、とかなんとかいうために葬儀場に行く途中のように見える。オリー・ウィークスの変わらないところは、人種、信条、肌の色を問わず、あらゆる人間を憎んでいる点だ。オリーはとことん偏屈者だ。もっとも、自分では気がついてさえいないが。

「そこのお二人のアイルランドさんは、バーからお出ましかね？」彼がいった。

「何だと？」モノハンがいう。

「そうにきまってらあね」オリーがいって肩をすくめた。

モノハンもモンローも笑わなかった。

ナチ野郎のカーツは笑いだしたが、鼻をかんでごまかそうとした。というのは、実は、この二人の大男のアイルランド人警官が恐くてたまらなかったのだ。彼は、オリーはたぶんイギリス系なんだろうと思った。そうじゃなければ、葬儀屋のような服装をした、ちょっと赤ら顔の二人のアイルランド人にあんな冗談をいえるはずがない。

「どういうことなんだ、民族差別か？」とモノハンがいった。

「ステレオタイプ的なあてこすりか？」モンローがいった。

「彼女は死んでますかね、それともまだ生きていますか？」オリーは話をそらそうとして検視官補にきいた。というのは、酔っぱらい仲間だということを見抜かれて、このとんまなアイルランド野郎が今にも怒りそうな気配を見せてきたからだ。

「ええ、死んでます」カーツがいった。

「何が原因か、想像していただけませんですかな？」オリーは、今度は皮肉たっぷりのイギリス人弁護士のようにいってみた。しかし、やはりW・C・フィールズのようにしか聞こえなかった。

「検視局が報告書を送りますよ」カーツは、これででぶのオリーに切り札を切ってやったと思っていった。しかしオリーは、ただにやっとしただけだった。

「念を入れすぎたからといって、文句がいえる筋じゃないからな」彼はいった。「娘の胸からナイフが突き出ているだけなんだ」

くそ、でぶ野郎と検視官補は思った。しかし鼻をかんだだけで出ていった。

殺人課の刑事は面白くなさそうにアパートの中をうろうろしている。オリーは思った。あいつらまだおれのアイルランド人ジョークがこたえているんだな。おれのジョークは、なかなかいいできだった。ジョークもわかんないなら、糞くらえだ。娘はここの住人で、誰かを訪ねようとして刺されたのでないと確信させる十分な私有物が――ドレッサーに予定帳、住所録、ブラ、そしてパンティ――このアパートにはあった。これについては、数分後、捜査の様子を覗きにきたビルの管理人が確認してくれた。オリーが大嫌いなのは、警察の仕事に首を突っ込む素人探偵だ。彼は管理人に娘の名前を尋ねた。管理人はアルシーア・クリアリーだと答え、ここには五月から住んでいたといった。たぶんオハイオかそんなところから来たんだと思う。アイダホかもしれない。あるいはアイオワかな。まあそんなところでしょう。オリーは、貴重な情報と殺人に市民として関心を寄せてくれたことに感謝して、彼にはアパートからご退場ねがった。呼び出しに応じて現場に来ていた制服の一人が、警察に通報してくれた婦人が外の廊下で待っているが、中に入れてもいいだろうかと尋ねた。

「なぜ悪いかもしれないと思うんだ？」オリーがきいた。

「ええと、犯行現場ですし」

「その考え方はなかなかよろしい」オリーはいって、謎めいた微笑を浮かべた。「彼女を連れてきてくれ」

女は五十代の後半だろうと、オリーは見当をつけた。緑のカーディガンに茶のウールのスカートをはいている。彼女がオリーに語ったところによると、彼女とアルシーアは友だちで、一緒にカプチーノでも飲みに行こうと、二時頃アパートのドアをノックした。

「私は家で働いてるんです」女はいった。「アルシーアも家にいることが多かったんです。ですから、私たちときどきカプチーノを飲みに〈スターバックス〉まで歩いていったんです」

「どんなお仕事ですか？」オリーがきいた。「家での仕事というのは」

「あのう、ピアノを教えてます」

「おお、ずっと前からピアノを習いたかったんですよ」オリーがいった。「五つだけ、歌を教えていただけませんかね？」

「どういうことです？」

「歌を五つ、覚えたいんです。五曲くらいでいいから、プロのように弾きたい。そうすれば、パーティに行ったとき、ピアノの前に座って、五曲だけは弾けるでしょう。それでも、みんなは、私がピアノを弾ける人間だと思いますよ」

「まあ、もし五曲も弾けたなら、実際にピアノ弾きですわ、そうじゃありません？」

オリーは小利口な女は嫌いだった。たとえピアノが弾けてもだ。

「そのとおりですな」オリーはいった。「しかし、私がいいたかったのは、その五曲だけじゃなくてもっと弾けるだろうとまわりが思うだろうってことなんですよ」

「五曲教えてさしあげますわ」女がいった。

「名刺かなにかお持ちじゃないですか？」

「アルシーアのことを知りたいのじゃありません？」

「もちろん知りたいですよ。名刺をお持ちですか？　電話をします。いつか歌を五つ教えてください。《ナイト・アンド・デイ》をご存じですかな？」

「ええ、知ってます。でも、いっておきますけど……普通はクラシックを教えてますの。ほとんど子どもたちですわ」

「かまいません。私は歌を五つ覚えさえすればいいんですから」

「それでしたら」女はいって、ため息をつき、ハンドバッグをあけた。中をあちこち探り、名刺を見つけ、オリーに渡した。名刺の名前はヘレン・ホブソンとあった。

「レッスン代はいくらですかね？」彼がきいた。

「それについてはご相談にのりますわ」彼女が答えた。

「五曲いくらと決めてもらってもいいでしょう」彼はいった。「あの人は、夜働いていたんですか？」

彼があまりにも急に話題を変えたので、ヘレンは文字どおり目をぱちくりさせた。

「あの人は家にいることが多かったとおっしゃいましたよね」オリーがいった。

「そうです。夜働いてました。電話会社で」

オリーは電話会社が嫌いだ。どこかの怒った電話加入者が、アルシーア・クリアリーの胸を五、六回も刺している光景がいとも簡単に想像できる。

「彼女が大好きでした」ヘレンがいった。「とてもいい人でした」

「よくカプチーノを一緒に飲みに行ったんですね」

「毎日といっていいほどでした」

「ところが、今日行ってみると、彼女は死んでいた」

「ドアが開いてたんです」彼女は頷きながらいった。

「大きく開け放してあったんですか？」

「いえ、ちょっと隙間が。変だと思ったんです。アルシーアって声をかけました。でも返事がなかったので、中に入ったんです。彼女はキッチンにいました。そこの床の上に」

「それからどうしました？」

「自分の部屋にもどり、警察に電話しました」

「何時でしたか、ミス・ホブソン？」

「二時ちょっと過ぎでした。レッスンが二時に終わって、次は四時からなんです。それで、一緒に〈スターバックス〉に行こうと思ってアルシーアのところに降りてきたんです」

「どうやって降りてきました？」

「階段です。一階上なだけですから」

「降りてくるときに誰か見かけませんでしたか？」

「誰も」

「彼女のアパートの外では？」

「いいえ」

「いつドアが開いているのに気がついたのですか？」

「すぐにですわ」

「ノックをする前にですか？」

「一度もノックはしませんでした。ドアが、そうですね、一、二インチ開け放してあるのが見えたんです。で、声をかけてから中に入ったんです」


「ありがとう、ミス・ホブソン。ご協力感謝します」彼はいった。「レッスンについてはお電話します。五曲だけですよ」

「ええ、わかってます」

「《ナイト・アンド・デイ》と他に四曲。そうすれば、みんなを感心させられますからな」

「きっとみなさん感心すると思いますわ」

「ああ、もちろんですよ」

「ここはきみが指揮しているのかね？」モノハンが尋ねた。

「科研技手が来しだいすぐだ」オリーがいう。「どうして渋滞してるんだ？　法王でもお越しになってるのかね？」

「法王のジョークでもやる気かね？」

「法王のは、ひとつしか知らないよ」オリーがいう。

「たぶん、このご婦人があとの四つを教えてくれるだろう」モンローがいう。「そうすりゃ、ほんとにみんなを感心させられるぜ。ピアノが五曲弾ける、法王のジョークが五つ話せる、おまけに、もし聴衆にアイルランド人でもいればアイルランド人のジョークも五つだ」

「そいつはいいや」オリーがいった。「法王のジョークを四つほどご存じないですかな、ミス・ホブソン?」

「法王のジョークなんかひとつも知りません」

「どうしても法王のジョークをあと四つ知りたい。どこか別のところで仕入れなきゃならないようですな」

「失礼してよろしいでしょうか?」彼女が尋ねる。

「忠告させてもらおうかね」モンローがいう。

「どうぞ。何です?」オリーがいう。

「この仕事についているアイルランド人は多いんだ。おれだったら、アイルランド人のジョークをいってまわったりしないぜ」

「なんとまあ、それがご忠告ですか?」

「それがわれわれからの忠告だ」モンローがいう。

「アイルランド人のジョークをいうのは、政治的に正しくないとおっしゃりたいわけですな?」

「危険このうえないってところだろう」モンローがいう。

「これは、これは。脅しじゃないでしょうな」オリーがいう。

「脅しじゃない。しかし、お望みならそうとってもいいぜ」

「もう失礼してよろしいですか」ヘレンがまたいった。

「なぜかって」オリーがいう。「何が政治的に正しいかどうかなんてことはおれはちっとも気にしちゃいないよ。おれのやりたいのは、歌を五曲と、法王のジョークを五つ覚えることさ。ただそれだけだ。それで、もし暇ができれば、この娘を刺したのが誰か見つけるのさ。だから、これ以上ご忠告がないんなら……」

「帰ってもいいですか」ヘレンがいった。

「いつでもどうぞ」モノハンがいった。

「どうも」彼女はいって、急いでアパートから出ていった。

「おれもアイルランド人だといったら、どうかね?」オリーがきいた。

「信じないぜ」モンローがいう。

「なぜだ? おれが酔っぱらってないからか?」

「そういう言い方をするから、トラブルに巻き込まれたりするんだ」モノハンが、オリーの鼻先で指を振りながらいった。

「昔、そうやってる男の指を嚙みきったことがあったな」オリーがそういってにやりとしたところは、サメのようだった。

「しばらく、糞でも食ってろ」モノハンがいった。

「ピアノの先生がいなくてよかった」オリーは首を振りながら、がっかりしたようにいった。

「ここの責任者は誰かね?」戸口から一人の技手が声をかけた。

「誰だかわかるだろう!」オリーがいった。

「報告を続けろ」モノハンがいった。

でぶのこん畜生、と思ったがいわなかった。

水曜日の朝、十一時数分過ぎにアーサー・ブラウンはシンシア・キーティングのアパートのドアをノックした。

「はい。どなた?」彼女がきいた。

「警察です」ブラウンがいった。

「あら」その後、長い沈黙があった。「少々お待ちくださ

い」彼女がいった。掛け金がまわり、錠前の鍵が落ちる音がする。鎖をつけたままドアがわずかに開いた。シンシアが顔をのぞかせた。

「お目にかかったことがないですわね」

ブラウンは警察バッジを見せた。

「ブラウン刑事です」彼はいった。「八七分署の」

「話はもう他の刑事さんにしました」彼女がいった。

「もう少しお尋ねしたいことがあるのです」

「これはきちんとした手続きをふんでいるんでしょうね?」

「入ってもよろしいでしょうか?」

「ちょっとお待ちください」彼女はいうと、鎖を外すためにいったんドアを閉めた。ふたたびドアを開けると「どうぞ」といった。そして先に立って部屋に入った。「正規なものでないと、大変なことになりますよ」彼女がいった。

「奥さん」クリングがいった。「ジョン・ブリッジズという男をご存じですか?」

「いいえ。あなたのバッジも見せてください」彼女はいっ

た。

クリングは小さな革のホールダーを取り出すと、金とブルーのエナメル加工したバッジをさっと見せた。

「ちょっと失礼します」彼女はいうと、キッチンの壁にかかっている電話機にまっすぐ歩いていった。ダイヤルし、待ち、耳を傾け、それからいった。「シンシア・キーティングですけど、アレクサンダーさんをお願いします」ふたたび待った。「トッド」と彼女はいった。「警察が来たの。どうしたらいいかしら?」彼女は耳を傾け、頷き、こんどはしばらく話をきき、やっと「ありがとう、トッド、後で電話するわ」といって、電話をきった。「さあ」彼女はいった。「逮捕状がないのでしたら、お帰りいただくようにと、弁護士がいってますわ」

死んだ娘のアパートにひとりきりになってみると、なにか非常に落ちつくような感じがした。第一に、物音がしない。この市でただひとつ、どこを探しても見つからないものは、平安と静けさだ。昼となく夜となく、ひっきりなしにパトカーや救急車のサイレンの音がする。それに車のクラクション。ほとんどがタクシーからだ。インドやパキスタンからやってきた外国人ドライバーは、信号なんかがない砂漠をラクダですっ飛ばしていた覚えがあるから、この街へ来ると昼も夜もクラクションをたよりにしているのだ。この市は、まったく世界中で一番騒音のひどい街だ。オリーは、死んだ娘のアパートの静けさの方がよっぽど好きだった。

彼は、死人のアパートに長いこといれば、殺人者の霊気を感じとれるのではないかと思うことがある。殺人者の皮膚の内側に入り込めるんじゃないかと。そういえば、昔、ある話を読んだことがある——だいたい読書なんて嫌いなんだが——その話によると、殺人者のイメージが被害者の眼球だか網膜だかに残っているはずだというのだ。まったくの嘘っぱちだ。しかし、被害者のアパートの沈黙は手に取れるようで、オリーは、ここにずーっと居れば、殺人者の霊気が彼の骨の中に浸透するだろうと信じた。しかし、実をいうと、そんな経験はしたことがない。それにもかかわらず、彼は殺された娘のベッドの足元にじっとたたずんだ。そして、胸にナイフを突き刺されたままキッチンの床に倒れていた姿を初めて見た瞬間のことを目に思い浮かべながら、彼女にナイフを突き刺した瞬間、殺人者が何を感じていたのかを感じとろうとし、殺人者の肌の中にもぐり込もうとしてみた。しかし、何も起こらなかった。オリーはため息をつき、屁を放ち、たったひとりでアルシーア・クリアリーのアパートの捜査を始めた。

彼女の両親の名前だけは見つけたくなかった。両親に電話をかけ、娘さんが亡くなりましたと伝えなければならないからだ。そういうことは苦手なのだ。オリーにとっては、死者はあくまでも死者で、手をもんだり髪をかきむしったりしないものだ。だいたい、彼には死んだからといって悲しむような人は一人もいない。自分の母親や父親が死んでも別に悲しくもなかった。もし妹のイザベルが死んだら、少しは悲しく思うかもしれない。しかし、葬式の席で立ち上がり、彼女について何か優しい言葉を述べたいと思うほどではない。実際、生きていようが死んでいようが、優しいことをいおうにも、何ひとつ思いつかないのだ。生きている人間はだいたいがそうだが、イザベル・ウィークスにもいらいらさせられる。彼のことを偏屈者呼ばわりしたときには、とっとと消えちまえ、といってやった。

彼は、死んだ娘の住所録と予定帳にはすでに目を通していたが、クリアリーという名前は出ていなかった。住所が、管理人が想像していたオハイオでもアイダホでもアイオワでもなく、モンタナになっている人が二、三人いたが、どれもクリアリーではない。彼はモンタナの誰ともわからない人物に電話して、死んだ黒人娘の親戚かどうか確かめる気はなかった。第一、この娘について彼らに話したくもなかった。予定帳もあまり役にたたなかった。おそらく彼女はこの街に来たばかりだったのだ。だから、上の階のピアノの先生といつもいつもカプチーノを飲みにいってたんだ。オリーは、先生に電話しなきゃならないな、と思った。《ナイト・アンド・デイ》。それに《サティスファクション》。これも彼の大好きな歌なのだ。

次に、彼は娘のドレッサーのところに行き、一番上の引き出しを開け、自分でもわからない何か、つまり、彼女と、彼女が死んだ晩に彼女と一緒に居た人物について何でもいいからわからせてくれるものを探した。教則本どおり近所の聞き込みにまわって、リーロイや、ルイスや、カルメンや、クラリスにアパートに出入りした人物を見なかったかと聞く警官もいる。しかし、このジンバブエ・ウエストでは、相手が警官となると、何かを目撃した人間はいなくなるのだ。それはともかく、彼はまず被害者について調べ、それから被害者を知っている人物にあたる方が好きだった。それに、オリーは生きてる人間よりも死んでしまった人間のほうがずっと好きだ。死人は迷惑をかけない。死人のアパートに行っても、おならやげっぷが出ないか心配する必要がない。おまけに、もし被害者が女なら、パンティやストッキングを手に取ることができるうえに――ちょうど今やっているように――誰からも変態呼ばわりされない。オリーは赤いパンティの股の部分の臭いを嗅いだ。これでも立派な警察の仕事のひとつなんだ。というのは、その娘が清潔なのか、それともはいていたパンティを洗濯もしないでそのままぽんと引き出しに入れてしまうような娘なのかわかるからだ。このパンティは洗いたての清潔な匂いがした。

オリーは、彼女のアパートでパンティを嗅ぎ、残りの下着全部と、クローゼットのセーター、ブラウス、ハイヒール、それからコートとドレスを――一枚はモニカ・ルインスキーのような青いドレスだった――チェックしてまわった。何かを発見しようとしながら、そして、いったいどんなやつがこの娘を十回以上も刺したうえにパン切り包丁を胸に突き刺したまま逃走したのかと考えながら、彼女の所有物をすべてチェックした。ハンドバッグをあけ、その中のいかにも女の子らしい持ち物をひっかきまわしながら、自分は透明人間の空き巣のように、絶対につかまらない特別の存在のように感じた。

オリーが水曜日の午後四時にダウンタウンの技研に着いたとき、カール・ブレイニーは肝臓の重さを量っていた。前ほどひどくはなかったが、まだ雨が降っていた。死体置場も外の雨もステンレスのような感じだった。彼はブレイニーが肝臓を秤からステンレスの皿に移すのを眺めていた。個人的には、臓器を見るのは気持ち悪かった。

「それはあの娘のものかい?」彼がきいた。

「誰のことだ?」ブレイニーがいった。

「被害者さ」

「ここにあるのは、みんな被害者のものだよ」

「アルシーア・クリアリーだ。刺し殺された黒人の娘」

「ああ、あの娘ね」

「おまえさんの仕事は何だ、肝臓ばっかりやってるのか?」

「ああ、それだけだ」ブレイニーはそっけなく応えた。

「おれの件で何かわかったことがあるか?」

マイヤーにとって、でぶのオリー・ウィークスをいらつかせるほど面白いことはなかった。オリーがキャレラに電話をかけてきたが、あいにくキャレラは席を外していた。マイヤーは誘惑に勝てなかった。

「おまえさん、あの男を訴えるつもりかい?」彼はきいた。

「誰のことだ?」オリーがきく。

彼は生まれてこの方、人を訴えたことなどなかった。彼の考えでは弁護士なんてものは金持ちなんだから、訴訟を起こしてやって、そのうえさらに金が入るようなことはしてやりたくなかった。

「警察のことを本に書きまくった男だよ」

「だから誰だ?」オリーがまたきく。

「その本を書いたアイルランド人のことさ。オリー、あんたは有名人になったんだぜ」

「いったいぜんたい、何がどうなったんだ?」オリーがいった。

「もっとも、その本にはこんな但し書きがあるんだ。本書に登場する人物、名前、場所および事件はすべて著者の想像の産物であるか、フィクションとして扱われている」

「結構だね」オリーはいった。「スティーヴにおれが電話したといってくれ。いいな? あいつに会わなきゃならないんだ」

「〝実在の事件、場所あるいは人物に似ていたとしても、それはまったく偶然の一致である〟」マイヤーは引用した。

「そう書いてある。だから、偶然の一致なんだろうな」

「何が偶然の一致なんだ？」オリーがきいた。

「そいつの名前がおまえさんのとそっくりだっていうことさ」マイヤーが説明した。

「誰の名前が？」

「その男さ」

「だから誰のことだ？」オリーはこれで三回もきくはめになった。

「そのアイルランド人のジャーナリストが書いた警察本に出てくる男だよ」

「わかった。降参だ」オリーがいった。

「でぶのオリー・ワッツ」マイヤーは重々しく名前をいった。「ことわっておくが、ここの誰かがおまえさんのことをでぶのオリーって呼んでるってわけじゃないからな」彼はすぐにいいたした。

「その方が身のためだな」オリーはいった。「で、でぶのオリー・ワッツとは何なんだ？」

「その本に登場する人物の名前さ」

「登場人物？　でぶのオリー・ワッツが？」

「ああ、でも、彼は脇役だな」

「脇役だと？」

「そう。本ではどっかの安っぽい泥棒なんだ」

「どっかの安っぽい泥棒？」

「そうなんだ」

「そいつがでぶのオリー・ワッツって呼ばれてるのか？」

「ああ。けっこう似てるな、そう思わないかね？」

「似てるだと？　そっくりじゃないか！」

「いや、違うよ。ワッツはウィークスじゃないからな」

「ウィークスじゃないと？　へっ」

「綴りだって違うよ」

「おや、そうかい？」

「おれだったら気になんかしないぜ」

「何だと？　でぶのオリー・ワッツは、でぶのオリー・ウィークスじゃないだと？　じゃあ、何なんだ？」

「ワッツさ」

「そいつは誰なんだ、まったく？」

「でぶのオリー・ワッツだ」マイヤーがいった。「いっただろう」

「そいつじゃない！　その本を書いた野郎だ。やつはおれの存在を知らないのか？」

「さあなあ、知らないと思うよ」

「そいつは警官のことを本に書いてるんだろう、それなにおれのことを聞いたことがないだって？　実在の人物だぞ？　オリヴァー・ウェンデル・ウィークスの名を聞いたことがないだと？」

「何だよ、オリー、落ちつけよ。トマス・ハリスをまねただけの連続殺人ものじゃないか。おれだったら気にしないぜ」

「おれのことを聞いたことがないなんて、そいつは火星にでも住んでるのか？」

「アイルランドだよ、いっただろう」

「アイルランドのどこだ？　パブのボックス席か？　道路際に立ってる石の小屋か？　どっかの臭い沼地か？」

「悪かったな、こんな話持ち出して」

「なんという名前だ、そいつは？」

「いっただろう、でぶのオリー……」

「そうじゃない」オリーがさえぎった。「作家だ。そのくだらない小説を書いた野郎の名前だ！」

「ほんとのことをいうとな」マイヤーがにやにやしながらいった。「もう忘れちまったんだ」

そして、電話を切った。


二人の男は、その日の午後五時にバーで落ち合った。二人とも公務は終わっていた。キャレラはビールを、オリーはハービー・ウォールバンガーを注文した。

「で、どういうことなんだ？」キャレラがきいた。

「電話で話したとおりだ」

「どこかの娘が刺された……」

「アルシーア・クリアリーという黒人の娘だ。検視官にいわせると八回だ。ナイフが胸に突き刺さったままだった。

武器は手近にあったものを使った。キッチンのナイフセットと一致する。おまえさんを思い出したのは、ブレイニーがいったからなんだ……」

「どっちのブレイニーだ？」

「知らない。何人ブレイニーがいるんだよ？」

「二人だと思うな」

「それじゃあ、そのうちの一人だ」オリーがいった。「そいつは、その娘が薬を飲まされていたらしいというんだ。何の薬だと思う？」

キャレラは彼を見た。

「そうだ」オリーがいった。

「ロヒプノールか？」

「ロヒプノールだ。おい、バーテンダー！」彼が叫んだ。「ちょっと聞きたいんだが、このドリンクにウォッカを入れてくれたかね？」

「ウォッカなら入れましたよ」バーテンダーがいった。

「いいかね、おれにはやる気があれば、やれるんだぜ。こいつを警察の科研に持ってって、薬毒物検査をやってもらって、中にアルコールが入ってるかどうか調べられるんだ」

「入れなければならないものは、きちんと入れてあります」バーテンダーがいった。「お客さんが飲んでいらっしゃるのは、かなり強くて悪くない酒ですよ」

「それじゃあ、もう一杯同じのをつくってくれ。今度は店のおごりでな。実にうまい」

「どうして店のおごりなんです？」バーテンダーがきいた。

「おまえさんとこのトイレが水漏れしているうえに、窓も塗り固められてるからだな」オリーがいった。「両方とも法律違反だぞ」

両方とも法律違反ではなかった。

「その娘が薬をのまされてたというのは確かかい？」キャレラがいった。

「ブレイニーの話ではな」

「薬は確かにルーファーズだったといってるんだな」

「間違いない」

「で、おまえさんは、おれの事件と関連があるといいたいわけだな」

「そうだ、当たりだ」

「二人とも薬を飲まされているから……」

「そのとおり」

「……その後で殺されている。だから関連があるということだな」

「それほどとっぴな推理とは思えないんだがね」

「おれは考えすぎだと思うね、オリー」

「どうぞ、ウォールバンガーです」バーテンダーはそういうと、カウンターの上にどすんと置いた。

オリーはテーブルから椅子をぐいと引くと、飲み物を取りに行った。キャレラはオリーを眺めながら、太った男にしては驚くほど早く歩くと思った。オリーはグラスを持ち上げ、一口すすり、舌なめずりをし、いった。「きみ、うまい。実にすばらしい」そしてテーブルに戻ってきた。

「それほど考えすぎでもないんだ」彼はキャレラにいった。

「考えすぎじゃないだって？　おまえさんは、おれの事件で年寄りの首をつったやつが、おまえさんの事件では娘を刺したのかもしれないといってるんだぜ」

「おれがいいたいのは、手口にパターンがあるってことだ。おれの働いている署ではこれをM・O（modus operandi）といってるんだがね」

「おやおや、どうも」

「喜んで教えてやるさ」オリーはそういってから、無言でグラスを上げて乾杯し、飲んだ。「こいつにもウォッカがはいってないぞ」いいながらグラスの中をのぞき込んだ。

キャレラは考えていた。

「質問がある」彼はいった。

「なんなりと」

「証拠はあるのかい、アリソン・クリアリーが……」

「アルシーアだ」

「ジョン・ブリッジズを知っていたという？」

「まったくない。しかし、会ったことはあるかもしれない」

「どうやって？」

「男はヒューストンから来たんだろう？　どうも遊び回っ

ていたらしいじゃないか、違うかね？　ちょっと友だちに助けてもらって、誰かの首をつり、週末はカード遊びに出かける。そこで、例のホモの友人、ハルポと出会い、他の友だちにも紹介する。さあ、これを持って行けよ。セックスが楽しくなるぜ、ウフフ。つまりだ、もしハルポが両刀使いだったら、若い娘のドリンクに二、三錠落として、娘がペニスにキスするようにしむけられるんだ。ブリッジズだか誰だかが、二日後の夜にあのアルシーア・クリアリーにしたのは、まさにこれだったのさ」

「どこで会ったと思う？」

「彼女の上の階に住んでいるご婦人が、ときどき彼女とカプチーノを飲んでいた。そのご婦人が、彼女は電話会社で夜勤をしていたと教えてくれた。いいかい、おれは彼女の部屋を探し回って、ハンドバッグの中に社会保障カードを見つけた。どこで働いていたと思う？」

「今教えてくれたばかりじゃないか。電話会社さ」

「ああ、だけどAT&Tじゃないんだ。おれが何をやったと思う？　社会保障カードの番号を社会保障庁に問い合わせてみたんだ。そうしたら、この六カ月間、彼女の分の雇用者負担金が、ダウンタウンのステムにある〈電話会社〉という名のゴーゴーキャバレーから支払われていた。踊りに行かんかね、スティーヴァリーノ？」

　その水曜日の晩、ヒューストン行きの最終は、ノンストップでヒューストン・インターコンティネンタル空港に九時一分に到着するデルタ航空便で、午後六時きっかりにドアを閉めた。ジャマイカ人は一人も乗っていなかった。

　〈電話会社〉という名の酒場がどんなものか、キャレラには想像がつかなかった。たぶん、有名なキットキャットクラブ（今世紀初頭、ロンドンにあった会員制クラブ）のようなキャバレーかもしれない。どのテーブルにも電話機がおいてあって、テーブル番号を示す札が貼ってあり、若い女たちがテーブルからテーブルへと電話をかける。「もしもし、こちらテーブル二十七番なんですけど、テーブル四十九番ですね。あなた、おひとりのようですけど……」などなど。

しかし、その晩十時にそこに着いたとき、目に入った電話機といえば、バーの後ろに取り付けてある電話と、入口の右側の壁にかかっている公衆電話だけだった。酒場は、ダウンタウンをずっと行ったところのローワー・ステムラーにあった。そのあたりからステムは道幅が狭くなり、両側に肉の卸売り屋が並び、所々にレストランやいろんな種類のクラブがある。すきま風の入る地下牢のような薄暗い小屋だが、手であれをやってくれるクラブ。口紅を塗りたくり、ハイヒールをはき、けばけばしい入れ墨をした女装の男がいるクラブ。スパンコールをぴかぴかさせ、ピンクがかったグリーンに髪を染めたいかれたティーンエージャーの女の子がいる店。西海岸からやってきてこの邪悪な巨大都市に胸を躍らせているグラマーな若手女優たちがいる店。それから、この〈電話会社〉のように、超ビキニのパンティをはいただけのトップレスの女の子たちが、三日月形の舞台でくるくる踊っているクラブなどだ。

刑事たちは、ぶらっと立ち寄った客のふりをして店内をうろついた。煙が青みがかったグレーの層を成して、ステージにむけたスポットライトの光の中を漂っていた。ステージの上では、休みなく身をくねらせている半ダースほどの若い女が目を色っぽく細め、光った唇を舌でぬらし、スパイクヒールでステップを踏むたびに、全身でセックスをほのめかしている。ステージの下のテーブルから男が合図をしたとき、女がウインクしたり舌をちょろっと出せば、ダンスの合間に男のところに来て、パーティ・ラインと呼ばれる裏の部屋のプラスチックの椰子の木の下で、男の好きなことをするお話し合いをしてもいいという意味だった。その部屋をちょっと覗いただけで、刑事たちはそこで何が行なわれているかがすぐわかった。用心棒がちらっと二人を見たが、何もいわなかった。

一ダースくらいの男たちが、ステージの下のテーブルで、飲んだりしゃべったりしていた。肉体のオンパレードにはあきあきしたふりをしている。こういった女たちをさげすむのも、ここに来る楽しみのひとつだからだ。女を裏の部屋に連れこんでセックスをしたいとは夢にも思わない男でも、女たちが自分の肉体を見せているあいだ、ただここに座っているだけでも、金さえ払えばおまえをものにすることができるんだぞ、と女にいってることになるんだと知っていた——実際、女は金で売られていた。見てみろ、十ドル札がバタフライのバンドにたくしこまれたぞ。一方、女たちは、まだ自分たちはこの市にも、この市の男たちにも滅茶苦茶にされてないし、おっぱいをゆらしたり、かがんで尻を開いてるのを見せるだけなのに、そんなことに十ドルも手放したりするのは馬鹿だけだと、自分にいい聞かせている。

よどんだタバコの煙と鼻につく汗の匂いが立ちこめ、スポットライトが暗闇を切り裂く中で、柱に取り付けたスピーカーが耳を聾するばかりの音楽をがなり立てている。そんな中で、刑事たちはカウンターの男に自己紹介をした。男はクラブのオーナーのマック・ゴードンと名乗った。ゴードンは六フィート三インチ程度だろう。目の色は青らしいが、暗闇じゃあ、わかりっこない。ひとつだけ確かなのは、両端が下がった赤い天神髭をはやしていることだ。

「アルシーア・クリアリーという娘がここで働いていたと思うのだが」キャレラがきいた。

「今でも働いてますよ。もうすぐ来るはずですが」

「あてにしないほうがいい」オリーがいった。

「どういうことですか？」

「昨晩殺されたんだ」

「おやおや。法律違反のお話かと思いましたよ」

「どんな種類の違反を考えているのかね」オリーがきいた。

「そんなこと、どうして私にわかります？」

キャレラは、オーナーをびくつかせたくてここに来たのではない。情報が欲しかっただけだ。しかし、オリーの方は嫌なお巡り役をやらずにいられなかった。

「裏の部屋でやってる、お手て仕事のことを考えてもみなかったのかね？」彼がきいた。

「何のことだかわかりませんな」

「ひとこすり五十ドル」

「ここでは、そんなことはしてませんよ」

「ジャングルの奥深くで尺八を吹くと、百ドル」

「ジャングルとおっしゃっても、何のことだか」

「裏の部屋のずっと奥のことだよ」オリーがいった。「木は偽物だらけで、コケや糞が垂れてるところさ」

「どこか他のところと勘違いされてませんか」ゴードンがいった。

「ああ、たぶんな。ところでだ。昨日の晩アルシーアがどこかのジャマイカ人を奥に連れ込むのを見なかったかね？」

「見てませんよ、絶対に」ゴードンがいった。

「顔にナイフの傷があるやつだ」

「見てません」

「じゃあ、彼女は誰と一緒だったんだ？」

「夜通し、いろんなときにいろんな紳士たちと話をしてましたね」

「紳士だって？」

「ええ」

「話をしていた？」

「ええ。それから、ときどきひとつのドリンクを一緒に飲んでましたよ」

「ひとつのドリンクを一緒に飲む、なーるほど。彼女が客の誰かと一緒に店を出るなんてことはなかったんだな？」

「そんなことをしたら、まちがいなく規則違反です」

「へえ、規則なんてものがあるのかね」

「ええ。非常に厳しい規則です。ここの出演者はいかなる者も……」

「出演者ねえ、なるほど」

「客と一緒にクラブから出ていってはいけない。あるいは、クラブ外で客と会う約束をしてはいけない、となってます」

「ここでは何人ぐらいの女の子が働いているんだね？」オリーがきいた。

「一ダースぐらいでしょう。あるいは、十四人とか十六人。毎晩違うんですよ」

「昨晩は何人だった？」

「十人か十二人だと思いますが」

「どっちだ？」

「十人。十一人かもしれません」

「その娘《こ》たちはみんな今晩来てるかね？　十人だか十一人だか」

「そう思いますよ。でも、タイムカードを調べなければ」

「へえ、タイムカードなんてものを使っているのか？」

「はい。ビジネスをやってるんですから」

「そうだろうよ。どの娘が昨日の晩来ていたか調べてくれ、いいな？　話をききたいんだ。静かな場所はあるかい？」

「私の事務所をお使いください」ゴードンがいった。「散らかっていますが」

「それはそれは、ご親切だな。ありがとう」オリーがいった。

　キャレラは彼の太った尻を蹴飛ばしてやりたかった。

　踊り子たちは、十九歳から三十四歳までだった。ゴードンが十八歳以下は雇わない方がいいとわきまえていたからだ。市長の熱心な風俗犯罪追放キャンペーンにもかかわらず、ゴードンはここで売春宿らしきものを経営していた。もっとも性交だけはやらせなかったから、完全な売春宿とはいえなかった。十一人中五人は白人だということがわかった。残りの六人が黒人だ。何人かはベテランだが、ミネソタのオークン・バケット発の汽車から降りたばかりの娘たちもいた。九人が独身。二人が結婚していた。独身の娘たちの中には子持ちもいた。三人はマッサージパーラーで働いたことがあった……

「あそこだとひどい目にあうことがあるのよ」シェリーという娘がいった。「だって、マッサージって、男と二人きりになるからね、わかる？　ここと違うの。ここじゃあ、いっしょくただから」

　彼女が笑うと、口の中に隙間が見えた。前歯が二本欠けていた。

「男にサービスするには、こっちの方がいいわよ」彼女はそういって、また笑った。口に当てた手には、香港くらい大きな偽エメラルドの指輪をはめていた。

　二人の刑事と話をするのに、女たちは誰一人びくついている様子を見せなかった。キャレラとオリーは、ゴードンが近所の警官たちにかなりの金をばらまいているからだと考えた。キャレラは、そこらじゅうで行なわれているそのことが大嫌いだった。もっとも、オリーの方はこれも仕事の一部だと考えていた。それはそうさ。

二人の女はホステスクラブで働いていたことがあった。

「ここの方がずっといいわよ」一人がいった。「だって、ホステスの呼び出しがかかったら、どんなやつに出くわすかまったくわからないんだから」

彼女の名前はルビー・サスだった。

「ほんとの名前はルビー・ササフラス・マーチンなの」彼女がいった。「でも、ルビー・サスの方がパンチがきいていると思わない？」

彼女は黒人で髪をブロンドに脱色していた。ブラと、彼女の名前の色のスパンコールをちりばめたバタフライをつけている。シリコンで膨らませた胸がブラからこぼれていたが、気にかけるどころか、タバコをすぱすぱ吸い、刑事たちが買ってやったドリンクをすすっている。彼女は、昼間はドラマとダンスの勉強をしているといい、刑事たちは、彼女のブロンドの髪と同じくらい本当の話だろうと思った。

彼女は、昨晩アルシーアが三回も別々の男と裏の部屋に行くのを見たともいった。

「やっと二時に帰ったわよ」彼女はいった。「だいたいだけど」

「一人で？」

「どういう意味？」

「誰かと一緒だったかって意味だよ。他にどんな意味があるっていうんだい？」

「あなたがアメリカ合衆国の大統領かどうかによるわよ」

「大統領じゃあないんだ」オリーがいった。

「そう思ってたけど」

「彼女は一人だったのか、それとも違うのかね？」

「この商売についていいこと教えてあげるわよ、いい？」ルビーがいった。「ここに来るような男はね、七面倒くさい取り決めとか約束とかがいやなのよ。わかるわね？　何でも金で取引する、そのかわり、ただそれだけですむの。だから、マックは、外で男と会うなとか、家に男を連れ込むなとかいってるわけ。もっとも、そんなことめったにないけどね。でもね、顔中ニキビだらけの大学生なんかで、舞台で踊ってる子に夢中になっちゃうのもいるの。その踊り子の小物にお札を詰め込んでは、一緒に裏の部屋に行ってくれと頼むのよ。そんな子は、しょっちゅうやってくるから、カモとしてうまくあやつってるうちに、しまいには勇気を振り絞って、きみの部屋に一緒に行きたいといってくるわ。そうしたら、もちろんいいわ、でも高くつくのよ、とさとすの。でも、その頃には、その子はもういいなり。だって、そいつは自分のもの、完全に自分のものになっているからよ。うまくやれば、自分だけにクンニをしてくれるようになるわ。楽しませてくれて金まで払ってくれるのよ」

「ということは、アルシーアは一人だったということかい?」

「あたしが知ってるかぎりでは、一人でクラブを出たってことよ。外で誰かが待ってたかどうかっていうと、話は別。それはともかく、この商売についてまだ話があるんだけど……」

「聞いてるよ」オリーがいった。

「あたしが知ってるかぎり、男ってものは——たぶん、ここにはあんたたちも入ってると思うけど——女とセックスをするでしょ、そうしたら後は家に帰って寝たいのよね。特にお金を払ってセックスをしたときはそう。今までにセックスにお金を払ったことがある?」

「一度もないね」オリーがいった。

「そうでしょうね、そんな必要はないと思うわ。あんたのようにハンサムならね」ルビーはそっけなくいって、タバコを吸った。「ただで寝てくれる女とだって、ふつうの男は、翌朝目が覚めたときにベッドの中に獣がいたらいやなのよ。そうでしょう? ついでにいえば、美人だっていやなのよね」

「おれなら、目が覚めたらベッドに美人がいるっていうのはいやじゃないね」オリーがいった。

「じゃあ、あんたはここに来るふつうの男じゃないんだわ。ここに来る男は深入りしたくないの、わかる? 単純でしょ。ここに来て楽しむ。それだけ。じゃあ、あんたは、男は売春宿で——知ってのとおり、ここは売春宿だけど——金を払ってセックスをして、一時間もしたらまた欲しくなるっていうの？　何よ、そんなの、中華料理？」

「あんたは、男はその後でもう欲しいとは思わないといってるんだね？」

「そうよ。女の子と裏の部屋にいけば、ふつうなら十分満足するわよ」

「裏の部屋に行かなかったら、どうなる？」キャレラがきいた。

「そんな男は臆病で、女の子に外で会おうともいえないようなやつよ。それに、どうしてそんな男と会いたいと思う？」

「どうして会いたくないと思うんだ？」

「それはね、第一に、朝の二時半か三時に店を出るときには、あたしたちもうくたくたなの。できるだけたくさん十ドル札を巻き上げたくて、一晩中舞台でお尻を振ってんのよ。でもそれでいくらになると思う？　百ドルかな？　金が稼げるのは裏の部屋なのよ。もしどこかのテーブルで誰かがウインクしたら、そいつのところに行って二十分間そいつの身の上話を聞いてあげるの。でも、こっちが考えているのは、チケットを買うのかどうかということだけ。お客さん、手でやってもらいたい、それとも尺八、何がお好み？　でもこんなことはどれひとつお客にいってはいけないのよ、だって、お巡りかもしれないでしょ。あら、失礼」

「あんたはさっき、アルシーアは昨日の晩、三十分チケットを三枚買ったといったね」キャレラがいった。

「そうよ。もし彼女が買った時間がそれだけだったら、男たちは手でやってもらいたかったのね。チケットは三十分で二十ドル。彼女は手でやってあげるのに五十ドルか六十ドル請求したと思うわ。もっと重要な仕事をするときは、うふん、あたしたちは普通一時間五十ドルのチケットを買って、客にはまるまる百ドル請求するの。マックの仕事は、あたしたちに場所を貸すこと、わかる？　裏の部屋はただの場所。あいつは、客があたしたちを見ながら酒を飲むっていうだけで、あたしたちが自分のとっておきのものをご披露できるように舞台を使わせてくれるんだ」

「じゃあ、男が昨日の夜アルシーアと裏の部屋に行ったとしたら……」

「そう、手でやったんでしょう。そういうときに三十分のチケットを買うんだから」

「彼女の後をつけてるようなやつはいたかい？　昨晩彼女が帰ったとき」

「あたしが知ってるかぎりでは誰も」

「彼女が帰るのを見たとき、あんたはどこにいたんだね？」

「舞台よ。それが最後の舞台だったの。ラスト・ダンスは二時に始まって、店は二時半か三時に閉まるわ」

「ということは、彼女はラスト・ダンスの前に帰ったということだね？」

「それまでに十分な金を稼いだんでしょ」ルビーがいって、また肩をすくめた。

「どうやって？　バタフライで入る金は最高で百ドルだといったろう……」

「そうね、百ドルか百二十……」

「わかった。それに、裏の部屋に行くたびに五十ドル入ったとして……」

「たぶん六十ドルよ」

「よろしい、すると裏に行くたびに手取りで四十ドル。ということは、百二十ドル、プラス、バタフライの金で二百四十になるな。あんたたちの舞台が始まるのは何時かね？」

「九時よ」

「彼女が二時に帰ったとしたら、五時間になるな」オリーがいった。「二百四十を五で割ると、一時間四十八ドルの計算だ。〈マクドナルド〉で働いた方が、もっといいんじゃないか」

「そんなことないわ」

「時給四十八ドルがいいとでも思ってるのかい？」

「たいていの晩は、あたしたちもっと稼いでいるのよ」

「彼女の昨晩の稼ぎが二百四十だけだとしたら、どうして店が閉まる三十分も前に帰ってしまったんだろう？」

「疲れてたんでしょ」

「あるいは、外で誰かと会って家に送ってもらう手はずになってたのかもしれない」キャレラがいった。「ありうるかい？」

「何でもありよ」ルビーがいった。

「どんな男たちだったかね？」オリーがきいた。「彼女と一緒に裏の部屋に行ったやつらだが」

「どんな男だったかなんて誰が知ってるっていうのよ？」

「ジャマイカ人らしい男はいなかったか？」

「ジャマイカ人ていうのはどんなみてくれなの？」

「その男は、肌の色が薄くて、目は青緑、髪は黒い巻き毛だ。六フィート二か三インチ。肩幅が広くて腰がひきしまってる。笑顔が素敵で、話し方が軽快で魅力的、ってとこかな」

「ここらでそんな男に会ったんなら」ルビーがいった。

「結婚してよって頼んでるわよ」

水曜日の晩、テレビやラジオはダニー・ギンプと二人の殺し屋の話ばかり流していた。ふだんなら警察のイヌが殺されようが、あまり騒がれることはない。ただし、ピザ店のように人が集まるところで、昼日中に殺されたのであれば話は別だ。しかも、年中刺激を求めてやまない視聴者のために、その想像力をかき立てるようなセンセーショナルな事件をテレビ局が探している週にだ。市の貧しい地区のみすぼらしい小さなアパートで名もない老人が首をつって死んだことなどは、二人のガンマンが厚かましくも朝食の時間にピザ店にずかずかと入りこんで——一人は黒人だが——ブッチとサンダンス（映画《明日に向かって撃て》に登場する二人の射撃の名手）よろしく銃を撃ちまくったことに比べれば、なかったも等しかった。

　人種によって分断されているような市では、人種のバランスがとれただけで人々は歓声を上げる。他ならいざしらず、この市では、そのニュースは黒人の男と白人の男が協力して最も卑劣な人間、情報屋を地上から抹殺したように見える。ダニー・ギンプは、生きているあいだは目立たず、皆から相手にされてなかったが、死によってある種の殉教者になった。消されたことによって突然有名になったのだ。戦争にミニシリーズのような題名がつけられるような世の中で、ダニーと二人の大胆な殺し屋は、現実から抜け出して、フィクションのような真実の王国に足を踏み入れ、数日のうちに、伝説上の悪漢とその抹殺者としての悪名を手に入れた。確かに白いやつと黒いやつは殺し屋だが、とにかく密告者を葬ったのだ。テレビで興味をかきたてられた連中は、白黒の刺客は、もし捕らえられたら、ホール・アヴェニューでの花吹雪のパレードとメダルでも褒美としてもらえるのではないかと思っただろう。

その夜、五つの放送局すべてが、ダニー・ギンプと、銃を撃った黒人と白人のペアと、現場に駆けつけた同じような色合いの刑事のペアを——ブラウンとクリングのことだが——巻き込んだ事件を特集した。この事件はケーブルテレビでも大きく取り上げられ、評論家たちが、〝ピザ〟とか、〝銃撃戦〟とか〝恐怖〟、〝対決〟、〝待ち伏せ〟といった言葉が入り混じったあまり詩的でないタイトルの番組で大いにしゃべりまくった。そして、警察の情報屋は一般に理解されているような意味で本当に〝密告者〟なのだろうかとか、なぜ闇の拳銃がアメリカの都市部でこんなに脅威的なスピードで広まっているのかとか、黒人と白人のペアによる発砲事件を捜査する刑事がやはり黒人と白人のチームだったのは当を得たことだったのか、それとも単なる政略なのか、というような議論を際限もなく繰り返した。

木曜日が来て、過ぎて行った。

金曜日と土曜日も来て、過ぎて行った。

そして日曜日。

そして、突然新しい週となる。

はるか昔、警察は月曜から木曜にかけて、毎朝面通しをやっていた。班の刑事たちが全市からダウンタウンの本部の体育館に集まってきた。そこで、刑事部長が前の晩に逮捕した重罪犯を並ばせた。これはただ、法の執行に携わる面々に自分たちの町で悪さをしたやつの顔を覚えさせるためだった。悪いやつは一生悪いままだから、街でそいつらを見分けられたほうがいいという考えなのだ。

今では、面通しは犯人の確認のために行なわれる。五人の無実の人たちと一緒に容疑者が照明のついた舞台に立つ。たいていは五人のうちの二人は刑事部屋の刑事がなる。被害者は、片側からだけ見ることのできるガラス窓の後ろに座って、犯人を見分けようとする。しかし、もうひとつ別のタイプの面通しもある。これは隠しカメラで撮ったテープをテレビのニュース番組で流すというやり方だ。月曜日の夕方五時のニュースで、ピザ店の隠しカメラで撮ったテープが初めて流され、足早に店に入ってくるや弾丸をまき散らしていった二人の大胆なガンマンを華々しく紹介した。ダニー・ネルソンの刺客は人種的には特定できたが、それ以外は、二人をよく知っている者でなければ、ぼやけてよくわからない映りばえだった。結局、誰も何もいってこなかった。

しかし、これはすばらしい宣伝になる。レストラン・アフィリエイツ社——チェーン店の〈グイードのピザ店〉のオーナー会社——は、カルヴァー・アヴェニューの店で銃撃戦を演じた二人組の逮捕と、有罪判決に結びつく情報を与えてくれた者に五万ドルの懸賞金を出すと広告した。このRA社がダニー・ネルソンの早すぎた死よりも、実は自分たちの店の損害の方に関心を持っていたことは、テレビの視聴者も新聞の読者も気がつかなかった。この会社のキャンペーンは、情報屋なんかはいうまでもなくこの世のくずだが、誰もが集まる場所は理不尽な暴力に屈服してはならないと宣言しているようなものだった。ピザを仕事の後のスポーツや人々の祈りと結びつけ、テレビのコマーシャルや新聞広告で犯人の速やかな逮捕を求め、この荒くれた野蛮な国に銃規制の強化をと訴えた。警察はといえば、八百台の電話を設置し、電話をくれる者には秘密の厳守を保障した。ある新聞のコラムニストは皮肉たっぷりに、チャールトン・ヘストンがピザをやめて、〝将軍寿司〟——〝ショットガン〟をもじったにしてはあまりぴったりではない——という日本料理を食べてるとコメントした。もっともこれは夕刊に載ったものだ。この記事はRA社の経営陣をいつまでも面白がらせた。

しかし、誰一人何もいってこなかった。

三週間が過ぎると、メディアの厳しい詮索を受けたダニー・ギンプ事件も、完全に忘れ去られてしまった。
感謝祭など二の次だった。

5

彼は飲み過ぎて、世界のどこかで今も繰り広げられている戦争について、叔父のドミニクと大声でやり合った。叔父の意見は、いつも「ぐうの音も出ないほどあいつらをたたきのめしてやればいいんだ」というものだった。キャレラは叔父がそのようにいうのを、物心がつくころからずっと聞かされてきた。母親がしょっちゅう「ドン、やめて。子どもたちが聞いてるわ」と注意していたが、そんなことではドミニク叔父さんを止めることはできなかった。叔父さんはギャングの用心棒のように見えた。キャレラの知ったことではなかったし、聞きもしなかったが、若い頃の叔父さんはたぶん用心棒だったんだろう。

その晩九時頃に、リヴァーヘッドの自宅にもどると、双子が、明日は学校が休みでNBCの感謝祭特別番組を見るために遅くまで起きていてもいいことになっていると、まるで両親が忘れているかのように、教えてくれた。キャレラは、馬鹿な叔父のことをまだぶつぶついっていた。テディは手話で、寝る前に熱いシャワーでも浴びたらいいわ、だって、明日っていう日があるんだし、キャレラは学校が休みなわけじゃない。この嘆かわしい世の中には、次々と新たな戦争が始まって、ぐうの音が出ないほどたたきのめさなければならない人間が大勢いるのだからといった。キャレラの愚痴で、いらいらしてきたことをわからせるために、〝ぐうの音も出ないほど〟という言葉を一字一字はっきりと指で書いてみせた。シャワーから出て濡れそぼったキャレラは、悔い改めてるようにみえた。そしてそれまでテディは気がつかなかったけれど、散髪の必要もあるようだった。

彼女は寝巻——この古い家は二十二度に設定してあっても、こんな湿った晩秋の夜はすきま風が吹いて寒いので、フランネルの長いゆったりとしたナイトガウン——を着て、黒髪を顔のまわりにゆったりとたらしていた。彼女が非脂肪性だと主張し、彼がアヒルの脂肪でつくったものだと断言している保湿クリームをぬり、布団をめくり、大急ぎで中に潜り込み、それから電気を消そうと手を伸ばすまで、彼は何もいわなかった。が、その時、彼女は彼の飛ぶような指の動きに気がついた。

「ごめん」彼は声を出していいながら、同時に手話でもそういった。

彼女は半分向こう向きになっていたから、彼のいってることを捕らえ損なった。彼はもう一度いった。

「ごめん」

そして手話でいった。

愛はけっしてごめんなさいという必要がない、と信じたのは四十代後半のベビーブーマーだけだ。他の者はみな、誰かを本当に愛していてその人を傷つけてしまったのなら、ごめんなさいといわなければならないことを知っている——しかし、そういうのは一度だけでいい。その後の人生をひざまずき許しを乞い続けながら暮らす必要はない。もしその人があなたを信じているのなら、そんな必要はない。

あなたは一度だけ「ごめんなさい」といえばいい。あなたの妻が、生まれたときから耳が聞こえないためにあなたの声が聞こえず、背をむけようとしていたためにあなたの手が見えないというのでなければ。しかし、もしそうならあなたはもう一度「ごめん」といってみよう。そうすれば、今度こそ彼女はあなたの声が聞こえ、頷き、両手であなたの手をとり、また頷くのだ。

彼らは電気をつけたままにした。

彼女は彼の腕の中に身を寄せ、彼の枕に頭をのせた。彼は彼女の頭にキスをし、彼女をぎゅっと抱きしめ、今日のような寒い感謝祭の日に母親の家で飲み過ぎたのは、あのばかなドン叔父さんのせいではない。浴室のドアのフックで老人が首をつって死に、ダニー・ギンプがピザ店で撃たれ、アプタウンにあるでぶのオリーの管轄区で若い娘が刺し殺されたのに、自分はまったくの役立たずだと感じたからだといった。あたかも彼が今まで片づけてきたすべての事件が突然ふたたびぱっくりと口を開け、爆発して三重の花火となり、夜空に白く熱い火花の尾を引かせたかと思うと、すべてが関連しているようにみえながらおそらく何ひとつ関連するものはない一件の残酷な事件になったかのようだった。おまけに、ばかなドン叔父は、他の多くの女よりも大きいおっぱいを持ったヴィニー・パイナップルという、近所の三流どころのギャングの用心棒だったらしいのだ。

テディは、彼の動く指と動く唇を同時に見られる魔法の瞳で、彼の話をすべて聞くと、今度は、彼女も休暇の前にはいつも自分が役立たずだと感じているのだと語った。だって、たくさんプレゼントを買わなければならないのに、特に今年は新しい車の支払いでお金がないのよ。私はスーパーで野菜の袋詰めのような仕事はしたくないの。だからといって、いくら速記ができ、タイプが一分間に八十語で、パソコンのワープロも計算もでき、そのうえきちょうめんだといっても——双子に聞いてもらえばわかるわ——ハンディキャップのある者を雇ってみようなどと思う人もそうはいないでしょう。だから、もし私が家でふさぎ込んでいたとしても、許してくれなければいけないわ。それは、あなたや子どもたちのために、それから自分のためにも、十分なことができてないとしょっちゅう感じているからなの、ただそれだけなんだから。それに、たぶんヴィニー・パイナップルのおっぱいの方が、私のより大きいんだわ。

真夜中、暗闇の中で、子どもたちは廊下の向こうの別室でぐっすり眠り、家が彼女の沈黙の世界のように静まり返っているとき、二人はお互いに慰めあった。

まもなくテディは眠りについた。

キャレラはその晩ほとんど眠らなかった。

キャレラはカトリックだったが、今ではもう教会に行かなくなっていた――彼が最後に教会に行ったのは、晩課の最中に殺害された僧侶の事件を捜査したときだった。クリスマスシーズンには、宗教的熱情のひとかけらくらい感じてもよさそうなものだったが、ただ罪悪感だけを感じていた。感謝祭はアンドルー・ヘールが殺されてから、まるまる一カ月たったことを意味していた。明日から始まるクリスマスのショッピングシーズンは、最後のキャロルを歌い、ボクシング・デー（クリスマスの贈り物、心付けの日。使用人や郵便配達人などに祝儀を与える）に最後のエッグノックを飲むまでは終わらない、一カ月にわたるお祭りの始まりのはずだった。しかし、これは事件がまだ解決していないことを思い出させるだけだった。キャレラは、一マイルほどアプタウンでは、でぶのオリー・ウィークスも同じように無力感と自責の念にかられているだろうかと思った。よほど電話してみようかと思ったが、日に日に山を成していく事件の数々を調べながら、子どもたちはクリスマスの時期を自分よりも楽しんでいるらしいことにわずかな慰めを見出していた。

マイヤーも同じように落ち込んでいた。

キリスト教徒の国に住むユダヤ人として、クリスマスにはいつも奇妙な疎外感を味わう。子どもたちが幼くて、まだサンタクロースを信じていたころ、自分とサラとでクリスマスツリーに見立てたハヌカー・ツリー（ユダヤ教徒の祭り。八枝の燭台に毎夜一枝ずつろうそくをともし加えていく）を立ててやった。それはいいだろう。贈り物やカードの交換もいいだろう。しかし、クリスマスは、宗教よりも親善のシーズンなのだといくら自分にいい聞かせても、これは自分の祝祭日ではないんだという考えを振り払うことはできない。彼はキャレラの家族をセイダー（過越しの祭りの儀式的正餐）に招待したことがあった。マイヤー自身がこの伝統的な式を英語で執り行なったにもかかわらず、キャレラは奇妙に場違いな感じを受けたと、あとで打ち明けた。もしも一千人のナチ党員が来てドアをぶち破ろうとしたら、キャレラはすぐさまマイヤーを地下室にかくまい、彼らと闘うだろう。もしも誰かがマイヤーを軽蔑するようなことをいったら、そいつのあたまをぶっこわしてやるだろう。キャレラは自分の名誉と命さえかけてマイヤーを守るだろう。それでも、マイヤーと過越しの祭り（エジプトからの解放を記念するユダヤ人の祭り）を祝っていると、自分はよそものだと感じたのだった。しかし、それをマイヤーに素直に打ち明けられるほど二人の友情は固かった。

　同じように、マイヤーも、キャレラにきいたことがあった。きみのクリスマスカードには、みんな〝シーズンズ・グリーティング〟とか〝ハッピー・ホリデイ〟とか〝ユールタイド・ジョイ〟なんて書いてあるのかね、それともそういうカードを送っているのは、マイヤーや他のユダヤ人にだけなのかね？　〝メリー・クリスマス〟のカードも送るのかな？　もしそうなら、一般的なカードを送るのは、マイヤーに気を使ったからなのかい？　キャレラは、彼のカードはどれも特定の宗教に肩入れしてないよといった。なぜなら、毎年十二月に彼が祝っているのはキリストの誕生ではなく、クリスマスに平和が訪れますようにと願っているからだ——こんな考えを知ったら、多くの人から抗議の手紙が殺到するのは間違いない。マイヤーがいった。

「おれだって手紙を書くぜ、この異教徒め！」

　勢いづいて、キャレラは、自分はなぜクリスマスカードなんか送ったりするんだろうといった。心の奥底で、クリスマスといっても——少なくともアメリカでは——一年間に被った損失を取り戻したくて躍起になっている商人たちが作った商売上の祝日に過ぎないことがわかっていたからだ。マイヤーが、〝商人〟という言葉は反ユダヤ的な意味で使ったのかときいた。キャレラは、「反ユダヤ的ってどういう意味だい《ヴォット・ミンズ・アンティ・セミティック》（what means をわざと Vot mins といってイディシュ語でからかっている）」といい、マイヤーが「それならばいっておくがね、《ホワイト・クリスマス》はユダヤ人が書いたんだ」といった。キャレラが「ジュゼッペ・ベルディはユダヤ人なのか」というと、マイヤーは調子に乗って「《ア・ローズ・イン・スパニシュ・ハーレム》もな」といった。すっかり喜んでしまった二人は飲みに出かけ、モハメッドとブッダに熱烈な乾杯をささげた。

それは、はるか昔のクリスマスのことだった。

今年は、二人とも罪悪感を抱いている。どうしても守り抜かねばならないと考えているものに関連した罪悪感だった。何者かが寂しい老人の友だちになり、薬を飲ませ、首をつって殺した。売春婦もどきの十九歳の黒人の娘が同じように薬を飲まされ、刺し殺された。たぶん老人を殺害したやつと同一人物だろう。その人物がまだこの市にとどまっているか、あるいはテキサスのヒューストンに帰ったか、さっぱりわからない。もしかしたら、バーの喧嘩かバイク事故、あるいは騙された売春婦や怒った愛人にやられて、今頃はもう死んでるかもしれない。しかし、はっきりわかるまでは、ダニー・ネルソン殺害事件と同じように、二つの事件は、未解決または捜査中断ということで未処理扱いになっている。

ところが、十一月の最後の日、キャレラは朝刊を開いた。

その記事は〝ジェニーがよみがえる〟という見出しだった。

ノーマン・ズィマー氏は――彼のプロデュースした作品《ティータイム》は、七百三十回の公演を越えた今も上演中――来年の秋に再演予定のミュージカル《ジェニーの部屋》に関するすべての権利を獲得したと発表した。

「オーディションは今週から始まります」と氏は語っている。「リハーサルは来春の予定。六月下旬から七月上旬にロサンゼルスでトライアウト（新公演に先立ち、本公演とは違う場所で行なわれる公演）をやりたいと思っています」ズィマー氏はさらに、あるトップ女優との交渉に入っていると語ったが、その女優の名は明かさなかった。

覚えておられる向きもあろうが、《ジェニーの部屋》は当時のミュージカルコメディの人気女優、ジェニー・コービンのために書かれ、一九二七年に初演された。批評家の意見は芳しくなく、一カ月もしないうちに幕を閉じた。しかし、ズィマー氏は今回は同じ運命をたどらないと確信し、次のように語っている。

「私はこの権利を獲得するのに実に苦労しました。最初の著作権所有者は全員亡くなっていますので、所有権の相続人を探す問題がありました。一人がロンドン、もう一人がテルアヴィヴ、三人目がロサンゼルスに居ることがわかりました」

五日前、相続人の最後の一人、シンシア・キーティングという婦人がこの市で書類に署名したときをもって、この相続人探しは無事に終了した……

キャレラは口に含んでいたコーヒーを吐き出してしまった。

彼はダウンタウンのステムにあるズィマー・シアトリカル劇団の電話番号を見つけ、朝の九時過ぎに事務所に電話してみた。女性がミスター・ズィマーは今日一日オーディションに出かけているといった。キャレラが、自分は殺人事件を捜査している刑事——魔法の言葉だ——だというと、オクタゴン・シアター・スペースの住所を教えてくれ、オーディションはそこで行なわれているが、どこのスタジオかはわからないといった。「あの人たち、邪魔されたくないんです」といわずもがなのことをいった。

オクタゴン・シアター・スペースは、六階建ての建物で、ロンドンのキングズ・ロードにちなんであまり似てはいないがキングズ・ロードと呼ばれている地区にあった。本来はケニー・ロードといい、交通の激しい大通りだ。家具問屋、電気屋、自動車修理店、市衛生局の車庫などがたち並び、そのあいだにぽつぽつと、昔の工場を修復してつくったオクタゴンやその先のシアター・ファイブがある。シアター・ファイブはオクタゴンとよく似た八階建ての建物で、いくつかの大きなリハーサル用スペースに分かれている。受付で、各階に六つのスタジオがあることがわかった。リハーサルが進行中のスタジオもあれば、オーディションが行なわれているスタジオもある。《ジェニーの部屋》のオーディションは、二階の四番スタジオで行なわれているということだった。

この建物が工場だったときからのエレベーターが、ががたいいながら彼らを二階まで運んだ。そこは玄関ホールになっていて、片側の壁には公衆電話が並んでいる。賑やかなおしゃべりが、心地よいハミングとなって宙に漂っている。かっこいい男や女たちが——職業柄当然だが——親しげに挨拶をかわしている。全員知り合いのようだ。台本を抱えた俳優やタイツとレッグウォーマーの踊り子たちが、電話からリハーサル室、エレベーターから廊下、トイレからオーディション部屋へと動き回っている。キャレラやブラウンにはちらっと目を向けるだけだった。二人が俳優でないことはすぐにわかるが、職業をいい当てることはできない。

その日、ブラウンは外回りをするとは思っていなかった。ブルーのジーンズにトナカイ模様のスキーセーター、その上にスキー・パーカを着ていた。ブルーの毛のウォッチ・キャップを耳がかぶるほど降ろしている。チューバのようにずんぐりしている。キャレラはガスの検針に来た男といっても通ったろう。栗色のセーターと、グレーのコーデュロイズボンの上に厚いウール地のマッキノーコートを着ている。母親が頭が冷えると体中冷えてしまうのよ、と絶えず彼にいってきかせていたのに、帽子はかぶってない。二人とも中がウールでひもなしのビーン・ブーツをはいている。四番スタジオを探しながら廊下を歩いていると、レオタードの上にジーンズをはいた若い女の子が、甲高い声で「ハーイ」といい、にっこり笑うと、足早に去っていった。

上部が曇りガラスになっているドアに、四番スタジオの文字があった。ドアを開けると、折り畳み椅子がずらりと並んだ小さな待合室に出た。普段着の男と女が椅子に座って、キャレラの想像では、台本のコピーらしいページを熱心に読んでいた。アップルグリーンのシャツにVネックのベストを身につけ、眼鏡をかけ、情熱的な顔をした若い男が、ジェニーのオーディションに来たのかとキャレラにきいた。キャレラはバッジを見せ、ミスター・ノーマン・ズィマーに会いにきたのだと応えた。その若い男は、初めは何のことかわからないようだった。

「台本《サイド》が必要ですか?」彼がきいた。

キャレラにはサイドが何のことだかわからなかった。

「私は刑事で」彼はいった。「ミスター・ズィマーに会いにきたんです。いらっしゃいますか?」

「ちょっとお待ちください、見てきましょう」若い男はそういってドアをあけた。ドア越しにキャレラは、片側が窓になっている非常に大きな部屋をかいま見た。ドアがふたたび閉まった。ブラウンが肩をすくめた。男はすぐにもどり、オーディションは十時に始まるが、ミスター・ズィマーはその前の数分でいいなら会えるといった。「どうぞ中にお入りください」

キャレラは自分の腕時計を見た。

十時十五分前。

部屋の向こう側で、ズィマー——あるいは彼らがズィマーと思ってる男——が土手のようになっている長いテーブルの後ろの折り畳み椅子の後ろに一人で立っていた。彼らが部屋に入るや、彼がいった。「どういうことなんです?」

ブラウンは目をぱちくりさせた。

声です。声でわかるの。独特の声をしてましたから。興奮すると、いつもあの声が響いてきたの。

そうだ、ミセス・キップの話だ。九月に三回もミスター・アンドルー・ヘールを訪ね、そのたびに彼と口論し、脅していた男の声を説明した話。

その声は、訓練を受けた声、俳優とかオペラ歌手とかラジオのアナウンサーとか、そんな種類の声だった。

キャレラも、突然——クリングとブラウンの報告書に書いてあったことを思い出し——テーブルの列の端を回って、こちらにやってくる男を特に注意深く見つめた。

「ズィマーさん?」彼がきいた。

「そうですが?」彼の声は拡声器から流れてきたように聞こえる。

「刑事のキャレラです。こちらはパートナーのブラウン刑事」

「初めまして」ズィマーがいって、手を差しだした。手をにぎると、ウツボに食いつかれたような感じだった。「あまり時間がないのですが」彼はいった。「どういうことなんでしょう?」

アンドルー・ヘールに会いに来た男のように、ズィマーの髪は黒く目は青い。サイズはブラウンと同じぐらい、タンクのような男だ。胸は樽のようで、お腹は濃いブルーのズボンの腹バンドの上に出っぱっている。ズボンに合わせたブルーのジャケットは、少し前まで彼の座っていた椅子の背に投げかけてあった。白のワイシャツの袖をまくりあげ、襟のボタンをはずしている。結び目をゆるめたネクタイは、黄色いサスペンダーと青いスーツの色と合うように、黄色とネイビーブルーの縞模様になっていた。大きな男です、ミセス・キップがいってた。とても大きな人です。

「お邪魔してすみません」キャレラがいった。「お忙しいことは承知していますが」

「ええ、忙しいんです」

「もちろん、わかっております。しかし、ちょっとだけお時間をいただき……」

「ほとんどありませんが」

「……二、三お聞きしたいことがあるのです」

「何について?」

彼の顔は難しい表情になった。キャレラは、彼が急に自己防衛的になったのをあやしんだ。ブラウンも同じように思っていた。

「アンドルー・ヘールという男性をご存じですか?」彼がきいた。

「ええ。彼が殺されたことも知ってます。そのことでお出でになったのですか?」

「ええ。そうなんです」

「そういうことなら……」

「ミスター・ヘールにお会いになったことがありますか

？」キャレラがきいた。

「彼とは三回会いました」ズィマーがいった。

「どういう目的で？」

「ビジネス上の話し合いがあったんです」

「どんなビジネスですか？」

「それはあなたがたには関係のないことです」

「そのときに、口論になったことがありますか？」ブラウンがきいた。

「われわれは活発な議論をしました。しかし、口論ではありません」

「何について活発な議論を？」

待合室のドアが開き、ミンクのコートと同じミンクの帽子をかぶった背の高いやせた女が部屋に入ってきた。ちょっと躊躇してからいった。「あら、お邪魔のようね」そしてすぐ戻ろうとした。

「いや。入ってくれ」ズィマーはいうと、すぐに刑事たちの方に向き直った。「失礼ですが」彼はいった。「刑事さんがどうして二人がかりで質問するんですかね……」

「紹介してくださらない、ノーム？」女はそういうと、ミンクのコートをぬぎ、椅子の背に無造作に投げかけた。

「失礼。こちらはコニー・リンドストロームさん」ズィマーがいった。「刑事のキャレラさんとブラウンさん」

キャレラは、彼女は三十代半ばぐらいだろうと見当をつけた。ミンクの帽子をいきに斜めにかぶったところが、小生意気に見えた。黒い髪がつややかな茶色の帽子を縁取っている。髪より黒い瞳がキャレラに向かって一瞬きらりとした。「はじめまして」彼女はいうと、向こうを向いた。

「ミスター・ズィマー」キャレラがいった。「シンシア・キーティングという女性をご存じですか？」

「ええ、知ってます」

「その女性がアンドルー・ヘールの娘さんだということも？」

「ええ」

「彼女は、あなたのために最近ある書類に署名をしましたか？」

「ええ、しましたが」

「ある権利をあなたに譲渡するという」

「なぜわれわれとシンシア・キーティングの取引が……」

「われわれ?」ブラウンがきいた。

「そうです。《ジェニーの部屋》はコニーと私の共同製作《コ・プロデューシング》なんです」

「なるほど」

どうやって彼をおどしていたんです?

後で後悔するぞといってました。いずれ、おれたちは欲しいものを手に入れてみせるとも。

おれたち? その言葉を使ったんですか? 〝おれたち〟っていう言葉を?

おっしゃる意味がわかりませんが?

〝おれたち〟は欲しいものを手に入れるといったんですね?

ええ。確かに〝おれたち〟っていったと思いますわ。

そうか、プロデューサーは二人いるんだな、とブラウンは思った。そして、その二人のプロデューサーがここでこのショーをやっているんだ。公演する権利は、一カ月前に自分の父親を殺された女からやっと手に入れている。なんとまあ、世間は狭いものなんだ。

「新聞によると、あなたはこのショーの権利を手に入れるために大変な苦労をなさったそうで」と彼はいった。

「ええ、そうなんです」

「最初の著作権所有者はみんな亡くなられて……」

「申し訳ないが、本当にこれはあなたがたとは……」

「所有権を継いだ人を探しださなければならなかった、そうですね?」

「いやー、外は寒いねー」ドアのほうから声がした。耳覆いをし、ラクダの毛のコートをはおり、ブルージーンズをバックルをはずしたガロッシュ(防水のオーバーシューズ)に突っ込んだ――外は雪が降っていなかったけれど――背が低く色の黒い男が、ロケットのように部屋に飛び込んできた。「すまない、遅れてしまった」彼はいった。「ファレル・アヴェニューで道路工事をやっていたんだ」

「いつだってファレル・アヴェニューは工事してるわよ」

コニーはいって、ハンドバッグをあけた。タバコを取り出すと、火をつけ、一筋の煙をはき出していった。「失礼、ノーム、話しておかなきゃならないことがあるんだけど……」

「あと一分もかからないから」ズィマーがいった。

「所有者の一人はロンドン」ブラウンがいった。「もう一人はテルアヴィヴ」

「これは何かの暗号なのかい？」ラクダの毛のコートを着た男がきいた。彼はトートバッグを肩からさっと降ろし、耳覆いをとってスプリングを利用して丁寧にたたみ、トートバッグのジッパーを開け、中に入れた。コートをコニーのミンクのコートの上にぞんざいに投げると、いった。

「今日はトラック運転手の読み合わせかね？」

ブラウンは、トラック運転手とは自分とキャレラのことをいっているんだろうと思った。「ミスター・ズィマー」彼はいった。「アンドルー・ヘールの娘さんが、あなたが必要としている権利の所有者だということをいつ知ったのですか？」

「なぜ私たちのビジネスに口をはさんでくるのですか？」

コニーが突然鋭く聞いた。

「はあ、奥さん？」ブラウンがいった。

「私のことを奥さんだなんて呼ばないで」彼女がぴしゃりといった。「私、あなたの娘さんぐらいの年なんだから」

彼女は不意にキャレラの方に向き、ブラウンは無視されることになった。めんくらったブラウンは彼女をもっとよく見た。たぶん三十二か三だろう。おれがこの女のおやじの年だと、何をいってやがるんだ？　この女は黒人の年がわからないのか？　それとも、おれは顔に出さない人種差別論者を相手にしてるんだろうか？

「あなたがたがここにいらしたのが、私たちのショーと関係があるのなら」彼女はキャレラにった。「たぶん、弁護士を……」

「まだ弁護士は必要ありませんよ、ミス・リンドストローム」彼がいった。

「それって脅しですか？」ズィマーがきいた。

「はあ？」

「〝まだ〟っておっしゃったじゃないですか。ということは将来必要になるかもしれないっていいたいんでしょう?」

「いつでもどうぞ。法律で保障された権利ですから」キャレラがいった。

「なんと、警察も親切になったもんだ」バックルをはずしたままのガロッシュをはいた男がいって、ぐるっと目を回した。

「あなたは?」ブラウンがきいた。

「ローランド・チャップ。ショーのディレクターをやることになっているはずですが。このやっかいなショーの配役を決めるチャンスが手に入るならね」

「ミスター・ズィマー」キャレラがきいた。「あなたがシンシア・キーティングからお買いになった権利のことですが。それは彼女が父親から相続したものですか?」

「権利の取得に関してお尋ねになりたいのなら、私の弁護士に話してもらわなければ。それに、もうたっぷり私の時間を無駄にしてくれました。じゃあ、失礼」

「これで、キャレラさん、あなたのご質問に答えたことになりますな?」チャップはそういって頷いた。「いいですか。私たちはここで仕事がありますから。じゃあ、お帰り願いましょうか」彼は突然折り畳み椅子のひとつに腰をかけ、ガロッシュを脱ぎ、トートバッグから柔らかな皮のローファーを取り出し、足を滑り込ませた。「ナオミはどこだ?」彼はきいた。突然立ち上がると――毅然とした素早い動きをする男だ、とブラウンは気がついた――手に負えないクラスをまとめようとしている厳格な女教師のように手を叩いていった。「十時十分。子どもたち、質問は終わりだ!」

彼のいうことを無視して、ブラウンがきいた。「あなたがヘールに会いに行ったのは、《ジェニーの部屋》の権利について話し合うためですね?」

「ええ」ズィマーがいった。

「ナオミはどこだ?」チャップが叫んだ。

ドアが開いた。黒のパーカ、黒のカウボーイハット、そして黒のジーンズをはいたブロンドで青い目の女が入ってきて、素早くテーブルの方に歩いていった。

「ぴったりのタイミングだ」チャップがいった。

ナオミは――もしそれが彼女の名前なら――いぶかしげに刑事たちに微笑み、いったいこの人たちは誰っていいたげな顔をし、パーカのジッパーをさげ、いった。「遅れてすみません」

「ファレル・アヴェニューで工事があったんでしょう」コニーがいった。

「当たり」ナオミは自分に指を向け、引き金を引くまねをした。パーカの下に長い黒のセーターを着て、ジーンズの下の方まで降ろしていた。黒の帽子は脱がなかった。

「あんたは牛泥棒かい？」チャップがきいた。

「ええ、ローランド」彼女がいった。

コニーが最初のタバコの吸いさしから次の一本に火をつけようとした。

「ここで人が歌ってるときに、吸ったりしないでしょうね」ナオミが驚いてきいた。

「悪かったわ」コニーはいって、すぐ火をもみ消した。

待合室へのドアがぱっと開いた。さきほどキャレラにサイドが必要かときいた眼鏡の若い男が、頭をひょいと出した。

「ピアノ弾きが来ました」彼がいった。

「よろしい」チャップがいった。「あそこの隅にあるのは何だね？」

「ピアノですか？」チャーリーが用心深くいった。

「そうだ。それをピアノ弾きに紹介してやれ。十時は誰だね？」

「ステファニー・ビアーズという娘です」

「すぐここへ」

「お聞きになったでしょう」ズィマーが刑事たちにいった。

「あとひとつだけ聞かせてください」キャレラがいう。

「ひとつだけ」

「ヘールはどうやってその権利を手に入れたんでしょう？」

「今それを説明する時間はありませんな」

「いつならあります？」キャレラがきいた。

「あとひとつだけということでしたよ」チャップが注意し

た。

　ドアがまた開いた。

「おはよう、おはよう！」

　短いオーバーコートと長いマフラー、それに鮮やかな赤い毛糸の手袋をした男が、部屋の隅に斜めに置かれたピアノの方にまっすぐ歩いていった。オーバーコートと手袋を脱ぐとピアノの上に放り投げ、椅子をぐいっと引いて座った。背の高い赤毛の女が続いて入ってきた。

「みなさん、おはようございます」彼女はいった。「ステファニー・ビアーズです」

「やあ」チャップがいう。「私がディレクターのローランド・チャップだ。《ジェニーの》……」

「あなたの作品が大好きです、ミスター・チャップ」

「それはどうも。振付師のナオミ・ジェーナスだ。それから製作者《プロデューサー》が二人、コニー・リンドストロームと……ノーム？　すまないが、もう……」

「今いくよ」

「じゃあ、またお邪魔します」キャレラがいった。

「何を歌ってくれるのかね？」チャップがにこにこしながらきいた。


　タクシー会社に電話してみると、十一月十日の午前二時頃に〈電話会社〉の外で客を乗せたタクシーはないということがわかった。わかったぜ、もう、黒人の売春婦なんかどうでもいいじゃないか、と思う。しかし、考えてみれば、誰かが彼女のビールかジンジャエールにルーファーズを入れて刺し殺したんだ、こいつはどうみてもまともなやり方じゃない、と思う。そこで、もし、タクシーを拾ってないんなら、どうやって家に帰ったんだろう、と考え始める。誰かに車で送ってもらったんだろうか？　可能性としては、こいつは一番困る。それとも、バスか地下鉄に乗ったかな？　なにしろ午前二時なんだ、バスより速いんだが、地下鉄に乗る女の子はいないだろう。午前零時を過ぎると、バスは指定のバス停だけでなく、路線上ならどこででも客を降ろしてくれる。野蛮行為で有名な都市としては奇妙に文化的な手段だ。というわけで、オリーは、あの娘は、殺された晩、バスに乗っただろうと考えた。その場合、彼女は、あとで彼女を殺すことになる人物と、バスの中かバスを降りてから出会った可能性がある。どちらもできすぎた推理だが、何も手がかりがないときには、ないよりましだ。この線でいくと、二つの犯罪は関係がないことになる。どちらの犯罪にもルーファーズが登場するのは、単なる偶然だ。オリーはその考えを棄てなかった。偶然ということを考えにいれない警官はいない。もっとも、スウェーデンだけには、偶然をあざ笑う教養豊かな学者がいるそうだ。

オリーはバスの時刻表を調べ、週日の午前二時五分に、ステムラーとローエルの角に止まるバスがあることを発見した。しかし、アルシーアはこのバスには乗れなかったろう。バス停はクラブから三ブロック離れており、ルビーの話によれば、彼女はクラブを二時に出たのだから。しかし、二十一分後の二時二十六分にもバスが来る。これなら十分にまにあったろう。そこで、オリーはアルシーア・クリアリーの殺害から三週間後にダウンタウンに行き、ひどい寒さの中でステムラーとローエルの角に立ち、二時二十六分のバスを待った。バス停には、黒い弁当箱を持った男がいた。オリーはすぐに、男はいつもこのバスを利用しているような男など考えた。午前二時半に、弁当箱を持っているような男が野球を見にいくか？　男は仕事に行くんだ。そして、もし男が火曜日の夜のこんな時間に仕事に行くのであれば、三週間前の火曜日の夜にも仕事に行った可能性がある。オリーはバスが来て二人が乗り込んでから、男に話しかけた。

「私はオリヴァー・ウェンデル・ウィークス」彼はいった。

「刑事だ」そしてバッジを見せた。

男は何もいわなかった。

バッジを見た。

頷いた。

何もいわない。

「毎晩この時間にこのバスに乗るのかね？」オリーがきいた。

「正確には朝ですよ」男はいった。「夜でもこの時間は、もう朝なんです」

「うちのあたりでは」オリーはいった。「暗ければ夜なんだ」

「こんなことを議論してもしょうがないですな」男がいった。「ジミー・パルンボです。リヴァーヘッドのデリカテッセンで即席料理専門のコックをしてます。朝六時に店が開くので、四時半までに行って準備をしなきゃならないんです。地下鉄はこわいんで、仕事にはバスを使ってます。家から二時間かかりますが、死なずに行けますからね。そうでしょう？」

誰がそんなこときいた？　オリーは思った。

「三週間前のこの時間にこのバスに乗ったかね？」

「火曜日にですか？」

「そう。三週間前の今日」

「火曜日は、必ずこの時間にこのバスに乗ります。私は時間には厳しい方でしてね。それから、業界で最高のハッシュブラウンズを作ります。おいしいハッシュブラウンズの作り方を教えてあげましょうか？」

「いや、けっこう」オリーはいった。「私が知りたいのは、三週間前のこの時間にこのバスでこの娘を見た覚えはないかということなんだ」彼は、ジャケットのポケットから、写真班がアルシーアのアパートで見つけた写真から作った白黒のプリントを出した。「黒人の娘で」彼はいった。「十九歳、五フィート七から八インチ、体重は百十五ポンドぐらい。例の火曜日に見た覚えはないかね？」

「いいえ」パルンボがいった。「なぜです？　彼女がどうかしたんですか？」

「このバスで彼女を見たことは？　時間帯はいつでもいいんだが」

「記憶にはないですな。バスはたいてい、サンズ・スピット・ブリッジ近くのバス停に着くまでは空っぽなんです。そこでは大勢の人が乗り換えをする。橋までできて乗り換えるんです。もちろん、空っぽっていっても、文字どおりの空っぽではありませんよ。二、三人は乗ってます。ほとんどの人は地下鉄の方を好きみたいですけど、私は命が大切ですから。二時間あとだったら、地下鉄に乗るかもしれません。しかし、午前二時半？　絶対に乗りませんな」

誰がそんなこときいた、とオリーはまた思った。

「どこで降りたんでしょうね、その娘は?」パルンボがきいた。

「どこで降りたかなんかどうでもいいじゃないか」オリーがいった。「初めっからバスに乗ってないんなら」

「バスに乗るところは気がつかなくても、降りるときに気がついたかもしれないからですよ」パルンボがいった。

「あとになってから、気がつくってことはよくあるでしょう」

「ハンソン・ストリートで降りたんだろうよ。あるいは、スレイドとハンソンのあいだで降ろしてくれるように、運転手に合図したかもしれない」

「それ、どこかもわかりませんな、ハンソン・ストリートってとこは」

「ダイヤモンドバックですよ」

「そこが仕事場ですか」

「ああ」

「分署はどこです?」

「八八だ」

「ああ、そうですね」

「知ってるのか?」

「いえ」

オリーはこんなバカと話をしてもしかたがないと見切りをつけた。席を移って、外を通り過ぎる沈黙の街を眺めた。この時間が一番好きだ。夜中と夜明けのあいだの空っぽの時間、眠らない市が悪意と驚異を抱きながらとぐろをまいている時間。もし警察官でなければ、いくら市長が安全だといっても、夜のこんな時間にけっして外出したりしないだろう。街灯の下にぼんやりとした人影がかたまっていたり、車がゆっくりとそばを通り抜けていくようなところを少しばかり市長に散歩させてみたらいい。そうだ、やってみたらいい。

窓に黒く映っている自分の影の向こうに、街が見える。あっというまに白人地区からラテン地区に変わった。下水溝の蓋からあふれでる水が流れをつくり、ネズミの群がこっちの歩道からあっちの歩道へと走り回っているうらさびれた通りをさらにアプタウンへとがたがた走っていくと、ラテン地区から黒人地区へと変わっていく。このあたりを市長に歩いてもらおうじゃないか。

あの晩、アルシーアがバスに乗って家に帰ったとしたら彼女が降りたと思われるところで、止まってくれるように合図した。三時半ちかくになっていた。オリーがバスの前方に歩いて行ったとき、即席料理のコックは居眠りをしていた。ドアがあいた。バスの運転手がきいた。「ここで降りて大丈夫ですか」

「私は警察官なんだ」オリーはいって、夜の中に降り立った。

彼の大きな腹とのっしのっしとした歩き方には傲慢さ、目つきには横柄さがあった。そのことが一マイルも先からこの男の職業を宣伝している。警察官だとわからないやつには、こんな時間に通りに出ている権利はない。そして、もし警察官だとわかっていながら、彼と問題を起こすようなやつは大バカもんだ。オリーは、最近では警察官のバッジもあまりあてにならないことはわかっていた。バッジがあれば、簡単に暴力を封じることができる一方で、簡単に暴力を誘発することもあるのだ。しかし、おれは警察官だという態度物腰は、ジャケットの下のホルスターには九ミリのセミオートマチックがあるんだぞと警告していることなのだ。彼は、とりわけ安全を完璧に保障されているわけではないが、誰もが期待していいくらいには保障されて、夜の空っぽの時間を歩いた。

朝の三時半、アルシーア・クリアリーが住んでいた通りは、オリーが想像していたよりもずっと賑やかだった。一方の街角にはオールナイトの韓国食料品店が煌々と明かりをつけている。反対側の角にも、同じようにまばゆいばかりに明るいオールナイトの食堂がある。ある意味では、このように二つも賑わったところがあるのはいいことだ。どこかに消えてしまったジョン・ブリッジズのほかにも容疑者の範囲を広めてくれるからだ。つまり、アルシーア・クリアリーは一人でクラブを出て、一人でバスに乗り降りし、それから——食堂か食料品店で——後で彼女を殺すことになる人物に会った可能性がある。しかし、オリーよ、おまえはほんとうに容疑者の範囲を広げなければならないと思っているのかね、それとも広げてみたいと考えているのかね？　それなら容疑者の数を、市全体、州全体、あるいは国全体にまで増やしたらいいじゃないか？　これから一生、この事件をおいかけてたらいいじゃないか？

彼は、もう少しで家に帰って寝てしまおうかと思った。

結局は、ただのけちな黒人売春婦じゃないか。

しかし、彼は食料品店に入った。そして、コートの前を開け、腹とナインの握りを見せながら、ぶらぶらとレジの方へ歩いていった。カウンターの後ろで薄ら笑いをしているあのバカが、おれがこれからホールドアップをするつもりだと勘違いすりゃあいい、へっへっ。ここらでひとつさびのきいたユーモアをやってみるのはどうかな？　ここをうろついている東洋人を、ちょっとばかり脅かしてやるのは？　もちろん重要な仕事をかかえていることはけっして忘れないさ。そうとも。

「マネージャーに用があるんだ」彼はいった。

マネージャーだかオーナーだかが、神経質そうな笑顔を見せながらやってきた。


「この娘を知ってるかい？」オリーがきいた。

男は写真を見た。

「このひと、この辺、住む」彼がいった。

「そうだ。見たことがあるか？」

「このひと、殺された」彼がいった。

「最後に見たのはいつだね？」オリーがきく。

「殺される前ね」

「前とはいつだ？」

「前の晩。彼女来る、ミルク買う」

「それは何時だ？」

「今、同じ」

「三時半、そのくらいか？」

「サンジ・ハン、そうです」

「彼女は一人だったかい？」

「ひとり、そうよ」

「おまえさんに何かいったかね？」

「ハロー、グッバイいう」

「ミルクを買ってもらって、ありがとうといったかい？」

「ええ?」

「いいんだ、そんなこと。彼女はどのくらいここにいたかね?」

「五フン。通り渡って、食堂行く」

「ありがとう」オリーはいって、ウインクした。「これは英語だぜ」彼は説明して出ていった。

その時間の食堂は、オリーがいうところの〝常連〟でごったがえしていた。彼の辞書によれば――他の辞書では違うが――〝常連〟は〝市民〟の反意語である。食堂には、略奪者、夜の占領者、つまり、夜中に目を覚まし、夜の街を野獣のように獲物を求めて歩き回るやつらがいた。白人も黒人もラテン人もやたら大声でわめき、手強そうに見える。もっとも、顔に銃を突きつけられるまでの話だが。オリーが中に入っていくと、連中はすぐに警官だと気がついた。念のため、オリーはまたコートとジャケットの前を開け、ナインをちらつかせた。ドアに背中を向けた状態で椅子に座ることはしたくなかった。彼は隅のボックス席を選んだ。そこからなら、カウンターだけでなく、ドアを出入りする人物をみることができる。ナプキン立てと塩胡椒入れのあいだに立て掛けてあったメニューを取り、ざっと目を通すと、ウエイトレスに合図した。彼女は三十三、四だろうとオリーは見当をつけた。美人ではないが、疲れた様子が非常にセクシーだ。

「ハンバーガーを二つと、ポテトフライの大盛りをひとつ」彼がいった。

「ポテトフライは普通盛りしかないんですけど」彼女が彼に説明した。

「盛り具合はどうかね?」

「盛り方に名前はついてないんです。付け合わせ《サイドオーダー》のポテトフライなんですから」

「わかった。じゃあ、それを二つ」

「付け合わせは普通サイズですが」

「よろしい。普通サイズを二つ」

「あのう、普通サイズという名前があるわけじゃないんです。名前はないんです。ただそのサイズになってるだけです」

「結構」オリーはいった。「それを二つ。サイズはどうでもいい」

「ハンバーガーが二つと、サイドオーダーのポテトフライが二つですね」ウエイトレスはそういって、注文を伝えに行った。五分ほどして彼女が戻ってくると、テーブルの上にオリーのバッジがのっていた。彼はそれを指して、ウインクするといった。「少しすいてきたら、話があるんだが」

ウエイトレスはバッジを見た。

「いいわ」彼女はいった。「四時には休憩が取れますから。コーヒーを持ってくるわ」

「もしおれがピアノを弾けるといったら、どう思う？」彼がきいた。

「弾けるのですか？」

「習うつもりなんだ」

「あら、素敵ね」彼女はいった。「じゃあ、後で」

四時二、三分過ぎに彼女が戻ってきた。彼にタバコをすすめ、彼が断わると、自分のために一本火をつけた。それからテーブルに持ってきたコーヒーをすすった。脚を伸ばしながらいった。「で、誰が誰を殺したんですか？」

「どうしてそう思うんだ？」

「殺人課の刑事みたいだからよ」

「口をつぐんだ方がいいぜ」オリーがいった。

「昔、殺人課のお巡りとつきあってたのよ」

「そのとき下着は黒だったかい？」

「違うわ。でも下着以外は全部黒」

「あんたの名前は？」オリーがきいた。

「ヒルディよ。あなたは？」

「オリー・ウィークス。八八分署だ」

「わかったわ」

「ヒルディ、たぶん知ってるとは思うが、先月このあたりで若い娘が殺された。アルシーア・クリアリーという娘《こ》だ」

「ええ」

「彼女を知ってるのか？」

「ええ。しょっちゅうここに来てたから。ダンサーか何かだったと思うけど。でなきゃ、売春婦ね。ほとんど毎晩二時か三時に来てたわよ」

「殺された晩にも来てたかい？」

「いつ殺されたのかも知らないわ」

「十一月九日だ」

「誰がやったか、まだ探しているの？」

「まだ探しているんだ」

「火曜日の晩のはずだが」

「十一月九日ね」彼女は考えながらそういった。

「はっきりとはわからないわ」

「今月のどの晩でもいいんだが、男と一緒にここに来たかどうかは覚えてないかい？　ジャマイカ人、背が高くて、にこにこしている。顔の左側にナイフの傷」

「ああ、そうだわ」彼女は頷きながらいった。

「そいつのことを覚えているのかい？」

「意地悪そうなやつだったわ。色が白くて、青緑っぽい目の色。ジャマイカには白人がたくさんいるのね。だけど、アルシーアはそいつと来たんじゃないわよ。その人はさきに来ていたの」

「それで？」

「その男の人が店に入ってきた。二時半ごろだったはずよ」ヒルディがいった。「最初に気がついたのが傷。あれじゃあ、気がつかないなんてことはないわ。ここらへんじゃ、ナイフの傷なんてざらよ。でもあの男のはちょっと派手だったわ。でも、このあたりじゃ、あまりジャマイカ人は見かけないのよ。ここには虹みたいにいろんな色の人間がいるけど、いわゆるジャマイカ人地区ではありませんからね。ジャマイカ人地区は、もっとアプタウンの方の野球場の近くよ。知ってる？　そいつがコーヒーを注文したときに、すぐジャマイカ人だってわかったわ。あの人たちの話し方を知ってるでしょう？　コップ・オブ・コーヒー・オンド・ア・スクロンブルド・エッグ・ソンウィッチ」彼女はジャマイカ人の真似をしていってみたが、うまくいかなかった。しかし、オリーにはその違いがわかった。非常に感度のよい耳をもっているのだ。「とにかく、アルシーアはしばらくしてから店に入ってきたわ」

「彼女の名前を知ってたのか？」

「もちろんよ。常連だもの」

「ジャマイカ人の方はどうだ？　名乗ったかい？」

「いいえ」

「どっちが先に行動を起こしたんだ？」

「あいつかアルシーアかってこと？　そう、あいつの方よ。アルシーアはボックス席に座って何かを注文したわ、忘れたけど。そしたら、あいつがぶらぶら歩いていって、自分の名前かなんかいって、座ったわ」

「そいつが名乗ったとき、名前が聞こえなかったかい？」

「聞こえなかったわ」

「ジョン・ブリッジズじゃなかったかい？」

「違う。でも帽子を脱いだわね」

「礼儀は知っているんだな」

「ほんと、そうね」

「黒い巻き毛、違うかい？」

「そうね、巻き毛かどうかは気がつかなかったけど、そうよ、黒い髪だったわ」

「ホモには見えなかったかな？」

「ホモ？　全然」

「その後、二人はどうした？」

「彼女は売春婦だったの？」ヒルディがきいた。

「表向きは違う。ダウンタウンのトップレスの店で働いていた」

「まあね、彼女、あいつにとってもなれなれしくしてたから」

「二人は一緒に出て行ったのかね？」

「そうよ」

「何時頃？」

「三時半ごろね」

「腕を組んで、それとも他に何か？」

「そうね……なれなれしかったわ。今いったように」

「そいつと一緒に家に帰ったんだと思うかい？」

「一緒に角を曲がるのは見たわ。あそこの窓から」ヒルディはいって、窓に向かって頷いた。

「じゃあ、可能性があるな」

「たぶんね。で、いつから始めるの?」

「何を?」

「ピアノのレッスンよ」

「ああ、すぐにでも」

「いつか私のために弾いてくれなきゃだめよ」彼女がいった。

「お気に入りの歌があるかね? すぐ覚えるから」

「それをいったら年が知れちゃうわ」

「そうとはかぎらないさ。スタンダードといわれてる曲があるだろう。そういう曲を覚えるのに十代である必要はないのさ」

「たとえば?」

「《スターダスト》なんかどうだ。誰でも知ってるぞ」

「私は知らないわ」

「知らない?」

「そう」

「じゃあ《ナイト・アンド・デイ》はどうだ?」

「それって歌?」

「《ナイト・アンド・デイ》を聞いたことがないのか?」

「一度も」

「シナトラは? フランク・シナトラのことは聞いたことがあるだろう?」

「もちろん、フランク・シナトラなら聞いたことがあるわよ」

「彼のヒットソングだよ、《ナイト・アンド・デイ》は」

「それ、知らないわ」

「どんなシナトラの歌なら知ってるんだ?」

「《マック・ザ・ナイフ》」

「それはボビー・ダーリンのヒットソングだ」

「違うわ」

「絶対そうさ。他にもシナトラの歌を知ってないかね?」

「もちろん」

「どの歌だい?」

「『ストレンジャーズ・ホエン・ウイ・ミート』?」

「それは本だよ」

「いいえ、歌です」

「《ストレンジャーズ・イン・ザ・ナイト》が歌だ」

「ああ、そうだったわね」

「ビートルズの歌は知ってる?」

「知ってるわよ」

「どれを?」

「ダイヤモンドについて歌ったの」

「《ルーシー・イン・ザ・スカイ・ウイズ・ダイヤモンド》のことか?」

「そう、そうよ」

「他には?」

「知ってるわ、でも、すぐには思い出せないわ」

「どんな歌なら覚えているんだ?」

「そうね、マッチボックス20の《バック2グッド》は?」

「ああ」

「それから、U2の《バッド》。これ知ってるでしょう?」

「ああ、他には?」

「《アンインバイテッド》はどう?」

「ああ」

「アラニス・モリセットは? 聞いたことある?」

「ああ」

「《犯罪人《クリミナル》》は? これは知ってるわよね、警官だもの。フィオーナ・アップルは?」

「ああ」オリーはいった。「あんたのためにそのうちの幾つかは覚えられると思うよ」彼はもう題名を忘れていた。

「《サティスファクション》はどうだい?」彼がきいた。

「《サティスファクション》は知ってるかな?」

「もちろんよ」ヒルディがいった。「ローリング・ストーンズでしょ」

やったぜ《ビンゴ》! とオリーは思った。


特別電話八〇〇は、正式には〝警察情報ネットワーク《POLICE INFORMATION NETWORK》〟あるいは、短くPINという。その電話を担当している十二人の警察官チームは自分たちのことを〝密告班〟といっている。火曜日の朝、女性警察官が電話を受けていった。「おはようございます、警察情報ネットワークです」

女性の声がいった。「〈グイードのピザ店〉のコマーシャルを見たんですけど」

「はい、ご用件は？」警官がいった。

「この電話は録音してますか？」女がきいた。

「はい、録音されてます」警官が答えた。

「発信者番号通知サービスを利用してます？」

「はい、利用してますが」

警官は、電話の質問には嘘をついてはならないと指示されている。ばからしいとは思うけど、そう命令されているのだ。

「そう、じゃあ、仕事場から電話したのは正解ね？」

「どちらにしても、お話しくださることについては絶対に秘密を守ります」

「刑事以外の人とは何も話したくないのですが」女がいった。

「刑事にお電話するように伝えましょうか？」警官はきいた。

「お願いします」女がいった。

バート・クリングは、彼女と午後三時過ぎに電話で話をし、その夜家まで会いにいった。八七分署管区外で、ダウンタウンの奥のコーラル・ストリート、昔のレージェンシー・シアターの近くの、エレベーターのない五階建てのビルに住んでいる。ベティ・ヤングは白人で三十がらみ、顔立ちが良く、黒髪で青い目の女だった。彼女は二十分前に帰宅したばかりだといった。彼が着いたとき、朝仕事に着ていったらしいスーツとコートを着たまま、キッチンのカウンターのところに立って、トゥインキー（小型スポンジケーキ）を食べ、牛乳を飲んでいた。彼女は彼にも何か食べるかときいた。彼が断わると、ワン・ベッドルーム・アパートの居間に彼を案内した。そこで、彼女はソファに座り、彼は安楽椅子に座って彼女と向き合った。彼女の後ろに並んだ窓から数軒先のビルの背の高い煙突が見えた。空を背景にくっきりと浮かび上がっている。

彼女は、彼が電話してきた会計事務所の受付をしながら、なんとか暮らしてきたといった。でも、フロリダのオーランドにいる母親が発作で倒れてしまって。だから、〈グイード〉の五万ドルがあれば、医療費やらなにやらあるから、助かるわ。

「でも、今度のことで、私がちゃんと保護してもらえるのかを確かめたいんです。だって、殺人事件でしょ」

「ええ。わかってます」

「だから、もし私が知ってることを教えてあげたら、どんなふうに保護してもらえるのかしら？」

クリングは、彼女の名前が明かされることは絶対にない、刑事裁判のときに目撃者として召喚されない……などなど説明した。

「とにかく、私は目撃者なんかじゃないわ」彼女はいった。

「実際、誰かが人を殺すところなんか見てませんから」

「しかし、犯人の手がかりとなる情報は持っているんでしょう？」

「ええ、持ってるわ。でも、私の名前がばれないってことをどうしたら確信できるかしら。それが問題なんですけど」

「確信する必要などありませんよ」

「もしも、テレビのレポーターなんかが首をつっこんできても、警官が私の名前を絶対にもらさないなんて、どうして私にわかります？　あるいは、〈グイード〉の社員が尋ねられたら？　どうしたら確信できます？」

「確信できないかもしれません」クリングがいった。「とにかく私どもを信頼していただかなければ」

彼女は、あんたを信頼するんですって？　という表情をした。この街で、彼はそのような表情には慣れてしまった。

「それから、どうしたらお金がもらえるんですか？」

「同じことです」クリングがいった。「信頼です」

「そう」

「あるいは、たぶん……警察の懸賞金ならこんなことはしませんが……たぶん、あの会社は、初めに懸賞金の半額を第三者に委託し、残りは逮捕と有罪判決のあとに支払うかもしれません」

「逮捕と有罪判決ですって？」彼女がいった。

「ええ、それは……」

「あら、ちょっと待って」彼女がいった。「もし警察が銃を撃った男を捕まえても、検事がへまをやったら？　どうして私が有罪判決まで責任もたなければならないの？」

「ええ。それはレストラン・アフィリエイツ社が出している条件ですから。逮捕と……」

「誰が出しているんですって？」

「レストラン・アフィリエイツ社です。〈グイード〉のチェーン店を持っている会社です。逮捕と有罪判決が彼らの条件です」

「それじゃあ、ほんものの懸賞金じゃないわね」

「私は、ほんものだと思いますよ」

「どうして？　もしどっかの無能な検事が彼を釈放してしまったら、懸賞金はもらえないわ。それでどこがほんものなんです？」

「検事局は勝算がなければ、裁判に持ち込みません」

「だけど、いつも負けているでしょう？」

「それは……違います。いつもではありません。私は負けるよりも勝つ方が多いと思ってますがね」

「そうだとしても、私はどうやって保障してもらえるんです？　あえて危険に身を曝《さら》そうと……」

「勝っても負けても、あなたの安全は守られますよ。もし、その人物を教えてくれるのでしたら……ところで、あなたは銃を撃ったやつを一人だけしか知らない、違いますか？」

ベティは驚いたようだった。

「どうしてそう思うの？」彼女はきいた。

「それは、あなたが〝銃を撃った男〟といったからですよ。それに今も、検事が彼を釈放したらというようなことをいいましたね。彼。単数。だから、あなたが一人だけしか知らないと思ったんです」

「まあ、正真正銘の刑事だわ」彼女はいった。この市では、別にクリングを驚かすような科白《せりふ》ではない。実際、この市ではクリングを驚かすものはなにもない。「とにかく」彼女はいった。「あなたが答えてくれる覚悟ができるまでは、いっさい質問はしません。ですから……」

「〈グイード〉が、もし私のいうことで起訴に持ち込めたら五万ドルくれる、と確約してくれるのでなければ、質問には答えないわ。有罪判決なんてどうでもいいでしょ。もし他に条件があるなら、この話はないことにするわ」

「もちろん、〈グイード〉の代弁はできませんけど、あるとは思いませんね。彼らはほんとうにあいつらを捕まえたいんだと思いますよ。そのうちの一人だけでも、あなたの情報がそれだけなら」

彼女は何もいわなかった。

彼は彼女を見た。

「絶対安全ですよ」

まだ彼女は黙っていた。

「警部に相談させてください」クリングがいった。「警部は何本か電話すると思いますよ。もしレストラン・アフィリエイツ社に、情報を提供しようという人物が現われたと伝えることができたら……」

「そのつもりです」

「わかってます」

「でも、有罪判決の部分はなしにしてもらわないと。彼が起訴されたらすぐにお金が欲しいんです。つまり、仮に、私が、O・J・シンプソンが奥さんを刺しているところを見て、彼の逮捕につながる情報を警察に提供したとするでしょう。それなのに彼は釈放された。私のいいたいことがわかります?」

「しかし、あなたは実際に撃ったところは目撃していないといいましたよ」

「そのとおりよ。撃つところは見てないわ。でも撃った人物の一人を知っているんです」

「なぜ今になっていう気になったんですか、ミス・ヤング?」

「良心がとがめて」

彼女はちょっといいよどんだ。それから続けた。「それに、先週彼と別れたんです」

PINの副責任者は、アップタウンのどこかにあるらしい八七分署のバーンズ警部とやらから連絡を受けた。彼の部下が、ピザ店銃撃事件の犯人の一人を知っているという女と話をしたというのだ。しかし、女は起訴まで持ち込めたらすぐに懸賞金をもらえないのであれば、犯人についての情報はもらさないという——バーンズ警部はこの話を息を切らせ気味に語った。実をいうと、クリングが持ってきたネタにちょっとばかり興奮しているのだ。

「その女、自分を何様だと思ってるんだ？」副責任者がいった。

「〈グイード〉の連中と話してみたらどうだね？」バーンズが勧めた。

「連中はだめだというだろうな」副責任者がいった。

彼の推測は外れた。

レストラン・アフィリエイツ社の経営陣は、またしてもすばらしい宣伝になると見越して、すぐさまこの話に飛びついた。その晩のテレビは——一分間何十万ドルのコマーシャルが流れる時間帯に——主要テレビ局五局とほぼすべてのケーブルテレビ局とが、あてにならない刑事裁判制度を心配するRA社が懸賞金の申し出を変更したというニュースを少なくとも二分間無料で放送した。狙撃犯の逮捕と起訴に結びつく情報を提供してくれた何人《anyone》にも、請求により、その人たち《theirs》に五万ドルさしあげます……と。

RA社の宣伝部の連中なら、単数形の〝何人〟に複数形の〝その人たち〟をつなげるという文法的に間違った文を書いても許されるだろう。なぜかというと、連中は商品を販売している人種だから、フェミニストの気持ちを逆撫でしたくなかったのだ。文法的には正しくてもフェミニストたちは、政治的には正しくない〝彼の〟という言葉を使ったら苦情をもちこむかもしれないのだ。だからといって〝彼または彼女の〟としたらあまりにもぎこちない。文法的には合わないかもしれないが、安全策をとって〝その人たちの〟と書いた方が、もめなくてすむ。とにかく、この文は、誰かがそんなことを気にしているようだ。しかし、本当は、懸賞金の変更を報道するようなジャーナリストはもっとしっかりしてもらわなければ困るのだ。それなのに、広告代理店のプレスリリースを一字一句そのまま載せるとは、情けない。おまけに、ほとんどのジャーナリストが、商品の普及のために何百万ドルもかけているRA社のスローガンでその報道を締めくくっていた。「だから、さらに美味しくなったピザを食べに、どうぞ〈グイード〉へ！」

ベティ・ヤングは、戦艦を蝕むほどのつらさ、くやしさを嫌というほど味わってきた。株屋とうわべは幸せな結婚生活を十一年過ごしたあげく、三十二歳のときに離婚した。夫はこの市に来ていたハワイの女と太平洋のかなたに逃げてしまったのだ。

「すぐ寝る女よ」ベティがいった。

そして、やっと無条件に愛せると思える男に出会った。この前の三月のことだ。典型的なジョージアのグリッツ出身の三十七歳。白人のマクスウェル・コーリー・ブレインが、納税申告書の書き方を教えてもらうために、彼女の働いている会計事務所に入ってきたのだ。マキシーは、ほとんどドミニカ人地区になってしまったハイタウンの玉突場で働いているらしかった。しかし、そのとき、ベティはそれが別に悪い前兆だとは全然思わなかった。人を騙すような男でないかぎり、彼女は人間に対してとても寛容だったのだ。「二人とも死んじまえばいいんだわ」とも彼女はいった。

玉突場でのマキシーの肩書きは、〝テーブル・オーガナイザー〟だった。これがどんな仕事かベティははっきりと説明できなかったが、とにかく週給三千ドルが保証されるくらいの技術を要する仕事ということは確かだった。彼の雇い主のエンリケ・ラミレスという男は、納税申告の時期になると、忠実に源泉徴収票フォームW－2を渡してくれる。しかし、それが問題なのではなかった。当然のことながら、ジョージア州はマキシーに前年度の所得に対する申告書を提出するように要求した。ところが、彼は昨年は失業どころか、刑務所にいたのだ。マキシーは、刑務所の洗濯室で囚人の制服を洗って稼いだわずかな金にも税金がかかるのか知りたかった。ベティは、彼を事務所の会計士補のところに連れていき、問題をすべて解決してもらった。

それはそれとして……

本当のことをいうと、ベティはマキシーが刑務所にいたことに少しばかり興奮した。彼は、ジョージアで〝加重暴行〟（婦女子に対する暴行などで、普通の暴行より刑が加重される）といわれる一年から二十年の刑をともなう重罪で、リーズヴィルの州刑務所に送られていたのだ。一月に仮釈放されると、ジョージア州を離れ、まっすぐ北にやってきた。これは法律違反だ。しかし、ジョージアなんかくそくらえだ。ここでかわいこちゃん《スウィート・リトル・ピーチ》を見つけた。

「あの人は、私のことをスウィート・リトル・ピーチと呼んでたのよ」ベティがいった。

彼女は、事務所が彼の納税申告書を提出した翌日、今年の四月十六日に彼のところに引っ越していった。かなり早い時期に彼は、ある人物の背中の骨を折ったために刑務所に入っていたと、話していた。その男は、当時彼が働いていたアトランタの賭博師に借金をしていたのだ。男は結局今でも腰から下がマヒしているが、それはマキシーのせいではない。だってそうだろう。彼はただその男に払うものは払ってもらおうとしただけで、一生身体を駄目にするつもりまではなかったんだから。ただ、フルトン・カウンティの地方検事がこの話を信じなかっただけだ。

マキシーの巨体には恐怖を感じた。それをベティは認めている。しかし、わくわくもした。彼女の見たところ、身長はおそらく六フィート四インチ、体重は二百十ポンドぐらいだ。体中筋肉がもりあがり、肩と腕には刑務所で入れた入れ墨がある。アトランタでしていたのと同じような仕事を探したのはたぶん体格のせいだろう。〝テーブル・オーガナイザー〟なるものは要するに、〝取り立て屋〟を婉曲にいったものだった。マキシーの仕事は、ラミレスから借りた金を返さない悪い麻薬売人をこらしめることなのだ。ラミレスは、コカイン――それと〝大量のデザイナー・ドラッグ〟――を扱っていた。コロンビアの麻薬組織と結びついていたが、気取り屋で威張り腐った小物だ。アプタウンの街にごきぶりのように繁殖している小生意気な売人よりは数段上だが、目にも見えず手出しもできない麻薬王国の上級部隊の足元にはとうてい及ばない。

十月のある時、ダニー・ギンプという情報屋で、一時期密輸にも手を染めていた男がラミレスに大損害を与えたという情報がマキシーの耳に入った。マジェスタのある売人が大将《エル・ヘフェ》に――ラミレスは内輪ではそう呼ばれていた――コカイン二キロにたいし四万二千ドル払うことに同意したらしかった。ラミレスは、袋詰めにしたスノウ（コカインの別名）をダニーに渡して届けてもらうことにした。しかし、スノウはマジェスタに届かなかった。大将の考えでは、コークだけでなく、そのコークが稼ぎ出す儲けまで損をしたのだ。大将から金を借りるのと大将のものを盗むのとでは大違いだ。これは許されざる罪だ。身体のどこかを痛めつける報復ではすまない、死に価する大罪なんだ。

それなりに情熱的なセックスの一夜を過ごした十一月八日の朝、マキシーはシャワーを浴び、着替えをすると、ベティに友だちと会ってピザを食べてくるといった。

「あいつ、そういってにやっとしたのよ」ベティはいった。

その月曜日の晩、ベティはテレビに流されたビデオテープを見て〈グイード〉で銃撃戦を繰り広げている白人の男は、マキシーだと思った。

「あの人たち、もっといいカメラをおくべきよ」彼女はいった。「本当のことをいうと、あのビデオテープじゃ、本人を知っている者でなければマキシーだとはわからないわ」

ビデオテープでマキシーを見たこと、今騒がれている密告者を殺した男の一人がマキシーじゃないかと疑っていることについて、彼女が口に出せたことといえば、せいぜい一週間ぐらいたった後の朝食でいったことくらいだった。

彼女はさりげなくいった。

「それはそうと、このあいだの朝のピザはおいしかったの？」

「何のことだ？」マキシーはいった。

四日後、あいつは十八歳の女のところにいってしまったよ。マキシーの話じゃ、その女の唯一のとりえは――何のことかわからないけど――〝モロッコの一吸い〟とかいうあのやり方を知ってることだって。といっても、ベティはそれが何なのか気になっているらしい。

彼女の望みは、ただ彼を捕まえて電気椅子に送ってもらいたいだけだ。たった五万ドルだもの、このくらい頼んでもいいでしょう？

彼女は十二月一日、水曜日の朝、そうしたことをすべて打ち明けた。

翌朝一時十五分、八七分署の五人の刑事が、ダウンタウンを車でとばし、マクスウェル・コーリー・ブレインの玄関を蹴破って突入した。

たった一人が、撃たれた。

6

彼らは、ノックなしでもいい逮捕状とケブラーの防弾チョッキを身につけて突入した。というのも、ベティ・ヤングの話によれば、そいつはなまやさしい男じゃないからだ。

この市のあちこちに建つほとんどのアパートは、やっかいなことに、警察の接近戦に向いた建てられかたをしていない。マクスウェル・コーリー・ブレインは、ルイジアナ州ボークープ・エイカーズに住んでるわけではないのだ。そこなら、シェリフたちが木々が立ち並び苔に覆われたドライブウェイを玄関まで乗りつけ、両脇に五人ずつ警官を待機させて動力破壊槌でドアに猛攻撃をかけることもできたろう——牛たちは怖かっただろう。かわいそうに。マクスウェルは——密告者になりさがったもとのガールフレンドがなれなれしく呼んでいたように、マキシーといってもいいが——カームズ・ポイントの狭い道路に面したエレベーターのない六階建てのアパートに住んでいた。かつては美しく文化的だったが、とっくに醜くて野蛮な地区に変身している。現在、十年を目安とする地区の高級住宅地化の対象となっているが、このサイクルは常に繰り返される運命にある。しかし、市議会の誰もがその理由を少しもわかっていない。

建物は赤れんが造りだが、何世紀もの煤《すす》でくすんでいた。階段は急で、廊下は狭い。各階は四部屋からなり、朝もこんな時間だと——彼らは二時十五分前に外に集合したのだった——二重にロックしたドアの向こうから深い眠りをむさぼる人たちのいびきが聞こえてくる。彼らは頑丈な防弾チョッキを着ていたから動きづらかった。そのうえ、防弾チョッキの下には何枚も冬の重ね着をしている。建物の中に入ったあとは手袋を脱いで、全員が突撃銃AR15を抱えた。このような世紀末に建てられた廊下や、男たちが五階の踊り場にたどり着いてふたたび結集するまで延々と螺旋《らせん》階段をのぼらなければならない場所では、動力破壊槌を使う余地はない。

男たちは、同僚であり友人であった。そこでは、つまらない喧嘩をしている暇もなければ、警官人生でもっとも危険な十秒間とされる〝最初に入口を突破する〟仕事を自分以外の者にさせようなどと考える者など誰一人としていない。クリングが淡々と、自分が一番先に入るといった。最初にピザ店の事件をつかんだのは自分とブラウンだから、自分たちの事件だ。もし、今晩急襲するとなれば、正式には自分たちの急襲になる。だから、ブラウンとキャレラは脇を固めてくれ、バックアップはウィリスとマイヤーに頼む、自分がドアの突破を受け持つと。こういった話を他の連中にささやいているとき、クリングの口から出た息が、羽のようにふわふわ消えていった。

彼は重いコルトのカービン銃を両手に持っていた。部屋の中には、たぶん殺人を犯した男、判事がノックなしの逮捕状を発行しても差し支えないと考えてくれたほどの危険な男がいる。しかし、このチームはいいチームだ。前にも一緒に仕事をしたことがある。今夜ここで何が起こるかはっきりわかっていたし、何をすべきかもはっきりわかっている。キャレラとブラウンはドアの脇を固める。クリングがドアを蹴破って突入する。錠が壊されたら、この三人が部屋になだれ込む。ウィリスとマイヤーは彼らの後ろでさっと散開する。もしうまくいけば、二、三分で片が付くだろう。

クリングが木製のドアに耳をくっつけて、様子をうかがった。

何も聞こえない。

もうしばらく、耳をすますと、後ずさりし、小さく頷きながら、全員の覚悟ができていることを確認した。深く息を吸い、右膝を引きつけ、左腕をあげてバランスをとった。右手はライフルのピストル型の握りをつかんでいる。蹴りが、前方への運動量と彼の体重と相まって、ドアロックのボルトと木製グリップを打ち砕いた。ぱっと開いたドアを追って中に入ると、キャレラとブラウンもドアの両脇から彼に続いて部屋に飛び込んだ。マイヤーとウィリスも遅れをとらなかった。

「警察だ！」クリングが叫び、彼の後ろで他の声が「警察だ！　警察だ！」と繰り返した。

男たちが散開し、鋭い目を走らせている。ウィリスが壁のスイッチを探り当て、天井の電気がぱっとついた。そこは、詰め込みすぎの家具がごちゃごちゃ置いてある、小さくてみすぼらしいリビングだった。左側には小さなキッチン。右の壁にはドアが三つあった。一番玄関に近いドアはクローゼット。真ん中のドアの後ろがおそらく浴室で、最後のドアは寝室だろう。寝室には通りに面した窓があるはずだ。誰も口に出してはいわなかったが、何度も似たようなアパートに入ったことがあるから、間取りがわかっているのだ。彼らはすぐクリングの後から最後のドアに向かって進んでいった。こちら側からは蝶番《ちょうつがい》がみえないから、ドアは内側に開くのだろう。彼は取っ手をつかみ、回し、ふたたび「警察だ！」と叫び、ぐいっとドアを開け、突撃銃を構えて部屋に飛び込んだ。

玄関のドアを蹴破り、部屋に突入し、寝室らしきところにねらって突進するのに、たぶん三十秒はたっぷりかかった。同じ時間内に、警官が到着したときには寝ていたと思われる男は、すでに寝室を横切りドレッサーのところまで行っていた。一番上の引き出しを開け、九ミリのピストルらしきものをぐいと引き出し、振り向くとクリングに狙いを定めた。

「銃だ！」クリングはそう叫ぶと身を投げ出して床に伏せ、転がって発砲者から逃れた。ちょうどそのとき、ブラウンとキャレラが部屋に入ろうとしていた。寝室は暗かった。リビングからもれてくるかすかな光では、悲鳴を聞くまで、ベッドに娘がいることに気がつかなかった。彼女は、白のジョッキーショーツと白のタンクトップを着た巨人が、ドレッサーのところに立って、クリングに向けてではなく、ブラウンの巨体でふさがったドアにむかって続けざまに二発撃ったとき、はじめて悲鳴をあげた。銃声が轟いたとき、ブラウンは左側に身を投げた。最初の弾は彼をそれ、続いて入って来ようとしていたキャレラからもそれた。二発目の弾はドアの枠に食い込んだ。

「銃だぞ！」マイヤーが後ろのウィリスに向かって叫び、銃口の閃光めがけて発砲しながらドアを走り抜けた。女は今やヒステリックな悲鳴をあげている。下着姿の男は、ドアを通り抜けてくるものを片っ端から撃ちまくった。ドアとドアの枠以外にはあたらなかった。が、とうとう、ダンサーのようにひらりと入ってきた標的としては一番小さいウィリスの太股を捕らえた。防弾チョッキが保護してくれないところだ。彼はくるりと回転してくず折れた。

ドレッサーのところにいた男は、突然、突撃銃を持った男が五人もいて、そのうちのたった一人しか倒れていないことに気がついた。一晩中銃を撃ちまくることだってできる。そのあいだベッドのいかれた女はわめき続けるだろうが。そうでなければ、水玉模様のパイのように穴だらけにされる前に、一種の休戦をもちかけてもいい。

「止めてくれ」彼はいって、銃を放り投げた。

ブラウンが重さが十ポンドもあるハンマーのような平手で、彼をぴしゃりと打った。

床の上では、ウィリスが股から流れ出る血をなんとか止めようとしていた。

警察仕事の喜びがすべて吹き飛んでしまうのは、これが娯楽やゲームなんかではないんだと、突然悟るときである。グレイヴヤード・シフト（三交代制で真夜中から朝八時までの当番）は、真夜中の零時十五分前に交代した。突撃チームはロッカールームで身支度するためにその三十分後に来た。四時を少し回った今、班の刑事のほとんどがグローヴァー・アヴェニューの分署に来た。何事が起きたのか知りたいのだ。朝八時までは交代しなくてもよい連中も、何かを〝聞きつけて〟やってきた。休暇か病気のはずの連中もふらふらと刑事部屋に集まった。詳しいことを知りたいのだ。

マーチスン巡査部長が、ハル・ウィリスが撃たれたと教えてくれたが、そんなことはみんなもう知っていた。そうでなければ集まってきたりしないだろう。巡査部長、もっと詳しいことを知りたいんだよ。しかし、詳細を知っているのは、急襲作戦を実行した例の四人の警官だ。そのうちの二人、クリングとブラウンは、警部とマキシー・ブレインと一緒に缶詰。あとの二人、キャレラとマイヤーはセント・メアリー病院でウィリスに付き添っている。確実な情報を持っていそうなものは手近にいない。結局、集まった刑事たちはいろいろと憶測することにした。

彼らにわかっていることは、アパートで何か非常にまずいことが起きたということだけだ。沈思黙考の警官たちは、バート・クリングが突撃のリーダーだったな、と考え始めた。おそらく、あいつがへまをやらかしたんだろう、ウィリスが病院にいなきゃならないのもあいつのせいだろう、と。もう一方で、何人かの刑事たちは、〝事故〟の責任は、おそらくウィリス自身にあったかもしれないと考え始めた。さらに、考えているうちに、とにかくウィリスは運が悪いやつかもしれないということになった。なぜなら、あいつがちゃんと仕事をしていようと、いまいと――もちろんこんなことは大声ではいわない――あいつにはケチがついてるのだ。いずれにしても、あいつはパートナーを組むべき相手じゃない。警察の仕事は危険なんだ。誰だって、疫病神のジンクス付きの、面倒を起こすような警官と組みたくはない。十二月の寒い朝、そんなふうに何人かの刑事は考え始めた。二、三人は実際に声に出してそういった。警察官同士の忠誠心は、兵士同士の忠誠心にどこか似ている。困ったことが起きると、一人のためのみんな、みんなのための一人なのだ。もっとも、だからといって、戦いに勝ったあとに、みんなで飲みに行かなければならないということではない。負けたとしてもだ。どうも、今晩は逮捕にこぎつけたという事実があるのに、負けたらしいのだが。結局、ウィリスが撃たれたために、刑事部屋の連中は意気消沈し、いつもの仕事をやっても、テレビの刑事物に出てくる刑事たちみたいに、デュマの『三銃士』のような威勢が見られなかった。

その朝早く刑事部屋には、いつものように前の晩にしょっぴかれてきたいろんな悪党どもがいた。例のごとく金をひったくる売春婦、盗みを働く空き巣、魔の手をもつ強盗、ダイムバッグ（十ドル相当の麻薬を詰めた袋）を隠し持った麻薬の売人。売春婦はいつもなら、まあしかたないかと陽気な扱いをうける。警官も、状況が許せば、たまにはこっそり触ってみるし、女たちは、そのかわり寛大な処置をと取引の真似をしたりする。もちろん、女たちはそんなことはありえないと、経験からわかっている。しかし、今朝は違う。前の晩に一斉検挙された女たちは、ダウンタウンの中央拘置所行きのワゴン車に押し込まれた。今朝は、サリーとスー、どうしたんだ、なんていうひやかしはない。そいつらは売春婦だ。おまけに警官が撃たれたんだ。冗談をいって楽しんでる暇はない。

空き巣は――三流の空き巣でないかぎり――いつもならある程度の敬意を払ってもらえる。警官以外にはわからないと思うが、空き巣は、他人の家に押し入り、プライバシーを侵害し、その人の持ち物をとって逃げてしまうんだが、不思議なことに、ある種の紳士だとみなされている。プロの空き巣が、暴力を振るうことはめったにない。警察官は、この点を評価するわけだ。三流の空き巣なら、一ブロックまわるのに六回ぐらい尻を蹴とばしてやるだろう。しかし、プロは自分たちと同等の者として扱う。たまたま、法律の反対側に来てしまっただけなのだ。しかし、今朝は違う。今朝は、警官が撃たれたのだ。だから、ハロー、ジョージ、いつ出たんだい、といった親しさはない。今朝は、こいつらはみんな犯罪者で、有罪だ。

今朝は、犯人たちがひどい目にあった。

いつだって暴行が人気のある犯罪だったことはないが、ある日の朝公園で老女を殴って財布を盗んだとしたら、いいな、おまえはそのために捕まったんだぞ、という程度の扱いだった。軽い暴行は、誰かを撃つのと同じではない。しかし、仲間の一人が凶器で襲われた今朝、八七分署の警察官にとって、その二つはほとんど同じだった。しかし、もしも今朝八七分署に拘束されるとしたら、最悪なのは麻薬の売人だ。今まであまりにも多くの警察官が、学校の子どもに麻薬を売り歩いてるやつらに撃たれて死んでいるんだ。こうした犯罪者は、この市のどの分署に連れて行かれたとしても、もともと歓迎されることはない。しかし、今朝八七分署の刑事たちは、麻薬と殺人、とりわけ麻薬と警察官の殺害の関連をすごく意識していた――クリングとブラウンが尋問している犯罪者がコロンビアの麻薬組織の取り立て屋だという噂を耳にした今は、なおのことだった。

八七分署の警察官たちは、最近の新聞の大げさな見出しや、市当局への市民の抗議やデモのことなどは知っていた。ささいな事件を、連邦裁判所管轄事件にエスカレートしかねない市民の監視の厳しさも認識していた。しかし、今朝はまったくの向こう見ずとはいえないまでも、どうみても丁寧とはいいかねた。手錠をかけられた囚人は留置場や護送車に入るように促すだけで十分なのに、乱暴に押し込んだり、口汚いあざけりの言葉をはいたり、自分たちの恐怖や怒りや憎しみをさらけ出したりした。どんな色や形の罪人にせよ、そいつにふさわしい糞ったれ野郎の畜生のようにあつかった。しかし、それは自分たちも、市民が考えているような残酷で憎むべき男たちのような振る舞いをした結果になった。

だから、この木曜日の朝にかぎって、犯罪は割に合わなかった。

セント・メアリー病院の警察官もそうだった。

彼女は、クリングが早朝の〝ノックなし逮捕〟の指揮をしていたのを知っていた。電話で、警官が一人倒れ、最初の報告によると腹に傷をおってセント・メアリー病院に運ばれたと知らされたとき、クリングかもしれないと思った。彼が被害者ではないとわかってほっとしたが、警官が誰であれ、撃たれたとなればシャーリン・クックにとって一大事だった。なぜなら、彼女は警察の外科部長代理で、彼女が当番の時に怪我をした警官がいれば、この市が提供できる最高の治療を受けさせるのが彼女の仕事だからだ。

　シャーリンという名前の綴りがおかしいのは、母親が彼女を産んだとき未婚の十三歳で、シャロン《SHARON》の綴りを知らなかったからだ。この母親は、夜白人のオフィスの床を磨いて稼いだ金で、彼女を大学から医学部までやってくれた。シャーリン・クックは黒人だった。黒人で今の仕事に任命されたのは、彼女が初めてだった。現に、肌は焦げたアーモンド色、目はローム土の色をしている。プライベートの時間には、くすんだブルーのアイシャドーをつけ、ブルゴーニュ・ワイン色の口紅をつける。しかし、仕事のときはノーメーク。高い頬骨、豊かな口、変形アフロにした黒髪が、彼女を誇り高いマサイ族の女のように見せている。背が五フィート九インチもある彼女には、乗っている小型車はいつも窮屈な感じで、長い脚をおさめるために絶えずフロントシートの位置を調節している。カームズ・ポイントの一番端にある彼女のアパートから、マキシー・ブレインが捕まったアパートに近い、ローワー・アイソラの奥のセント・メアリー病院までは車で四十分かかる。セント・メアリー病院はおそらく市で二番目に悪い病院だ。しかし、一番悪くないといってもあまり慰めにはならない。

　救急室でウィリスを診たところ、心配していた腹の傷ではないことがはっきりした。しかし、銃弾による致命傷の二、三パーセントは下肢をやられたもので、ウィリスの場合も、銃弾は太股の大腿動脈の近くに入ったままだった。彼女は、南米のグレナディン諸島あたりの医学校を卒業したてのバカが、傷口をつつき回って大出血を起こすなんてことはしてもらいたくなかった。彼女は、すぐさま病院長のところに行った。ハワード・ラングドンという非臨床医だ。ラングドンは、十年前に流行遅れとなってしまった襟の広いグレーのフランネルのスーツを着ている。シャツはピンクで、ネクタイはスーツよりもすこし黒っぽいニット。白い髪に白いあごひげをはやしている。フライドチキンのボール箱に彼の写真を載せれば似合いそうである。

ラングドンはかつては優秀な外科医であった。しかしだからといって、セント・メアリー病院の今の運営方法を許すわけにはいかない。シャーリン自身は認定医である――ということは、医学校で四年間、次に病院のインターンとして五年間を過ごし、その後でアメリカ外科大学によって認証されたことを意味している。彼女はまだ開業医を止めていないが、制服を着たひとつ星のチーフとして、外科部長室で週に十五時間から十八時間勤務している。年収は六万八千ドル。この市では、毎年二十人から三十人の警察官が撃たれている。シャーリンはその一人を、このセント・メアリー病院で衰弱させるつもりはなかった。

彼女はできるだけ丁寧に、ウィリス刑事を至急ホック・メモリアル病院に移したいと、ラングドンに申し出た。距離にして半マイルほどアプタウンに行ったところだが、サービスと技術の面では三百光年も先を行っているのだ。もっともこれを口に出してはいわなかった。ラングドンは彼女の目を穴のあくほど見つめ、きいた。「なぜ？」

「そこに連れていきたいのです」彼女はいった。

ふたたびラングドンがきいた。「なぜ？」

「そこでなら私が望む治療を受けられると思うからです」

「ここでもすばらしい治療を受けられますよ」ラングドンがいった。

「ドクター」シャーリンはいった。「その点については議論したくありません。彼をすぐホック・メモリアルに移していただきます。刑事はただちに手術する必要があります」

「彼を退院させることはできませんな」ラングドンがいった。

「それはあなたが決めることではありません」シャーリンがいう。

「私がこの病院を運営してるのですぞ」

「あなたは警察を運営しているわけではありません」彼女

がいった。「三分後きっかりに、救急室のドアの前に救急車をまわしてくださるか、私が九一一に電話して彼をここから出してもらいます。どちらにしますか、ドクター」

「そんなことはさせん」ラングドンがいった。

「ドクター、ここでは私が責任者です」シャーリンがいう。「これは私の仕事であり、使命でもあります。刑事をただちにここから出していただきます」

「あいつらがセント・メアリーはいい病院じゃないからだと思うだろう」

「誰のことをいってるんです、ドクター？」

「メディアですよ」ラングドンがいった。「連中は、だから彼を動かしたと思うだろう」

「だから、私は彼を動かそうとしてるんです」シャーリンが冷たく、残酷に、無慈悲にいった。「ホックに電話します」彼女はいうと、きびすを返して、ナースステーションの方へ歩いていき、電話機に向かって指をぱちっと鳴らした。カウンターの向こうの看護婦がすぐ電話機を渡した。ラングドンが後ろの方でまだうろうろしていた。彼は怒っていると同時に、敗北感に打ちひしがれたようにも、悲しそうにも、そしてなんだかかわいそうにも見えた。ダイヤルしながら、シャーリンは看護婦にいった。「救急車を裏のドアにまわしなさい。それから刑事をストレッチャーで外に出すこと。私が彼に付き添って行きますから」今度は電話に向かっていった。「ドクター・ジェラルディをお願いします」そして待った。「ジム」彼女はいった。「シャーリン・クックよ。太股に傷を負った刑事がいて、今セント・メアリーから移すところなの」彼女は電話に耳を傾け、いった。「逸れてるわ」ふたたび耳を傾け、いった。「貫通はしてません。まだはいったままよ、ジム。手術室と外科チームの準備を頼めるかしら。五分後にはそちらに着くわ。じゃ、後で」彼女はいうと、電話を切り、身動きもせずにそこに立っている看護婦をみた。「何か問題でも、看護婦さん？」彼女はきいた。

「あのう、ただ……」看護婦はいって、カウンター越しにラングドンが立っているほうを頼りなげに見た。「ドクター・ラングドン？」彼女がきいた。「救急車を呼んでもいいのですか?」

ラングドンはしばらくのあいだ何もいわなかった。

それから「呼びなさい」というと、長い磨かれたタイルの廊下を急いで歩き去っていった。後ろを振り返りもせず、角を曲がって見えなくなった。

シャーリンは、救急室のカーテンの後ろのストレッチャーに横たわり、鼻に酸素吸入のチューブをつけ、腕に点滴をしているウィリスのところに行った。

「今ここから出してあげるわ」彼女がいった。

彼が頷いた。

「五分もすればアプタウンに着くわよ」

彼がまた頷いた。

「私が付き添ってますからね。何か欲しいものは?」

彼は首を振った。

それから、思いがけず、彼がいった。「バートのせいじゃないんだ」

刑法一二五条二七項の規定によれば、公務執行中の警察官を死にいたらしめた場合は第一級殺人罪にあたる。マキシー・ブレインは殺人こそしなかったが、逮捕状を持って次から次へと部屋に突入してきた警察官に対し、無差別に発砲した。これは、五件の第一級殺人未遂で彼を押さえたことを意味する。一件につき最低十五年から無期の懲役を科すことのできるA－一類の重罪だ。この市では警察官を撃って釈放されることはない。自尊心のある地方検事なら、他に四人もの警察官が、マキシー・ブレインが繰り返し引き金を引いて仲間の一人を倒したと証言するつもりでいるとき、減刑の嘆願をしようとすら思わないだろう。民間人の証言が必要ならば、マキシーのベッドで悲鳴をあげていた十八歳の娘から得られるだろう。もっとも、彼女の弁護士は、風向きがどっちに吹くかはっきりするまでは、黙秘するように忠告はしているが。

娘の弁護士は――名前をルーディ・エールリッヒといった――風が、この州の第一級殺人罪の刑である致死量の注射による死刑の方向に吹いていることをまだ知らなかった。

これまでのところ、エールリッヒが知っていることは、依頼人の〝友人〟が刑事に傷を負わせたことと、依頼人が銃撃戦の証人になる可能性があるということだった。このような場合、エールリッヒのモットーは〝雄弁は銀、沈黙は金〟だ。実をいうと、どんな刑事事件でもこれがエールリッヒのモットーなのだ。彼はこの忠告のおかげでおおいに稼いでいる。しかし、こんな忠告は、銃を持っているかどうかボディチェックをされたことがある、校庭にたむろしているような子どもたちにすら常識になっている。

マキシー・ブレインも、本能的に、また、ジョージア州の刑事裁判制度の中で上昇気流のように下級審から上級審まで行ったことがある苦い経験から、〝沈黙は金〟が、法執行機関と渡り合うときの、最良の手段そのものだと承知しぬいていた。彼はまた、たった今警察官を撃ったばかりだということ、それと、人にはいわない心の奥で、一カ月かそこら前に、一人の男、後でメディアが警察のイヌだと教えてくれた男を殺したことを承知しぬいていた。あばよ、密告屋。警官たちが真夜中の二時に彼のアパートのドアをノックしたのは、その密告野郎を殺したのが本当に自分なのかどうかを知りたかったためだろうと考えていた。でも、そんなことについては、認めるつもりはない。まだ大量のバリウムを飲みたいとは思ってないからだ。

あの娘が女妖精のバンシーのように大声で泣きわめいたあのパニックの瞬間に、うっかり警官に弾をぶちこんでしまったために捕まった今度のようなケースでは、うまく立ち回れば、取引できるかもしれないと、ブレインは抜け目なく考えをめぐらした。そこで、彼は弁護士を要求する一方で——経験を積んだ悪党で、拘束されたときに弁護士を要求しないやつなどいないのだ——あいつらが何をもくろんでいるかがわかるまでは、尋問に答えてやろうと思った。やつらの本当のもくろみがわかったときこそ——やつらが自分とピザ店の銃撃戦とを結びつけることができるとは思わないが——なんとかここから抜け出せるときかもしれないのだ。たぶん二十年、うまくいけば十五年後の仮釈放の許可を嘆願するため、〈グイード〉の件も含めて彼がやったことを何もかもカバーするように地方検事をいいくるめることができるときかもしれないのだ。言い換えれば、彼は多くの犯罪人が考えるような考え方をしたのだ。二人のベテラン刑事、あらゆることを見聞きしてきた警部、それにテネシー出身の典型的な南部人でピアス・レノルズという名の自分の弁護士さえも出し抜けるだろうと考えたのだ。弁護士は当然ながら、彼に黙秘するよう熱心にすすめた。

尋問は、十二月二日の朝六時に、警部の部屋で始まった。そのときまでにはブレインの弁護士が到着して彼と話し合いをすませ、ブレインは自分の権利を読んでもらい、理解したと証言していた。後で持ち上がるかもしれない依頼人対弁護人の訴訟で自分の身を守るために、レノルズはブレインに黙秘するように忠告した旨の記録をし、ブレインはその忠告を受けたと記録した。くだらないやりとりがすんで、尋問そのものが六時十五分に始まった。警部のピーター・バーンズみずからが、マクスウェル・コーリー・ブレインの姓名、住所、勤務先を聞き出した。勤務先はハイタウンの玉突場だと彼はいった。しかし、まだ宣誓はしていない。

ベティ・ヤングが刑事にしゃべってしまったように、自分が本当にコロンビアの麻薬組織につながる人物のために人殺しをしているのだったら、警察にそんな仕事が自分の職業なんていうもんじゃない。もし彼らをうまく出し抜いて、あとで取引に持ち込みたいと思うなら、しゃべっていいはずがない。その場には、まだ警察所属の速記者は来ていなかった。地方検事局からも誰も来ていなかった。ブレインは運がいいぞと思った。刑事たちの方は、どのみち、ウィリスを撃った件でこいつをくらいこませることができると考えていた。地方検事局から検事の誰かを呼ぶ必要があれば、電話一本かけさえすればいい。しかし、彼らはもっと大きな魚を釣ろうとしていた。第一級殺人罪を狙っていた。

バーンズはいきなり核心に迫った。

「エンリケ・ラミレスという人物を知ってるかね？」

ブレインは目をぱちくりさせた。

「いいえ」彼はいった。「絶対知りません」

「おまえさんがその人物のために、ひと働きしたんだと思っていたよ」バーンズがいった。

「それは質問ですか？」レノルズがきいた。

「弁護士さん」バーンズがいった。「ここで基本的なルールについて合意したいのですが、いかがでしょう？」

「どのような基本ルールを考えていらっしゃるのです？　私は、基本であろうがなかろうが、ルールはすべて承知しているつもりでしたが、私の勘違いかもしれませんな」

「ミスター・レノルズ」バーンズがいった。「ここは裁判所ではないんですから演技なんか不要です。そうでしょう？　異議申し立てにあれこれいう裁判官もいなければ、芝居をしてみせなきゃならない陪審員もいません。おまけに、あなたの依頼人はまだ宣誓もしてません。ですから、気楽にやりましょうよ。歌にもあるようにね、いいですね？」

「その歌は、警官が撃たれたことについても何かいってるんですかね？」レノルズがきいた。「そのために、私の依頼人はここに拘束されているわけです。そうですね？」

「それについては」バーンズがいった。「彼が質問に答えれば、なぜわれわれがここに集まったのかわかると思いますよ。よろしいですか？　もっともすべて中止したいとおっしゃるのでしたら別ですが。ご存じのように、依頼人の権利ですから」

「頼むから、質問でも何でもさせてやってくれよ」ブレインがいった。「おれには何も隠すことなんかないんだから」

よく聞く科白だ、とバーンズは思った。

レノルズも同じことを考えていた。

そしてクリングも。

ブラウンは、やつの頭をアパートでぶんなぐってやったから、警察の残虐行為を訴えられるかもしれないなと思っていた。

ブレインは、やつらがどういう手を使ったのかわからないが、ともかく自分とエンリケ・ラミレスとの関係を知られたからには、ここはひとつ慎重に振る舞わなければならない、と突然気がついた。そして、それが〈グイードのピザ店〉とたくさんのこぼれたトマトソースに直接結びつく道だということにも、突然気がついた。

バーンズは、ここでは非常に注意深く進めなければならないと考えた。ベティ・ヤングに安全を約束するから、警察を信用してくれと頼んだからだ。だから彼女の名前はもちろん、彼女がくれた情報をどのようにして手に入れたかについても漏らすことはできない。

「おまえさんが働いている玉突場だが」彼がきいた。「所有者は誰かね？」

「わからねえな」

「なんだ、ボスを知らないのか？」

「知らねえんだ。マネージャーが毎週小切手をきってくれるだけでね」

「マネージャーの名前は？」

「ジョーイ」

「ジョーイなんというのだ？」

「知らねえよ」

「この仕事はどうやって見つけたのかね？」

「友《ダチ》が教えてくれたんだ」

「その友だちの名前は？」

「アルヴィン・ウッズ。ジョージアに帰っちゃったよ」

見つけられるもんなら見つけてみろよ、と彼は考えていた。

そんな男はどこにもいないくせに、とバーンズの方は考えていた。

「オジー・リベラを知ってるか？」

「知らねえな」

「オズワルド・リベラは？」

「聞いたこともねえな」

「ホアキム・バルデスはどうだ？」

「ぜんぜん」

「そいつが、おまえさんに毎週小切手を切ってくれるジョーイとやらじゃないだろうね？」

「おれはジョーイの苗字なんか知らねえよ」

「リベラはこの四月に両足を折られたんだ。おまえさんはこの四月にこの市に住んでいたかね？」

「ああ。でも、オジー・リベラとか、そいつの両足が折られたことなんかは聞いたこともないや。気の毒な話だね」

もう一度あの野郎をはり倒してやりたい、とブラウンは思った。

「十一月八日の朝は何をしていたかね？」バーンズがきいた。

ほら来た、とブレインは思った。

「十一月八日ね、ちょっと考えさせてくれ」彼がいった。

「気がすむまでやれよ」バーンズがいった。

「土曜日の朝だったかな？　土曜日は休日なんで、いつも寝坊しているからな」

「いや、月曜の朝のはずだ」

「それなら、玉突場に行ってたはずだ」

「何をしに？　玉突場でどんな仕事をしているのかね、マキシー？」

「テーブル・オーガナイザーだよ」

「テーブル・オーガナイザーっていうのは何をするんだ？」

「流れがあるように、気を配るんだ」

「流れねー。それはどういうことなんだ？」


「玉突台を遊ばせないようにするんだよ。そうすれば、台があくまでお客を待たせたり、台が遊んでたりすることがないからな。面白い仕事だよ」

「そうだろうな。ところで、ダニー・ネルソンという男のことを聞いたことがあるか？」

「お気の毒だが知らないね」

「ダニー・ギンプともいってるんだが」

「いや、聞いたこともねえや」

「驚くかね、もし、そいつがちっぽけな麻薬の取引で、おまえさんのボスの金をもち逃げしたといったら……」

「おれのボス？　おれのボスって誰なんだ？」

「エンリケ・ラミレスだ。おまえさんが働いている玉突場を持ってる」

「エンリケ・ラミレスなんてやつは知らねえよ。さっきいっただろう。ダニー・ガンプもだ」

「ギンプだ」

「ガンプって聞いたと思ったんだ」

「ギンプだ。足をひきずる男って意味だがね」

「今までの話は、麻薬取締法違反にでも関係があるのですかな？」レノルズがきいた。

「二キログラムのコカイン」バーンズが頷きながらいった。

「値段にして四万二千ドル」

「あのですな」レノルズがいった。「私の依頼人を何か特定の犯罪で立件するのか、それとも……」

「ラミレスは、ダニー・ネルソンという男に金を払って、マジェスタの売人に二キログラムのコカインを届けてもらうことにした」バーンズは親切にも説明した。「ところがダニーもコカインも現われなかった。エンリケ・ラミレスにそんなことをしちゃいけないんだ」

「そんなことはなんにも知らねえよ」ブレインがいった。「特に、エンリケ・ラミレスなんてやつは、知らねえんだ。そいつが麻薬の売買にからんでるってことなんだろう」

「大将《エル・ヘフエ》は？」バーンズがいった。「その男がそう呼ばれているのを聞いたことは？」

「知らねえ。スペイン語かね、今あんたがしゃべったのは？」

「われわれは、大将がおまえさんを雇ってダニー・ネルソンを殺したと考えている」バーンズがいった。

「待って、そこまでです、警部」レノルズがいった。

「いや、いいんだ」ブレインがにやにやしながら、いった。「警部がいってるような連中は、誰一人知らねえんだ。だから、落ちついてくれよ。大丈夫だ。心配しなきゃならないことなんか何もないんだ。気楽にやろうぜ。あんたがいったように、ね、警部」

あいつの目をぶんなぐってやれ、とブラウンは思った。

「十一月八日の朝」バーンズがいった。「友だちにピザを食べに行くといったんだろう？」

クリングが彼の顔を見た。ブラウンも見た。警部は、今ベティ・ヤングのことがばれてしまいそうな発言をしたのだ。もしブレインが今日釈放でもされたら……

「覚えがねえな」ブレインがいった。「友だち？」

「失礼ですが、警部……」クリングがいった。

「どんな友だちだ？」ブレインがしつこくきいた。

「おまえさんがピザを食べに行くと話した友だちさ。朝、ダニー・ギンプが……」

「警部……」

「友だちにピザを食べに行くといっただろう？」

「ベティ・ヤングだ、そうだろう？」ブレインがいった。

ああ、クリングは思った。警部はベティを売ってしまった。

「誰でもいいんだ。おまえは……？」

「あの糞ったれのベティのやつだな？　他に誰がいるっていうんだ？　あいつは他にどんなことをしゃべったんだ？」

「忠告させて……」

「ちょっと待ってください、弁護士さん……」

「ミスター・ブレイン……」

「ピザを食べに行くといったとき、どんな意味でいったんだ？」バーンズが尋ねた。

「そりゃあ、ピザを食べに行くという意味だよ。それのどこが悪いんだ？　そうだ、わかった。あいつは、おれをビデオテープで見たんだ、違うかね？　あいつは……」

「どのテープのことだ？」バーンズがすかさずきいた。

ブレインは突然黙ってしまった。

「これで終わりですかな？」レノルズがきいた。

「ミスター・レノルズに、これ以上話すことがなければですな」バーンズがいった。

「これで終わりだな」ブレインがいった。

「お聞きになりましたね。それでは……」

「たとえば、どんな話だ？」ブレインがいった。

「もういいでしょう」レノルズがいった。「帰りましょう」

「いや」ブレインがいい張った。「おれが何をしゃべったら気がすむんだ？」

「それはおまえが決めることだ」バーンズがいった。「よく考えてみなよ。われわれの方は、ピザ店の目撃者を集めるあいだ、二、三時間おまえをここに留めて置くつもりだ。ちょっと面通しをやって、おまえが今話していたビデオテープよりも、実物の方がよくわかるかどうかやってみよう。法律では……」

「やっぱりそうだ、おれのいったとおりだろう？　あいつはテープでおれを見やがったんだ、あの糞ったれあま」

クリングは、警部を穴の開くほど見ていた。

彼らは、ベティ・ヤングに自分たちを信頼するようにと頼んだのだ。

それなのに、警部は彼女の存在をばらしてしまった。

「おれと一緒にいたやつが誰だったか知りたいんだろう？」ブレインがきいた。「そうなんだろう？」

感染力があった。


ピザ店の騒ぎでブレインの相棒だった男はヘクター・ミラグロスという肌の黒いコロンビア人だった。彼はその朝九時に、食堂の隅のボックス席で一人で朝食を食べているところを逮捕された。彼の背後は板ガラスの窓で、自分は三八を一丁持っているだけなのに、目の前に三丁のナインを突きつけられては、この場からむりやり逃げだそうとしても無駄だ。彼は、冷たくならないうちに卵を食べてしまっていいかときいた。刑事たちは、署に行ったらもっと卵を注文してやるよと答えた。彼は平気をよそおってきいた。

「これ、いったいどういうこと、みなさん《ムチャチョス》？」

「おまえさんの友だちと、話をしたんだよ」ブラウンがいった。

「銃撃戦の仲間だ」クリングがいった。

「マキシー・ブレイン」キャレラがいった。「覚えているかい？」

「くそ《ミエルダ》」ミラグロスはいって、卵の黄身にナイフを突き刺した。皿が黄色に染まった。


翌朝テレビニュースで報道される頃には、ミラグロスとブレインは大陪審によりダニエル・ネルソン殺害の罪で起訴された。ベティ・ヤングはちょっとばかり向こう見ずだったが、二人とも保釈金なしに拘留されると考えて、逮捕に一役買ったのは自分だと世間に知らせることにした。宣伝のチャンスを狙っていたレストラン・アフィリエイツ社は、懸賞金五万ドルの贈呈式を（視聴率はとてつもない数字にふくれあがった）その晩六時半のテレビニュースでやる段取りを整えた。ベティ・ヤングが、まばゆいばかりの微笑と完璧な胸を持った魅力的な女性だったのは悪くなかった。愛嬌たっぷりの笑顔をカメラに向けて、彼女はRA社に感謝した。いただいた小切手は、フロリダの寝たきりの母親の介護に使わせてもらうし、自分にはシボレーのジオを買うつもりだといった。それから、あの二人の冷酷な殺人鬼に、最高の刑を科してもらいたいと熱心に述べた――そうしてくれないと、これから一生びくびくしながら暮らさなければならないんだから。もっとも、これは視聴者にはいわなかった。この市の著作権代理人の誰も彼もが、この件について本やそれをもとにした映画がなかったかどうかと考えた。アメリカ中の学生たちは、ビールを飲みながら共感の涙をこぼし、自分たちも〈グイード〉の殺人事件に出くわして、五万ドルの懸賞金を手に入れられるかもしれないと考えて、前よりおいしくなったはずのピザを買いに出かけた。ベッドの中でテレビを見ながら、シャーリン・クックと中華料理を食べていたクリングは、バーンズ警部は正しいことをしたのかな、といった。

「だって、シャー」彼はいった。「ピートは、ブレインが突然口を割るとは考えてなかったんだぜ。ぜんぜん考えてなかったんだ。それなのに、彼女をライオンたちに放り投げてしまったんだ。それが警部のしたことなんだ。彼女がおれたちを信頼してくれていたというのに」

「あの女《ひと》、小切手をもらうとき恥ずかしそうでもなかったわよ」シャーリンがいった。

彼は、彼女が箸を使うところを見ていた。プロのように操っている。食べ物を一口分はさむところなんかまるで北京で生まれたみたいだ。彼は催眠術にかかったような気がした。

「なーに？」

「きみの箸の使い方、ステキだよ」

「そうお？」

「そうだよ」

「あなたも上手よ、お兄ちゃん」彼女がいった。

「ごはんがこぼれてしょうがないんだ」

「ベッドに散らかさないでね」

「彼女には本当にフロリダに寝たきりの母親がいるんだ、知ってたかい？」

「それでジオが要るのね」シャーリンがいった。「あそこまでそれでお母さんを見舞いにいくんでしょ」

「途中でピザを食べる」クリングがいった。

「五万ドルもあればたくさんピザが買えるわ」シャーリンはいって、マッシュルームをつまむと口に放り込んだ。

「私、今までに何かに当たったためしなんかないわ。あなたは？」彼女がいった。「子どものときからずっと毎日母が数当て籤《くじ》をやっていたわ。一番当たったときでも五ドルか十ドル。私は五セントすら当てたこともないけど」

「ぼくは一度自転車を当てたことがあったな」

「いつ？」

「十二のときだ。街のカーニバルで」

「ほんとう？」

「ああ。ルーレット式のやつだ。まだ数を覚えている」

「その数って？」

「十七さ。黒色だったけど白い飾り《トリム》がついたやつ」

「数が？」

「自転車だよ」

「私たちみたいね」シャーリンがいった。

「だけどさ」彼がいった。「彼女は当てたんじゃないよ。懸賞金だからな」

「そうね、彼のことを密告したんだわ」シャーリンがいった。

「おれたちは、そんな考え方を止めさせようとしている」クリングがいった。

「どんな考えのこと？」シャーリンがいった。「それに、おれたちって誰のこと？」

「警察だ。それから、市民の義務を遂行することと誰かを密告することが同じだっていう考え方だ」

「あら。警察官ってそういうことするの？」彼女はそういって、皿と箸をベッドの彼女側のナイトテーブルに置き、お茶を飲むと、彼の方にすりよっていき、口にキスをした。

彼女は今まで知り合ったすべての黒人のような味がした。

実は、彼女は今までに知り合った唯一の黒人女性だった。

将来、それが近かろうが遠かろうが、肌の色は何であれ、知り合いたいと思う唯一の女性であった。彼は、彼女も彼について同じように感じていること、そして、この問題だらけの部族的世界の中で、まるっきり異なった部族出身の二人が出会い、誠実なつきあいをしようと決心したのは幸運なことだと思った。彼は、圧倒的な不公平に囲まれていながらも、二人がそれを実行に移せたのは奇跡的なことだと思った。彼女もそう思った。まあ、考えてもみたらいい。ダイヤモンドバックの黒人の少女が長じて警察病院の外科部長代理になる。自分で勝ち取った自転車に乗っていた白人の少年が大人になって刑事となる。そして、このあわただしい憎しみに満ちた市で二人は出会い、恋に落ちた。この話を、フツ族やツチ族の人たちに、アルバニア人やセルビア人に、そしてアラブ人やユダヤ人に話してやりたい。

二人とも、それぞれ学校でたたきこまれた神や国家や兄弟愛とやらが、現実のものとまるっきり違うことを知っている。二人は、現実の世界で生活を共にしている黒人の女と白人の男なのだ。二人が共有しているものは、何でもかんでも同じであることが良いと信じるどこかの国の理想的民主主義思想ではない。もちろん、互いに引かれるのは、好みが同じであることと大いに関連があることは知っている。しかし、それだけじゃない。確かに同じようなユーモアのセンスを持っている。似たような職種についている。確かに、映画や本や芝居の趣味も同じで、二人とも野球が好きだ。選挙での支持政党も同じ。もし将来できることなら、二人とも家と三人の子どもが欲しい――しかし、ご存じのようにここはアメリカだ。だから、未来のことはわからないし、心配だ。未来については、あまり期待しないように用心する。黒も白もない夜の闇の中で、自分たちの共通部分が二人のあいだにまれにみる強い絆を築いたと考えたとしても、二人の異なる部分もその役割を果したと、それぞれが結論を出しているかもしれない。

彼らは肌の色を気にかけないわけではない。

白人でも黒人でも、肌の色を気にかけないという者がいれば、そいつは嘘をついている。

事実、クリングが彼女に引きつけられたのは、彼女が黒くて美しいからだ。好奇心もあった。シャーリンは、彼があまりにもきれいなブロンドで、色が白くハンサムで、恋しちゃいけない相手だから引きつけられたのだ。二人のあいだには、大陸と大洋を越えるほどの違い、ジャングルの太鼓、帆掛け船、鎖につながれた奴隷、野外市場で物々交換する白人、いたるところで流された血、血というものの意味がなくなるまでの混血、そういう長い歴史を語るほどの違いがあった。こういった違いがあったからこそ、二人はより深く結びついたのだ。お互いの腕の中、お互いの生活の中で、二人は今まで経験したことのない親密さを共に味わった。この親密さを、クリングは他のどんな女とも、シャーリンは他のどんな男とも味わったことはなかった。

「黒と白の自転車だったのね？」彼女がいった。

「黒に白の飾り《トリム》だ」

「白に黒の飾りじゃないのね？」

「ああ、そうだ」

「トリム（女性器の意味もある）ってなんのことだか知ってる？」

「知ってるよ」

「黒のトリムは知ってる？」

「知ってるよ」

「どうしてそんな汚いことを知ってるの？」

「どうしておれはこんなにきみを愛しているんだろう？」

「やさしいのね」彼女がいった。

「きみもおれを愛してるかい？」

「もちろんよ」彼女はいった。

7

次にノーマン・ズィマーに会いに行ったときは、大陪審の召喚状で脅す覚悟をしていた。しかし、彼は協力するつもりでいるようだった。その日は十二月三日、金曜日の朝で、この前会ったのは火曜日だった。あの後、自分の弁護士と話し合い、殺人事件の捜査を妨げる愚行を十分に悟ったのだろう。

彼らは、ステムラー・アヴェニューとストックウエル・ストリートを見下ろす彼の角部屋に座った。六階下のステムでは車の往来が激しかった。窓が閉まっているのに、絶え間なくクラクションを鳴らす音が聞こえた。この市では法律により特に禁止されている騒音なんだ。ズィマーは、自分の個人事務所にいるのに、二階のバルコニー席の最後部席まで声を届かせようとしているかのように、大きなはっきりした声を出した。彼の朗々たる声は、下から漂ってくる車の騒音すら、いとも簡単にかき消すものだった。

「先日おいでいただいたときは、大変失礼いたしました」彼はいった。「ちょうどオーディションを始めるところでしたので、少しいらいらしてたんだと思います。今は少し落ちつきましたので、何でもお聞きください」

彼は、十一月の最後の日と同じような服装をしていた。今度はスーツが茶で、シャツはアイボリー。ジャケットは、また椅子に投げかけてある。ネクタイを引き下げ、袖をたくし上げ、今回もサスペンダーを錆色のニットタイに合わせている。大きい男、ミセス・キップがいってた。ほんとうに大きい。

「まず」キャレラがいった。「権利についてですが」

「権利ね」ズィマーがいった。

「説明してください」

「長い話なんですよ」

「時間はあります」

「私の方はあるかどうかわかりませんが」ズィマーはいっ

て、火曜日にしたように自分の腕時計を見た。刑事たちは一瞬、やはり大陪審の召喚状を手に入れなければならないかもしれないと思った。

「始めますよ」彼はいった。ズィマーは深く息を吸った。「一九二三年。ジェシカ・マイルズという二十二歳の女性が《ジェニーの部屋》という自伝的戯曲を書いた。それが大ヒットとなり、このステムでも三年のロングランだった。一九二八年、それがミュージカルになったが、その方は一カ月しか続かなかった。はい、これで話は終わり、と思うでしょう？ しかし、そうじゃなかったんです。パートナーのコニー——火曜日にオーディションでお会いしたでしょう？ よくタバコを吸ってた女《ひと》ですが？」

「私のことを自分の父親くらいの年だといった女ですね？」ブラウンがきいた。

「ええ、その女性です。彼女が例のミュージカルの原譜を見つけたんですよ——その頃はまだミュージカルのサウンドトラックのようなものはなかったんですが——それがどうです？ なんとも〝すばらしい音楽〟だったんですな。もちろん、脚本はどうしようもない代物だったが、これは書きなおせばいい。で、彼女は私に一緒にやろうと説得したわけです」

「それが今あなたがたがやろうとしているのと、同じショーなんですね？」ブラウンがきいた。

「ええ」ズィマーがいった。「いや、そうはいえませんな。本質的には同じだというべきでしょう。脚本を書き換えました。新しい曲も二、三追加しました。しかし、これはたいした変更ではありません。まあ、実質的には同じショーだといってさしつかえないでしょう」

ブラウンは、失敗作だったのにどうしてまたやりたいのか不思議に思った。

「で、ショーの原作が《ジェニーの部屋》という戯曲だった、そういうことですね？」彼がきいた。

「今回のショーもそうですよ」ズィマーがいった。「だから、シンシア・キーティングと交渉しなければならなかったんです」

ブラウンがキャレラを見た。キャレラはブラウンを見返した。

「原著作権を譲ってもらうために」ズィマーがいった。

「原作です。つまり、ミュージカルのもとになった戯曲の著作権、シンシア・キーティングは、その権利を持ってるんです」

またもや、二人の刑事はまぬけ同然だった。

「われわれはすでに、もとのミュージカルの歌や脚本を書いた三人から、他の必要な権利は手に入れていました。しかしまだ必要な――ちょっと待ってください。いい直しましょう。原作者は、とうの昔に全員亡くなっています。ですから、ほとんどの場合、その権利を相続した孫や、時には曾孫と交渉します。しかし、今度の場合、原著作権は違っていたんです。一九二八年にこのミュージカルが終演したとき、戯曲の権利が戯曲を書いた人物、ジェシカ・マイルズに戻ったのです。そして、その権利がなければ、われわれは先に進めなかったんです」

「シンシア・キーティングは孫にあたるのですか?」キャレラがきいた。「そうなんですか? それとも曾……?」

「いや、ジェシカ・マイルズは結婚したことがなかったんです」

「では、なぜシンシアがその権利を持っていたのですかね?」

「それもまた長い話なんですよ」

「まだ時間はあります」

最初、アンドルー・ヘールとその婦人は、ただ話をするだけの間柄だった。アパートを出たり入ったりするときに出会うと、二人はおはよう、こんばんはと親しく挨拶をかわした。しかし、それだけだった。婦人は高齢で、初めて会ったとき五十代初めだった彼よりはるかに年上だった。彼は、そのときまだ結婚していた。最初の心臓発作を起こすずっと前のことだった。実は、彼が病院の仕事を辞めた、というか――もう少し正確にいうと――辞めさせられたすぐ後だった。病棟には彼と同じ年の看護婦がいるというのに、介護の仕事をするにはもう年だという理由だった。五十三で年寄りだって？——性差別ではないか。彼の想像では、男がある年齢に達すると、汚い老人と思われる。だから、病院としては、背中でひもで結ぶだけで身体の後ろ側が丸見えの手術着を着た若い娘たちがいる部屋に出入りしてほしくないのだ。

彼は、その婦人は八十代の半ばぐらいだろうと思った。壊れそうな小さな身体で、関節炎でも患っているのだろうか、片足が不自由のようだった。あるいは糖尿病か何かかもしれない。ある朝、彼は、この老婦人が、食料品の入った袋を持って、三階の自分の部屋まで行くのに苦労しているところに出くわした。彼はお手伝いしましょうかときいた。彼女は、まあ、ありがとう、ほんとに助かりますわ、といった。イギリスなまりだ、彼女はイギリス出身なんだ、と彼は思った。まあ、そうこうするうちに、気がついてみると二人は真の友人になっていた。彼は彼女のために午後のお茶をいれてやり、お使いをし、写真を飾り、網戸をいれ、部屋を掃除するといった細々とした仕事をしてやった。彼女の面倒を見ていると若返るような気がした。こんなふうにか弱い老婦人の世話をすると、自分がまだ必要とされていると感じることができた。

ある日彼女が話し始めた。私は昔有名な劇作家だったんですよ、ご存じでしたか？　彼は、おやおや、何をいってるんですか？　と応じた。彼女はいった、本当ですよ、二十二のとき《ジェニーの部屋》という戯曲を書いたんです、大変なヒットでしたよ、もし嘘をついているなら、今この場で死んでもかまいません。彼は、からかってるんでしょう、といった。彼女が応じた。そう思いますか？　それでは図書館で調べてごらんなさい。ジェシカ・マイルズ。『アメリカ版名士録』に載ってますから。

彼は『名士録』を見るのがちょっと怖かった。もし彼女の名前が載っていなかったら？　もしこれが全部空想だったら？　そうしたら、彼女は、作り話をするただのぼけ老人になってしまう。そうだろう？　そうなった場合、彼にはどうしたらいいかわからなかった。だが、どうだろう！　三階の彼の友人は名士だったのだ。彼女がいったとおり戯曲を書いただけでなく、それは五年後にミュージカルになった。どう思う、すごい？　劇では当時の大スター、ジェニー・コービンとかいう女優が主役をつとめていた。次に彼女に会ったとき、彼はにこにこしながらいった。「なんとまあ、なんと……」彼女は、嘘をついてなかったでしょう？　といい、彼は、いつか是非ともその戯曲を読みたいですな、光栄なことです、といった。

彼女によると、もともとのタイトルは《ジェニーの部屋》ではなく、《ジェシーの部屋》だった。なぜなら、イギリスからこの市にやってきた事情、ベネフィシャル・ローンで働いていた最初の頃のこと、何人もの愛人との出会い、そして、悲劇に終わった情事、その結果、絶対結婚なんかしないと決意したこと、そうしたすべてのことを書き連ねた自伝だったからだ。しかし、当時大人気の女優だったジェニー・コービンが出演に同意したとき、タイトルを《ジェニーの部屋》に変えるように強く主張したのだ。そうすれば、彼女についての劇になるから、わかるでしょう……

「ひどい話だ」アンドルーがいった。

「いいえ、そうでもないんですよ」ジェシカがいった。「彼女が大ヒットさせたんですから。まあ、私のことを書いた劇だったら、誰も見にこなかったでしょう。でも、みんな劇は彼女、つまりスターのジェニー・コービンのことだと思ったんですね。だから、劇場には大勢のお客さんが詰めかけて、私はお金が儲かりました。それに、彼女はとてもきれいな方でした」

彼女は、五年後のミュージカルのプロデューサーについては、あまりよくいわなかった。彼女はアンドルーにいった。あの人たちはこの繊細な劇を――そう、ジェシカのことを書いた戯曲を――安っぽく下品なものに変えてしまったんです。台本はリヴァプール出身の、以前にサッカーのコメディを書いたとかいう人が作ったんですよ、そんなこと信じられます？　歌詞も曲もたいして良くなかったんです。何でもかんでも手軽なラグタイムのリズムにしてしまったし、韻のふみ方は見え見えだし、風刺も露骨でした。例えば、一番デリケートな場面が――そういえば、ジェニーはそこを天使のように演じたんですが――ダンスになってしまったんですよ！

「生涯にただ一人の、真実の恋人との別離の場面なんです。そのときは、ジェニーはそのことに気がついていないんですけどね。なんともすばらしい感動的なシーンなの。ジェニーが演じていたときは、毎晩観客を泣かせました。でもミュージカルでは、黒人の若い男女に後方で意味深なダンスをさせてました。ほんとにひどいものでした。自分の劇があんなになるのがわかっていたら、絶対に許可しなかったでしょう」

「いつか読ませていただきたいですな」アンドルーがいった。すると、ジェシカは別室に行って、すぐに革表紙の本を持って戻ってきた。初演の晩に、プロデューサーが彼女にくれたものだ。

その晩、アンドルーは、ジェシーがそれと知らずに――もちろん観客にはわかっているが――生涯にただ一人の真実の恋人と別れる場面を読んで泣いてしまった。妻が眠れないじゃないの、静かにしてといった。

それからしばらくして、ジェシカは重い病にかかった。彼は彼女の面倒を家でみていたが、とうとう入院させなければならなくなった。それからは、毎日病院まで彼女の見舞いにいった。朝から晩までベッドのそばで過ごし、ときには一晩じゅう付き添っていることもあった。彼女は数週間後に死んだ。

遺書で、革表紙の本になった彼女の貴重な戯曲と、もっと貴重なものを彼に残してくれた。その著作権であった。

「今お話しくださったことをどうやって知ったのですか？」キャレラがきいた。

「ヘールさんが話してくれたんですよ。百回は聞きましたね」ズィマーがいった。「もちろん、当時は、誰もそのミュージカルが再演されるとは思ってもいませんでした。ジェシカは十四、五年前に亡くなり、どうみても、彼女が残した戯曲はセンチメンタルな価値しかありませんでした」

「あなたのパートナーが、そのミュージカルを再発見するまでは」

「そうなんです。われわれは著作権の調査を始め、権利の名義人が変わっていることがわかりました。現在の権利者をつきとめ、使用の許可を得る手続きを取りました。その人たちが、どんなに喜んだか想像できるでしょう。脚本家の孫にあたる男はロンドンで出版社の郵便仕分け室で働いています。作詞家の孫娘はロサンゼルスで不動産屋をしています。作曲家の曾孫に当たる男はテルアヴィヴのタクシー運転手です。ミュージカルの再演は、彼らにとって天の賜物、大金を手に入れるチャンスでした。もちろん、ショーが成功すればの話ですが。私は必ず成功すると思ってます」彼はいって、こぶしで机をこつこつと叩いた。

「ヘールさんが戯曲の著作権を相続したのを、いつ知ったのですか？」

「弁護士が調査をしたときです。問題が起こるとは思ってもみませんでした。どうして問題が起こるなんて思います？　実際、われわれはもう仕事を進めていたんです。当然戯曲の権利も手に入ると思っていましたから。新しい脚本家はすでに新しいミュージカル用の脚本を書き始めていました。新しい歌の製作も依頼し、監督や振付師も雇いました。すべてが動き出していました。しかし、ヘールさんを探し出すのは大変でした。結局は、われわれの目と鼻の先、この市にいたのですが、この数年間に何度も引越しをしてたんですな。リヴァーヘッドのどこかの病院だそうですが、病室で少女にいたずらをしたとかで介護の仕事を首になったようですね。まあ、そんなふうにその少女が後でいったんですな。でも真実なんか誰がわかります？　それに、誰が気にします？　われわれが欲しいものは、ジェシカ・マイルズが書き、よく考えもせずに遺言で彼に譲ってしまった感傷的なちっぽけな戯曲の上演権でした」

「戯曲はあまりいいものではなかったとおっしゃりたいのですか？」

「ひどい代物です。すばらしかったのは主役のジェニー・コービンだけでした。当時彼女は市長の愛人で、なかなか悪名高い人でした。聞くところではすごい美人だったそうです」彼は、大きな両手を宙に浮かすと彼女の豊かな胸のラインを描き、感心して頷いた。「しかし、そのつまらない代物が必要だったんです」彼はいった。「その戯曲の権利がなければ、われわれは身動きがとれないんです」彼は大きなため息をつき、机の上の葉巻箱を開け、中から一本つまみ出した。「吸いますか?」彼がきいた。「ハバナですよ」

「いえ、結構です」キャレラがいった。

ブラウンは首を振った。

ズィマーは葉巻をくるんだ紙を開け、端を噛みきるとマッチをすった。窒息しそうなくらいの大きな雲のような煙を吐き出し、大きな片手で煙を追い払うと、ふたたびゆったりと椅子に座り、満足そうに吹かした。キャレラは聞きもせずに、立ち上がって窓を開けた。車の騒音が部屋にどっと押し寄せてきた。

「それで、私は老人に会いに行ったんです」ズィマーがいった。「いっときますが、問題があるなどとは夢にも思いませんでした。あるはずないですよ。ひと財産作りたくないなんて人がいますか? ジェシカ・マイルズの戯曲をミュージカルで再演したいので、権利を譲ってくれと頼みました。彼はきっぱりと断わりましたよ」

「なぜですか?」ブラウンがきいた。

「バカだからですよ」ズィマーがいった。「ショーがヒットすれば大儲けができると説明しました。だめでした。ヒットすればアメリカ中で、もしかしたら世界中で上演されるんだと説明しました。これもだめ。最初は前金や使用料の増額を要求しているのかと思いました。しかし、そうではなかったんです」

「何だったんですか?」キャレラがきいた。

「彼はジェシカのつまらない戯曲を守ろうとしてたんです。信じられますか? 彼女はミュージカルが気に入らなかったというんです……そうでしょうね、私はいいましたよ、われわれも気に入らないんです。だから脚本を書き換えさせているし、新しい歌も作っているんですと。それでも彼は、だめだ、というんです。気の毒だが、彼女ならミュージカルの再演は望まないだろう。もし私がそれを許したら、彼女の意思を汚すことになる、とそういうんです。三回彼に会いに行きました。しかし、どうしても人のいうことを聞き入れようとしませんでした」ズィマーは首を振り、巨大な雲のような煙を天井に向けて吐き出した。「それで、娘さんのシンシア・キーティングに会いに行ったわけです。辣腕弁護士の夫のいいなりになってる内気な妻って感じでした。夫は、ショーがヒットすればどのくらいの金になるか、すぐにわかりましたよ。私はシンシアに頼みました。私の仲介役になって、父上のところに行き、道理をわきまえるように話してくださいと。それでも駄目でした。何がなんでも態度を変えようとはしませんでした」ズィマーはまた首を振って、机越しに刑事たちを見た。「そこで私が彼を殺した……」彼はそういって、クリスマスキャロルを歌っているときにおならをしてしまった聖歌隊の少年のように、突然笑い出した。

キャレラもブラウンもにこりともしなかった。

「あなたがたはそう思っているのではありませんか？」ズィマーがいった。「私には彼に死んでもらいたい理由があると？　どうしてあの頑固者を殺さないんだ？　娘と交渉する方がずっと楽だろうと？」

刑事たちは何もいわなかった。

「ちなみに」ズィマーがいって、葉巻をふかし、その赤い先端を考え深げに見た。「シンシアは、父親が戯曲の権利を残してくれることを知っていました」

「あなたはどうして知ってるのですか？」

「彼が、シンシアにいったんです。自分が死ねば、娘は二万五千ドルの保険金と、このつまらない戯曲の著作権をもらうことになるといったんだそうです。戯曲について私の意見をはさんで申し訳ない。しかし、この件ではまったくうんざりさせられたんですよ」

それなら、おれたちがどんな気持ちにさせられているか考えてもみてくれ、とキャレラは思った。

「ところで」ズィマーがいった。「初顔合わせ《ミート・ン・グリート》をやるんですよ、明日の……」

「何ですって？」ブラウンがきいた。

「あなたたちの考える容疑者のちょっとした集まりですよ」彼はいって、にやりとした。「いらっしゃいませんか？」

キャレラは、踏み込んでみたら発射したばかりの銃を手にした男とその足元に転がっている血まみれの死体があった、というような単純な事件はどこへ行ってしまったんだろうと思った。ズィマーは、自分が重要な容疑者だとほのめかしたのだ。キャレラもそのとおりだと思う。しかし、そんなことをいえば、シンシア・キーティングも、彼女の欲張りな弁護士の夫も、ロンドンやテルアヴィヴやロサンゼルスにいる著作権の相続者も重要な容疑者なのだ。今度のショーの関係者全員――新しい脚本家と作曲家、監督、振付師、ズィマーのパートナー――が容疑者であることはいうまでもない。このショーを実現させたいと思っている人物なら誰でも例のジャマイカ人を雇ってヘールを濡れタオルのように浴室のドアにつるしたとしてもおかしくないのだ。

「明日の晩は何時ですか?」彼がきいた。

「摩訶不思議な話があるんだが」パーカーが彼らにきいた。

「聞きたくないかい?」

「聞きたくないね」キャレラがいった。

「こっちにもあるんだ」マイヤーがいう。

「ふたつもあるんだ」クリングがいう。

「ありすぎるんだ」ブラウンがいう。

「摩訶不思議な話を聞かせてやるよ」パーカーがいった。

「先日、ある男の車を止めた。そいつは赤信号を突っ切ろうとしてたんだ。おれはちょうど交差点に立っていたから、手を振ってその車を止めたんだ。おれは良心的なお巡りだからな……」

ブラウンが鼻をかんだ。

「……それで運転手に免許証と登録証を見せるようにいったんだ。そいつは財布とグローブボックスから証書類を取り出した。そうしたら中に何が入っていたと思う?」

「何だ?」クリングがきいた。

「結婚証明書さ」

「何だって?」

「そうなんだ」パーカーがいった。

「なんで結婚証明書なんか持ち歩いてるんだろう?」

「そこが摩訶不思議なんだ」パーカーがいう。

「結婚したてなのかな?」

「いや、十年はたっていたな」

「じゃあ、なぜそんなもの持ち歩いているんだ?」

「わからない。だから摩訶不思議なのさ」

「おれは摩訶不思議なんてものは嫌いだな」キャレラがいった。


初顔合わせは、グローヴァー公園を見下ろすコニー・リンドストロームのペントハウスで、午後六時に始まることになっていた。グローヴァー・アヴェニューにあるこのペントハウスは、八七分署からはちょっと離れていたが、ダウンタウンへ向かってわずか一マイル半ほど行けばいい。キャレラとブラウンがその土曜日に出勤していたのなら、分署から十分でパーティ会場に着けただろう。しかし、リヴァーヘッドの自宅から行くため、四十分の時間をみこんだ。五時二十分にブラウンがキャレラを拾った。その頃から猛烈に吹雪が吹き始め、彼らがデヴィルズ・バイトで橋を渡るときには最悪な状況だった。ようやく彼女のアパートに着いたときは六時半になっていた。状況が状況だったから、彼らだけが特に遅れたというわけではなかった。ほとんどの客が、同じように吹雪に足を取られて、ちょうど到着するところだった。刑事たちはパーティ用に慣れないスーツを着てきた。ブラウンは青、キャレラはグレーだ。しかし、そんな心配をする必要はなかった。客の半分は、ブルージーンズを着ていた。そのうちの一人、俳優が彼らの職業をきいてきた。刑事だというと、彼は、ストック劇団(劇団みずからが所有する劇場、または専属契約を結んだ劇場でレパートリーを演じるスター制度のない劇団)が夏に《探偵物語》をやったとき、警官の役をやったことがあるといった。

ショーの新しい作詞家はランディ・フリンと名乗った。彼はキャレラに、通常〝初顔合わせ〟とはリハーサルが始まるときを指す言葉で、そのとき初めて出演者全員がプロデューサーや創作スタッフたちと顔を合わせるのだといった。「しかし、コニーはこの業界では新入りだから」と彼は小声でいった。「ときどき業界用語を間違えて使うんですな」フリンは、いくつかヒットしたショーに名を連ねる六十代の男だ。彼のやけに気取った態度が、世界的名声の保持者であることを証明していた。彼はひっきりなしにタバコを吹かしながら、七月の初めにズィマーから話があったとキャレラに語った。その頃、作曲家の曾孫に当たるテルアヴィヴの男から最初のショーで使われた音楽の権利を手に入れたのだ。「彼は今日は来ていませんね」彼はいった。「でも、他の人たちは来てます」

　初演時の作詞家の孫娘は、ロサンゼルスから飛行機で来ていた。コールドウェル・バンカーで不動産の売買をしている。名前はフェリシア・カー。三十三歳ぐらい。赤みがかったブロンドで、部屋でただ一人夜会用のロングドレスを着ている。絹のような緑色のドレスが苔のように彼女の身体にまとわりついている。彼女は振付師のナオミ・ジェーナスの話を熱心に聞いていた。ナオミは、この前の火曜日にかぶっていたのと同じ黒の牛泥棒の帽子をかぶり、アーサー・ブラッグという男に、スピークイージー（禁酒法時代のバー）・ナンバーとやらには一連の驚くほどセクシーなダンスを考えていると話していた。ブラウンは、ブラッグはショーの音楽監督とやらになっているんだろうと推測した。だいたい、人が多すぎると思った。フェリシアが、早くそのダンスが見たくてたまらないわ、セクシーなダンスがいっぱい見られるミュージカルが大好きなの、といった。

「いつ東部にいらしたのですか？」ブラウンがきいた。

「昨日よ」彼女がいった。「夜行便でね」

「で、帰られるのはいつごろですか？」

「あら、しばらくは帰らないわ。クリスマスの買い物をする予定なの」

「今度の話では興奮なさったでしょう」

「ええ、そうなの」彼女がいう。「舞台がはじまるのが待ちきれないわ」

「それはいつになるのでしょう？」

「秋あたりね」ナオミがいった。「劇場が見つかればの話だけれど」

「ずいぶん先のようですね」

「でも」ナオミはいった。「このショーは一九二八年に幕を降ろしてからずっと眠っていたのよ。だからもう二、三カ月ぐらいは待てると思うわ」

　脚本家の孫にあたる男は、ジェラルド・パーマーというイギリス人だった。四十代の前半だろう、とキャレラは見当をつけた。髭はきれいに剃っているが髪は切ったほうがよさそうだ。二人の刑事のように、彼もまたスーツを着ていたが、何だか流行遅れのように見える。イギリスのスタイルなので、そういう印象を受けるのかもしれない。スーツは青で、靴は茶だ。キャレラにロンドン訛りで、脚本家は歌やダンスではなく、舞台で話すときの言葉を書くのだといわずもがなの説明をした。「脚本家はときどきリブレティスト（歌劇の作詞家あるいは台本作者）と呼ばれるんです」彼はいった。「私の祖父は、初演のミュージカルのときに実にすばらしい歌詞を書きました。なぜ他の人に書きなおさせるのかわかりませんね」キャレラは、最初の脚本が〝ひどい代物〟だったとは聞かされていないんだろうと思った。

　そのとき、新しく脚本を書きなおした男が、話に加わってきた。背が高く、ぶかっこうだ。たぶん五十代の後半だろう、とキャレラは見当をつけた。ジーンズにブルーのシャツの襟元を開け、グリーンのショールカラーのカーディガンをはおっている。「クラレンス・ハルです」というと、彼は二人と握手し、すぐパーマーにいった——キャレラにはその言い方が謝っているように聞こえたが——パーマーの祖父の歌詞は「当時としては非常に芸術性が高かった」——彼は文字どおりそういった——しかし、新しいミレニアムが到来した今となっては、即座に観客にアピールするものが要求される。だからこそ、ショーのオープニングの場面は、初演のときのイースト・ミドランズの農場ではなく、ロンドンにしたのだと。「ですから、ヒロインは、そこらへんの農家の娘がアメリカにやってくるという設定ではありません。大都市から大都市へ移動するもっと洗練された娘なんです。おわかりいただけますか？」パーマーは、彼に、祖父は歌や踊りのない普通の劇も書いたことがあるといった。「といっても、コメディですが」彼はいった。「サッカーのです」最近のアメリカ人がスポーツにとりつかれていることを考えると、これもいいミュージカルになるのではないかと思うといった。ハルは、今までに成功したスポーツ・ミュージカルは《くたばれ、ヤンキース》だけだったとにべもなくいいはなち、失礼しますと、シャンパンのおかわりをもらいに行ってしまった。

パーマーは、キャレラに、マーティンズ・アンド・グレンヴィルという出版社の「郵便仕分け室」で——自分でそんな呼びかたをしているのだが——十五年働いてきたといった。「この出版社はベッドフォード・スクエア最後の出版社ですが、ご存じですか？　出版界の名門です」彼は祖父のショーが再演されることになり大いに期待していると いった。「いつかロンドンで公演されればと思ってるんです」彼はいった。

「こちらへはいつ？」キャレラがきいた。

「水曜日に」

「滞在先はどちらですか？」

「ピカデリーです。イギリスにいるみたいでしょう」彼はそういって、にやりとした。髭を剃りすぎたのだ。顎に剃刀の傷がある。

「お帰りはいつですか？」

「次の日曜までは帰りません。しばらくのんびりして、この街を楽しむつもりです。国に帰ればいやというほど仕事が待ってますからね？」彼はいった。

シンシア・キーティングは、シンプルな黒のカクテルドレスを着ていた。夫のロバートはスーツを着こんでいる男たちの一人だ。ブラウンは、ショー・ビジネスとの関わりのうすい連中がめかしこんできたなと思った。彼は自分が何だか大バカ野郎にでもなったような気分がしてきた。キーティングが着ているスーツは地味なピンストライプだ。IBMの裁判でもやっているかのように見える。シンシアは、ショーのディレクターのローランド・チャップに、ジェシカ・マイルズが書いたオリジナルの戯曲は「非のうちどころがないくらいすばらしいわ」と話していた。チャップはろくに聞きもしないで、頷いていた。戯曲がどんなにひどいものか、知っているからだ。ブラウンは家に帰りたくなった。

その夜のために白と黒の服を着た俳優志望の二人の男女が、シャンパンとカナッペをトレイにのせて人々のあいだをまわっていた。機知に富んだウエイターと浮気っぽいウエイトレスの役を熱心に演じている。雪がペントハウスの窓を渦を巻きながら通り過ぎ、雪片が角のフラッドライトに照らされて、小さな短剣のように鋭く素早く現われては消えていった。

コニー・リンドストロームが、シャンパンのグラスをこつこつと叩いた。

「皆さまにお楽しみを用意しました」彼女はいった。「ランディ？」

拍手がわき起こり、ランディ・フリンが部屋の隅のグランドピアノのところに行き、座ってピアノの蓋をあけると静まり返った。彼の背後では雪片が闇の中ではげしく舞っていた。

「ショーで使う曲を弾かせていただきます」彼はいった。「私の書いた新曲三曲も入っています。われわれはオリジナル・ミュージカルの構想を変えていません。場面はすべてジェニーの部屋だけです。彼女の部屋の窓は街に面した窓です。われわれは彼女の目を通し、彼女の視点で、街を見、街で起こるあらゆることを見るわけです」

彼は弾き始めた。

キャレラには、どこに新しい曲が入ったのかわからなかった。彼の耳には、コニー・リンドストロームのペントハウスの部屋を満たす音楽は、新旧の曲が一体となっているように聞こえた。モローが喫煙家特有のきしむような声で歌い出すと、キャレラはいつの間にか一九二八年のこの街という別世界へと漂っていった。ジェニーという若い娘がいた。彼女は当時ローワー・プラットフォームと呼ばれていた——今もそう呼ばれているが——はるかダウンタウンの移民地区にある自分の部屋で夢を想い描いている。彼女には、なにもかもが新鮮で汚れがなかった。

しかし、ああ、当時と今とでは、なんと違ってしまったことか。

フリンは、合流する川を境界線とし、魔法の橋で結ばれる不思議な島に来た若い娘の憧れと目覚めを弾いた。雲の中にそびえ、汚れを知らない通りと交錯し、時間と磨耗によって汚されていない地下鉄とともにハミングする金色のタワーを歌ったものだった。大切にはぐくむべき慣習をたずさえてやってきた移民たちの約束と希望を歌った。歌うにつれ、彼の声は百の異なった背景を持つ百の部族の合唱となった。彼らは、この輝かしい新大陸で力を合わせ、ついにはひとつに結ばれた力強い部族となるのだ。

ジェニーの部屋の窓の向こうには……

ああ、すばらしい不思議な国があったのだ。

フリンは、ラスト・ダンスの最後の和音を弾いた。

雪がまだ降り続いていた。

キャレラは部屋の向こう側を見た。そこには、彼の相棒が外に渦巻く白い雪片を背景に、大きく黒い固まりとなって立っていた。ランディ・フリンがピアノの椅子から立ち上がり、ヒンズー教の導師のように両の手のひらを合わせ、見え見えの謙虚さを装っておじぎをし、集まった客の拍手を受けた。ブラウンが部屋をじっくり見まわした。キャレラもそうした。

この部屋にいる者はほとんど誰でもアンドルー・ヘールを殺せたはずだ。

ホップスコッチで起きた新しい殺人事件をつかんだ刑事は、それとアプタウンで起きた殺人事件の関連に気がつかなかった。無理もない話だった。最初の犠牲者は六十八歳の白人の男性で、ドアのフックで首をつられたあとベッドに移されていた。二番目の犠牲者は十九歳の黒人の若い娘で、キッチン・カウンターから取ったナイフで胸を刺されていた。殺される前にロヒプノールという薬を摂取している点だけが二つの殺人事件を結びつけていた——実際にそれだけが接点だった。捜査をやっかいなものにさせる偶然の一致とやらでなければの話だが。

小説でも読んでいるのではないかぎり、この市の警官が連続殺人犯に出くわすなどということはめったにない。小説に登場する連続殺人犯は今日日《きょうび》とてつもなく人気がある。だからといって、連続殺人犯が合衆国中で好き勝手なことをしているというわけではない。最近の推計では、たった三十五人から五十人ぐらいが野放しにされているそうだ。殺人犯が真正の連続殺人犯の資格を得るには、比較的短期間に三人以上を殺していなければならない。しかし、ある人物が、ある日、ジョージ叔父さんを殺し、それを目撃されたために、二日後に目撃者だったいとこのマンディとモードを殺したからといっても、その場合は連続殺人犯にはならない。その人物は殺人を念入りにやっただけである。

この市の警官は、年間二千件の殺人事件を捜査する。たとえダウンタウンの事件をつかんだ刑事たちが、ヘール殺人事件とクリアリー殺人事件と、今回の新しい殺人事件とのあいだに何か関連があるのではないかとかすかに気がついたとしても、だからといって凶暴で気のふれた連続殺人犯が市中をうろついているという結論にすぐ飛びつくことはないだろう。月曜日の朝早く事件をつかんだ刑事たちは、ヘールの事件についてはテレビで知っていたかもしれないが、ダイヤモンドバックの無名の黒人少女の殺人事件についてはまず絶対といってよいくらい聞いてないだろう。だから、新しい事件が、その前の二つの事件と何らかの形で関連しているとは——連続殺人犯の仕業ではないかと考えるとか——夢にも思わなかった。

刑事たちは、寝室のドレッサーの一番上の引き出しにあったキャンディ缶の中に出生証明書を見つけた。それによると、被害者の名前はマーサ・コールリッジで、九十八歳だった。ナイトガウンを着た痩せて鳥のような老婦人が、ベッドの足元に横たわっている。首の骨が折られているのはあきらかだ。刑事たちは——経験豊かな一級刑事のブライアン・シャナハンと三級刑事に任命されたばかりのジェファーソン・ロング——彼女の持ち物を調べ、茶色に変色した手紙や日記類に目を通した。こんなものを見ても何の手がかりも得られないとわかっていたが、ともかく機械的に調べていった。彼らは、どこかの麻薬にとりつかれた強盗が押し入って、この老婦人の食費分の金を盗み、用心のために彼女の首を折ったのではないかと考えた。検視官が死体を調べているあいだ、彼らは彼女の古い書類に目を通しては、ベッドの上に放り投げていった。その中に青いバインダーがあり、タイプしたラベルが貼ってあった。ラベルにはこう書いてあった。

《私の部屋》

マーサ・コールリッジ著

　バインダーの中には戯曲のようなものがあった。彼らは他のがらくたと一緒にベッドの上に放り投げた。

　ガブリエル・フォスター牧師が、この事件で気がついたのは、白人の容疑者が保釈金で釈放されたにもかかわらず、黒人の相棒が保釈を許されず拘置所に入れられたことだった。同じ犯罪、同じ裁判官、二人の銃撃犯、一人は白人、一人は黒人、異なった処分。

　それが、まず彼の注意をひいた。しかし、それだけではまだ大通りで騒ぎ立てることはできない。市民の感情に変化を感じとっていたからだ。マクスウェル・コーリー・ブレインとヘクター・ミラグロスは、初めこそ人間の最低のくずだった情報屋を片づけたことで、国民的英雄のように扱われていた。今では、怪物かそれ以下のもののように笑いものにされている。というのは、第二の情報屋が——今ではメディアの寵児で、即席のヒロインになっている——多額の懸賞金と引き替えに、白人の方を警察に引き渡したのだ。白人の方は罪を軽くするために口を割り、相棒の黒人を売り、その黒人は保釈を許されていない。近頃、この世はろくでもない密告者であふれかえっている。しかし、フォスターは世界中の嘲笑の的となっている二人の殺人者のために旗を振るつもりはなかった。

　一組の野心的でやりすぎた刑事が、彼の仕事がやりやすくしてくれるまでは。

　その一組とはアーチー・ビングマンとロバート・トレイシーだった。ハイタウンの連中からはビンゴとボブの愛称で呼ばれていた。そのハイタウンでは、エンリケ・ラミレスが玉突場と麻薬のビジネスを経営していて、二人はこの一年半のあいだ、大将《エル・ヘフェ》の後を嗅ぎまわっていたのだ。連邦密輸不正組織法によれば、犯罪企業の拡張のために行なわれる殺人は終身刑に処せられる。コロンビアの麻薬組織は、文字どおり密輸不正組織である。もし〈グイードのピザ店〉殺人事件を大将の麻薬ビジネスと結びつけることができれば、彼は死ぬまでカンザスの刑務所暮らしになるだろう。

ビンゴとボブは、ダニーを殺した二人の銃撃犯が、ラミレスを罪に陥れるようなことはまだ何ひとつ白状していないと確信していた。起訴された二人は麻薬組織の長い手がどんなに寂しい刑務所にも届くことをよく知っているはずだし、誰だって暗い嵐の夜にアイスピックで目を刺されるなんて目にあいたくないはずだ。一人で刑務所に入り、刑期をつとめ、安心して息を吸えた方がいい。それに、もし二人が検事と取引して減刑と引き替えにラミレスを売っていたとしたら、大陪審はとっくに彼を起訴しているはずだ。ビンゴとボブは、そんな書類が出ているとは聞いていなかった。

彼らはラミレスに雇われた殺し屋の一人が、ダウンタウンで拘置されていることを知って、ひどくいらいらしていた。そこに少しでも気の利いた警官がいれば、なんとかその殺し屋に接触して、あのあわれな情報屋——二人とも会ったことも使ったこともないが——を撃たせるのに誰が誰を使ったのか、少しは情報を手に入れるはずなんだと思っていた。二人は、誰がミラグロスをピザ店にやったのかはわかっていた。というのも、八九分署では、ミラグロスと相棒のブレインが大将の掃除屋だというのは、誰でも承知しぬいている事実なのだ。ところが、アメリカの刑事司法制度では、何かがわかっているだけでは十分ではない。「合理的な疑いを越える」程度に嫌疑を証明できなければならないのだ。なんと馬鹿らしい話だ、残念。

十二月六日、月曜日の夜、ホップスコッチの事件を扱った二人の刑事が首を折られたかわいそうな老婦人に関する捜査報告書五を提出し、フォスター牧師がヘクター・ミラグロスの逮捕を自分のために利用できる方法がないかと考えながら、その日の新聞を丁寧に読んでいるとき、ビンゴとボブはダウンタウンのブランチャード・ストリートの拘置所の新しい建物まで車を走らせ、当直の看守に〈グイードのピザ店〉で銃を撃った男に会いに来たといった。看守は誰から許可をもらったのか知りたがった。

「われわれは関連する麻薬事件を捜査しているんだ」ビンゴがいった。

「そいつの弁護士を通さなければだめです」看守がいった。

「弁護士とはもう話をつけた」ボブがいった。「いいといってる」

「書類が必要なんです」看守がいう。

「いいじゃないか、そんな難しいことをいわないでくれよ」ビンゴがいう。「だいたいどこで弁護士を探せばいいんだ、こんな時間にだな？」

「あした探せばいいでしょう」看守がいった。「明日、また来てください」

「緊急事態なんだ。明日まで待てない」ビンゴがいう。

「緊急追跡っていうのを聞いたことがないかね？」ボブがきく。

「独房にまでおっかけてくる緊急追跡なんて聞いたことありませんね」

「まあ、そういいなさんな。われわれは、あんたの子どもたちに麻薬を売るようなこのげす野郎をとっつかまえたいんだよ」

「おれの子どもたちは、成人してシアトルに住んでますよ」

「十分だけ、いいだろう？」

「たまたま、ドアがあいてた。だからおたくらは入った、ということなんでしょうね」看守がいった。

　ミラグロスは、自分の房で聖書を読んでいた。他の房に入っている一人の老人が寝言をぶつぶついっている。ミラグロスは、生まれてこの方こんな男たちに会ったことがなかった。どうやって、ここに入って来《こ》れたのだろう。弁護士は、誰かが面会に来るなんてことは、何もいってなかった。ミラグロスの知るかぎり、裁判になるまでこのカタコンベでじっとすわっていることになっている。弁護士は、共犯者の証言——補強証拠によって確証されていない——だけでは有罪にならないと説明した。それはともかく、五人の警官を殺そうとし、一人に重傷を負わせたやつの話を、誰が信じるものか。誰も信じやしない。だから、じっと座っていろ、そうすれば出られるから、と弁護士はいった。

ミラグロスに異論はなかった。ということは、この二人の男は何者だ？　ここに何の用があるというんだ、こんな時間に？

　電気仕掛けでドアがカチッとあいた。ビンゴとボブが房の中に入りドアを閉めた。廊下のずっと向こうで看守がスイッチを入れ、ふたたびドアがロックされた。

　ビンゴがにやりとした。

　ミラグロスは、にやりとしながら近づいてくる男がどんなやつか、ずっと昔から知っていた。

　もう一人の男もにやにやしている。

「さあ、誰がおまえさんをピザ店にやったのか教えろよ」ビンゴがいった。

「きさまら誰だ？」

「たいした口のききかただな」ボブがいった。

「おれたち二人で、おまえさんのボスを追っぱらおうとしているんだ」ビンゴがいった。

「どこのボスの話だい？」

「エンリケ・ラミレス」

「知らないね」

「おや、そうかい」ビンゴがいった。

「ここから出ていけ、看守を呼ぶぞ」

「看守は廊下の向こうで小便をしてるぜ」ボブがいった。

「出ていかないと、ムショの連中をみんな起こすからな」ミラグロスがいった。

「おや、そうかい」ビンゴがまたいった。

「おまえさんに会ってもらいたい人がいるんだ」ボブはそういって、ショルダー・ホルスターからナインを引き抜いた。「グロックさん」彼はいった。「こちらはミラグロスさんです」

　ミラグロスはセミオートマチックを見た。

「何だよ、しょれは何のつもりだ？」彼がいった。

「しょれは」ボブが彼の真似をしていった。「ピストル。ウナ・ピストラ、マリーコン《ゲイ》。コンプレンデ《わかるかな》？」

「い、いったい、な、なんだっていうんだよ？」

「誰のいいつけで、おまえはあのバカ野郎を殺したんだ？」

「誰も。あいつはおれたちに借りがあったんだ。だからおれたちで始末した」

「大将《エル・ヘフェ》がやらせたんだろう?」

「大将って誰のことか知ってんのかよ?」ミラグロスはそういって、笑ってみせようとした。「おれのおふくろがエル・ヘフェだよ。おれたち兄弟はおふくろをそう呼んでいるんだ。小さなヘフェ《ヘフィタ》ってさ」

「へえ、おふくろさんをそう呼ぶのかね?」ビンゴがいった。

「売女のおふくろさんをそう呼ぶのか?」ボブがいった。

「おい、口の聞き方に気をつけろ、いいな?」

「おまえこそ口のきき方に気をつけろ」ボブはいって、ナインの銃身をミラグロスの唇に押しつけた。

「おい、あの……」

「食え」ボブがいった。

「何を……?」

ボブはミラグロスの口めがけて横ざまに銃口を振り下ろした。カチッという音がした。血が吹き出した。歯が抜けて宙に飛んだ。

「止めてく……」

「シー」ビンゴがいった。

「食え」ボブはまたそういうと、銃身をミラグロスの口の中に突っ込んだ。

「静かになったな」ビンゴがいった。

ミラグロスは泣き出した。目は大きく見開いている。血が口の両端、ナインの銃身のまわりから滴り落ちた。

「誰の命令で彼を殺した?」

ミラグロスは首を振った。

「いわないつもりか、え?」ボブはいって、打ち金を起こした。「誰なんだ?」彼はなおも聞き出そうとした。

ミラグロスはまた首を振った。

「もう一度歯医者に行ったほうがよさそうだな」ビンゴがいって頷いた。

ボブはミラグロスの口めがけて銃を振り下ろした。

彼はもう少しで自分の歯で窒息するところだった。

看守は、真夜中の巡回に行くまで、ミラグロスに何が起こったのか知らなかった。巡回する前に、彼は廊下の端からリモコンでミラグロスの房を開け、二人の刑事が防弾ガラスの覗き窓のついたスチール製のドアに向かって歩いてくるのを見守り、彼らを小さな留置場に通し、それから拘置所構内から出した。今、彼が廊下を歩いていくと、ミラグロスの隣りの房の老人が目を大きく開けてベッドにまっすぐ座ったまま黙っていた。看守はすぐ何か異変があったと感づいた。

ミラグロスは、自分の房の床に倒れていた。床には、血と、散らばった歯と、吐瀉物らしきものがあった。吐いた臭いがしたが、別の臭いもした。二人の刑事が、ミラグロスの歯を片っ端から叩き落としたために失禁したのだ。しかし、まだ看守はここで何が起こったのか、その全貌を知らなかった。ただ廊下の常夜灯からこぼれる明かりの中に、血とひとつかみの歯を見ただけだった。

看守は、この数カ月いやというほど新聞を読んでいた。ミラグロスの房の中に、入りさえしなかった。廊下を引き返し、非難するように大きな目を向けている老人の房の前を通り過ぎ、廊下の突き当たりでスチール製のドアを開け、ふたたび錠をかけ、看守部屋のそばの壁掛け電話のところへまっすぐ歩いていき、彼の直属の上司、当直の警備部長に電話した。

看守の話では、刑事が二人拘置所に来て、ヘクター・ミラグロスを尋問する許可証を見せた。二人の名前は思い出せない。署名をするようにいったから、当然署名したと思った。あとで訪問者記録帳はチェックしなかった、ということだった。彼は警備部長に、二人はその囚人の房に三十分ほどいたが、そのあいだ、ふだんと違う音は聞こえなかったといった。もっとも、廊下の端には厚いスチール製のドアがある。看守は、その刑事たちが以前ここに来たことがあるか思い出せないといった。それに彼らがどんな人相だったのかも、片方が口髭をはやしていたことを除くと思い出せない。当直の警備部長は、この男は自分の不始末をなんとかごまかそうとしている、と思った。

彼も、新聞をよく読んでいた。

話をでっち上げているあいだに手遅れになってしまったと後で非難されないように、彼はただちに救急車を呼び、近くのセント・メアリー病院に大至急囚人を運ばせた。シャーリン・クックが四晩近く前にウィリスを退院させた病院だ。それから警備部の副責任者に電話した。代理は自宅のベッドの中でその話を聞きながら、驚いたと非常に困ったとを交互にいった。代理は次に、施設全体の指揮官である所長を起こした。所長は矯正局長を起こすべきか熟考し、結局自宅に電話を入れた。市警本部長も朝の三時近くに起こされた。彼は、もみ消しがあったなどと誰も思いつかないうちにと、さっさとメディアに報告した。

ガブリエル・フォスターは、翌朝テレビのスイッチを入れるまでそのニュースを知らなかった。

同じ朝、キャレラはまずシンシア・キーティングの弁護士に電話し、二、三簡単な質問に答えてもらうために彼女を大陪審の前に引っぱり出すようなことにならなければいいんだがといった。アレクサンダーがくだらないことをいい始めたとき、キャレラはいった。「この件ではこれ以上時間を無駄に使いたくないのです。イエスですか、ノーですか?」

「どんな質問ですかね?」アレクサンダーがきいた。

「彼女が父親から相続した権利についてです」

「では私のオフィスで」アレクサンダーがいった。「十時に」

彼らは五分前にオフィスについた。

アレクサンダーは、チョコレート・ブラウンのコーデュロイのズボン、タン皮色のローファー、ベージュのボタンダウンのシャツ、グリーンのネクタイ、それに革の肘当てのついた茶のツイード・ジャケットを着ていた。お茶に招いた牧師を待っている田舎紳士然としている。シンシアはミニスカートの上にパステル・ブルーのカシミアのタートルネック・セーター、濃紺のストッキングに濃紺のエナメルのハイヒール。脚がすらりと長く見える。黒っぽい髪は新しいヘアスタイルにし、化粧も以前より大胆になっている。全体として、自信がにじみ出ているように見えた。それは、彼女が父親を浴室のドアからベッドの上の新しい休息所までひきずっていったことを自白した、あの十月の最初の日には目につかないものだった。ミュージカルがヒットするかもしれないという予想が、彼女の性格に不思議な作用を及ぼしたのだ。アレクサンダーの方が、ぶっきらぼうで、ブロンドで、わめきちらすところはあいも変わらない。

「私の依頼人に、何を望んでいらっしゃるのですか?」彼はいった。「二十五語以内でどうぞ」

「正直さです」キャレラがいった。

「ずいぶん少ないじゃないか」マイヤーがいった。

アレクサンダーはちらっと彼を見た。

「彼女は、いつもあなたがたに対して正直でした」彼がいった。

「結構ですな」キャレラがいった。「それなら、やりやすいでしょうね?」

「聞かせてください。まさか本当に彼女が父親の殺人に関係しているとは思っていないでしょうね?」

キャレラはマイヤーを見た。マイヤーはかすかに肩をあげ、軽く頷いた。

「彼女は、容疑者です」キャレラはいった。

「その考えを誰かに話したことがありますか? たとえば、警察以外の人に? というのは、念を押すまでもないと思いますが、もしミセス・キーティングの名誉が毀損されることにでもなれば……」

「ふざけた話をしないでください」キャレラはいった。

「マイヤー、帰ろう」

「ちょっとお待ちください」

「電話でお話ししたはずです。あなたがたのために、これ以上時間を無駄にしたくないと」キャレラがいう。「ここから手ぶらで出ていくことになれば、まっすぐ地方検事局に行きます。どうします? すぐ、お返事ください」

「三十分さしあげましょう。それ以上はだめです」アレクサンダーはそういうと、机の後ろにまわり、自分の手を眺め、座ると顔をしかめて刑事たちを見た。

「手短かにやりましょう」キャレラがいった。「お父上が亡くなられたとき、ジェシカ・マイルズの戯曲の権利をあなたに残されたことは、ご存じだった。そうでしょう?」

「ええ」

「では、なぜ話してくれなかったんですか?」

「どういうことでしょう?」

「あなたは二万五千ドルの保険証券については話してくれました……」

「それで?」

「その保険に自殺条項が入っているかもしれないと心配なさったことも……」

「確かにそうですが……」

「どうして、戯曲の権利を相続したこともいってくれなかったんですか?」

「重要だとは思わなかったんです」

「思わなかった……」

キャレラは彼女のそばを離れ、マイヤーを見た。マイヤーは黙っていた。キャレラはふたたび彼女と向かい合った。緊張と抑制の表情が浮かんでいる。マイヤーが彼を見守っている。

「その権利の使用を許諾するについて、いくらもらいましたか?」

「あなたがたには関係ありません」アレクサンダーがいった。

「わかりました。では」キャレラがいった。「マイヤー、帰ろう」

「一年間の契約で三千ドルです」シンシアが即座にいった。

「それから、もし一年以内に公演されなければ、二年目に三千ドル」

「使用料はどうなってますか?」

「他の人たちと同じです」

「他の人たちとは?」

「ロンドンの男……」

「ジェラルド・パーマーですね?」

「ええ。それからテルアヴィヴのタクシー運転手。ロサンゼルスの若い女。髪が赤くて長いドレスを着ていました。フェリシティ・カー」

「フェリシアですよ」マイヤーが訂正した。

「そうです。フェリシアです。週ごとに総収入の六パーセントを四人で分けることになっています」

「わかっていらっしゃるのですか、どのくらいの金額に……?」

「シンシア、好きなときに打ち切っていいんですよ」アレクサンダーがいった。

「いいですな、大陪審に出頭されたいですか?」

「この紳士がたが、大陪審を召集するとはどうみても考えられないんだが……」

「どのくらいの金になるか、わかっていらっしゃるんでしょう?」キャレラがいう。「総収入の六パーセントですね? 四人でわけるんでしょう?」

「かなりの金額になると思います」シンシアがいった。

「もし、ショーがヒットすれば」

「それではどうしていえる……?」


彼はふたたび彼女のそばを離れ、戻り、ため息をついた。

「逮捕してもらいたいのですか?」彼はきいた。

「もちろんいやです」

「それではどうして重要じゃないと思ったなんていえるのですか? ちっぽけな保険証券のことは話してくれたのに……」

「もっと小さな声でお願いしますよ。彼女はカナダにいるわけではないんですから」

「……いずれ何十万ドルと稼いでくれそうな戯曲については何もいわないんですね? 重要じゃないと思ったからなんですね?」

「私は殺していません」

「もう十分でしょう」アレクサンダーがいった。

「まだ質問は終わっていません」

「私はもう十分だと……」

「私は終わってないといったんです」

「私は殺していません」

「戯曲の権利の引き渡しを、正式に承諾なさったのはいつですか？」

「私は父を殺していません」

「いつです、ミセス・キーティング？」

「殺していないといってるでしょう」

「いつです？」

「遺言書の検認を受けたすぐ後です」

「それはいつのことです？」

「父が亡くなった二週間後です」

8

ネリー・ブランドは、ブロンドがかったショートヘアにスキー・パーカのフードをかぶっていたが、冷静な地方検事補の目と地方検事局での十年の経験をたずさえて事件の検討会にやってきた。その火曜日の朝、仕事に出かけようとしたとき、夫が、仕事にはブルージーンズや厚ぼったいセーター、スキー・パーカ、ブーツではなく、もう少しまともな服装をしていったらどうだといった。彼女は、通りの角はどこも半解けの雪だらけだし、別に知事主催のダンスパーティにいくわけじゃないんだから……でも、ご忠告ありがとうと、彼には少しぶっきらぼうと思える言い方で、いった。

今——キャレラには少しぶっきらぼうと思える言い方で——彼女はバーンズ警部と警部の部屋に集まった刑事たち

にいった。シンシア・キーティングに対して第一級殺人罪を要求するのはまだ早いと。現在つかんでいるところでやれるのは、たぶん公務執行妨害罪になると思うけど……

「……そうね、証拠隠滅罪をつけてもいいわ」彼女はいった。「父親の死体を動かしたことを認めたんだから。これは二条一五項の四十よ、間違いないわ。だけど、本当に彼女は最高四年の刑でいいの？　それを彼女の弁護士は取引で二年にするでしょうね。そうすれば六、七カ月で出られる。もし通勤刑（受刑者に平日の昼間は通常の勤務に就くことを認め、夜間と週末は刑務所で過ごすことを命ずる刑。短期間の受刑者に認められる）が認められれば、もっと少なくなるわ。それでも、やった方がいい？」

「おれたちは、彼女が誰かを雇って父親を殺させたと考えてる」キャレラがいった。

「誰を？」

「ヒューストンから来たジャマイカ人らしい」マイヤーがいった。

「そいつには名前はないの？」

「ジョン・ブリッジズ。しかし、あっちの警察はそいつのことをぜんぜん知らないんだ」

「電話会社にはあたってみたの？」

「そいつの名前は載ってないんだ」

「第二の被害者がいるんだが、同じやつにやられたらしい」ブラウンがいった。

「〈電話会社〉っていう名のゴーゴーキャバレーの踊り子だ」キャレラがいう。

「ブリッジズって名前はどこで知ったの？」

「ガブリエル・フォスターのところで働いているゲイから」ブラウンがいった。

「彼は今朝の新聞に大々的に出ているわ」ネリーがいった。

「フォスターのことよ」

「おれたちも見ましたよ。その件も関連があるんだ」

「どの件のこと？」

「ピザ店での銃撃戦。関連があるらしいんだ」

ネリーがため息をついた。

「誰も、事件がそう簡単だなんていってませんよ」キャレラがいった。

「どういうふうに関連しているの？」

「殺された情報屋は、コカインや、いわゆる〝デザイナー・ドラッグ〟（種々の薬品から違法製造された麻酔幻覚剤）を大量に売りさばいているハイタウンの売人の下で仕事をしていた。殺し屋は、両方の殺人事件でロヒプノールを使っている」

「その殺し屋は、麻薬《ロープ》をそのハイタウンの売人から手に入れたといいたいの？」

「それはわからない」

「それを見つけださなきゃならないでしょう？　わかればいいわね。誰からその話を聞いたの？」

「ベティ・ヤング」

「それはそうと、ゲイの男のことを教えてくれたのは、われわれの情報屋なんだ」

「それで情報屋が殺されたと思うの？」

「ベティ・ヤングの話では、違うんだ」

「これでベティ・ヤングは二回」

「彼女は銃撃戦をやったやつらの片方のガールフレンドだ」

「どっちの？　土曜の夜に痛めつけられた黒人の方？」

「いや、もう一人の方だ」クリングがいった。「今頃自分のベッドでのんびりしているよ」

「ベティ・ヤング、そう、テレビで見たわ。今週の〝忠実な元恋人賞〟の受賞者ね。彼女は何があったといってるの？」

「ダニーがボスのコカインをもってずらかったと」

「ダニーって誰？」

「われわれの情報屋だ」

「やっちゃいけないわ、ボスのコカインを盗むなんて」

「ボスの物なら、どんな物でも盗んじゃいけない」

「今ならわかってるさ」マイヤーがいった。

「いずれにしても、その二つの事件は関係ないわ」ネリーがいった。

「麻薬《ロープ》を除けば、たぶん」

「この巨大な都市じゃあ、その可能性はあてにならないわ……」

「しかし、われわれとしてはある種の関係はあると考えているんだ」

「シンシア・キーティングに対してなんらかの立件をしてほしいわけ？」

「あんたの話し方じゃ」ブラウンがいった。「どんな種類の起訴もできないじゃないか」

「起訴したいの、それともパス、どっち？」

「大陪審へのおみやげは、十分にあると思いますよ」

「あの人たちは、そうは思わないでしょうね」

「ひとつ」キャレラがいった。「彼女は父親に二万五千ドルの保険がかかっていたことを知っていた……」

「鶏の餌代よ」

「プラス」キャレラはへこたれずに続けた。「戯曲の著作権。彼女はそれがミュージカルに仕立てられることを知っていた」

「そうなの？」

「そうなんだ」

「おまけに父親が殺される前に、そのことを知っていたんだ」マイヤーがいった。

「いつ知ったの？」

「九月」

「それで、父親が死んだ二週間後にはその権利をあっさり売ってしまった」クリングがいった。

「いくらで？」

「三千ドル、プラス……」

「冗談でしょう」

「プラス、ショーの総収益の六パーセントを四人でわける」

「そうするといくらになるの？」

「それぞれ一・五パーセント」

「どうやって計算したの？」

「頭がいいからな」ブラウンはいって、こめかみを軽くたたいた。

「週の売り上げはどのくらい？」

「ヒットしている場合？　たっぷりですね」キャレラがいった。

「パパは権利を手放そうとはしなかった」バーンズがいった。

た。「プロデューサーが三回も会いに行った。で、とうとう娘にあいだに入ってくれと頼んだ」

「それでもノーだ」

「なぜなの？」

「原作者を守るため」

「すばらしいわ」

「それとも、ばかか。見方によりますがね」

「私はすばらしいといってるのよ」

「とにかく」キャレラがいった。「彼女は、大金がころがりこんできそうなものを相続するんだと知っていたんですよ……」

「どうして彼女が知っていたとわかるの？」

「彼女が認めたから」

「だから、彼女が殺した。そういうことね？」

「そう。でも、彼女は人を雇って殺させた」

「同じことよ。老人の健康状態はどうだったの？」

「八年間に二度の心臓発作」

「自然死するのを待てなかったのね？」


「ショーはすでに準備段階に入っていた。作詞家や脚本家などを雇って……」

「彼女はチャンスを逃しそうだと思った」

「だからそのジャマイカ人に殺させた。そういうことね？」

「われわれの意見では」

「わざわざヒューストンまで行って殺し屋を雇った、そういうこと？」

「それは……」

「そいつはヒューストンから来た。そういったわよね？」

「われわれの情報ではそうなんだ」

「ジャマイカ人」ネリーがいった。「ヒューストンから」

「そうなんだ」

「ヒューストンにジャマイカ人がいるなんて知らなかったわ」

「明らかですね、いるのは」

「私がいいたいのは……その女は主婦なんでしょう？」

「そう」

「殺し屋の雇い方なんてどうして知ってるわけ？　しかもヒューストンで」

「それは……」

「さあ、教えて」

「ええと……」

「聞いてるわよ」

誰も何もいわない。

「二番目の殺人について聞かせて。それもその主婦が計画したと思っているの？」

「いや」

「最初の事件だけなのね」

「そう」

「じゃあ、二番目の事件について話してちょうだい」

「例のジャマイカ人は故郷《くに》に帰る前に遊びに出かけた」ブラウンがいった。「ダウンタウンのゴーゴーキャバレーでときどき売春する小娘と、喧嘩か何かをした」

「どんな喧嘩？」

「それはわからない。しかし、とにかく彼女を刺した」

「どうして？」

「喧嘩ですよ」

「あの老人の方は首をつられたんじゃなかったの？」

「そうですよ。しかし両方の事件にロヒプノールが出てくる。それにその娘が例のジャマイカ人と一緒のところを見た目撃者がいるんですよ。顔にはっきりしたナイフの傷跡があるから、見分けるのは簡単だ」

「ということは」ネリーがいった。「これまでにわかったことは、一人の老人が、結局は、金のために殺され、密告屋がやはり、同じ理由で殺された。そしてゴーゴーダンサーが、何だかわからない理由で殺された。しかし、彼女が客を取っていたのなら、婉曲的には愛のために殺されたといえるわね。愛と金、この二つはなかなか立派な殺人の動機よ、そう思わない？　私は思うわ」

刑事たちは黙っていた。

「後は、第四の殺人があればいいのね」

「いい過ぎだよ」マイヤーがいった。

「例の主婦が後ろで糸を引いているのはひとつの事件だけ、

そう思ってるんでしょう？」

「そう」

「彼女はその謎のジャマイカ人を雇って父親を殺させ……」

「そんなに謎でもないですよ、ネリー。別々の二人の人物からはっきり人相をいってもらってますから」

「顔に傷、そうだったわね」

「ええ」

男たちはみな、誰がペニスの入れ墨のことを彼女に話すんだろうと思っていた。成り行きにまかせた。キャレラがなんとなくにやりとした。

「でも、そいつは見つからないんでしょ」ネリーがいった。

「今までのところは」

「ここでも、ヒューストンでもでしょ」

「そのとおり。でもそいつが、例の父親と、ゴーゴーダンサーと両方に関係があることはわかってる」

「そいつは商売の手を広げた、そうでしょ？　いわばフリーランスで仕事をしてるのよ」

「生意気な人間は誰からも好かれないよ、ネリー」

「ごめん。私はただ、どうやったら自分をバカみたいにみせずに、この件を起訴できるかって考えているところなの」

「強いと思ってんですがね、ネリー」

「私は絵に描いた餅だと思うわ。アプタウンへの旅行をありがとう」彼女はいうと、ハンドバッグを取った。「お仲間のみなさんの様子を知るのをいつも楽しみにしてるのよ。だけど、このご婦人を捕まえてほしいなら、こうしてちょうだい。第一に、ナイフの傷跡と、何だか知らないけどあんたたち全員がにやにやしているものがあるジャマイカ人を見つけられたら、すばらしいわ。だけど、無理な注文ね。いわゆるガンマンがいないとすると——われわれが探しているのはハングマンとナイフ男だから——弁護士の夫を持った主婦がジャマイカ人の殺し屋とどうやって接触したかうわ。——ひどい話だわ——その証拠を探し出す必要があると思うわ。彼女はヒューストンに電話したの？　それとも、もしかしてキングストン（ジャマイカの首都）に？　インターネットで探したの？　バーで拾った？　刑務所に手紙を書いた？

そいつが何者であれ、彼女とそいつを結ぶ証拠を何か見せて——それから、そいつが謎の人物じゃないなんていわないで、スティーヴ。私はそいつが謎だらけだと思ってるんだから。あんたたち、もしそいつがハイタウンの例の男から麻薬を手に入れたと本当に信じているなら——超こじつけに聞こえるけど——実際にそうだったのかはっきりさせること。それからそいつの情報をもっと集めること、そいつが見つかるような情報をね。以上のことが全部できたら、私がどこでつかまるか知ってるわね。じゃーね、みなさん」彼女は、指を振るとパーカのフードをかぶって出ていった。

ロレイン・リドックは興奮を隠しきれなかった。

彼女は十九歳の赤毛で、アプタウンに向かって二マイルほどのラッド大学の二年生。新学期からフォスター牧師のところでパートで働いている。仕事は封筒詰めと別納証印刷機を回すことぐらいだが、政治学を専攻し、牧師の〝真実と正義〟プログラムを深く信じているために、この仕事を選んだ。この二日間——ヘクター・ミラグロスが暴行を受けてから——フォスターは彼女が戦略会議に同席することを許した。だから、彼女は、今晩牧師が公表する計画に、彼女も貢献してきたんだと心から感じていた。

師の戦術委員会の三人の白人メンバーは、自分たちを人種差別撤廃政策によって、雇用を割り当てられて雇われているおかざりの黒人《トークン・ブラック》をもじって〝おかざりの白人《トークン・ホワイト》〟と呼んでいた。ふだんなら白であれ黒であれ、どんな人種差別的表現も避けているフォスターでさえ、これだけは面白がった。街には、〝ニガー〟という言葉を、まるでその言葉に何世紀にもわたる憎しみが込められているのを忘れたように気楽に使いまくる黒人がいる。〝兄弟〟や〝姉妹〟に似た挨拶の言葉でもあるかのように使っているのだ。しかし、教会の二階の事務所では、ロレインはその言葉を白人からはもちろんのこと黒人からも聞いたことがなかった。彼女自身一度も使ったことのない言葉だった。今晩ここに集まっている男女が、白人か黒人かほとんど気がつかなかった——気がついたとしても、気にしなかった。いずれにせよ、誤った呼び方なんだから。白は雪の色。黒は炭の色だ。ほんのわずかでもこの表現にふさわしい人は、ここには誰一人いない。

「先生、準備ができたようです」誰かがいった。ロレインが振り向くと、ウォルター・ホップウェルが、テレビの移動撮影班のところからこちらに来るところだった。トレードマークの黒のジーンズに黒のタートルネック・セーターを着て、その上に黄褐色のスポーツ・ジャケットをはおっている。彼の禿げた頭が左の耳たぶの金のイヤリングにも負けずに光っていた。

「十一時のニュース」彼女の後ろで誰かがささやいた。

ロレインは腕時計をちらっと見た。もうすぐ九時になるところだった。ということは、これは録画だ。ホップウェルがフォスターにヘアブラシを渡したが、彼はそれを脇に置いた。

「先生、花がちょっとしおれてみえます」側近の一人がいった。「離れた方がいいでしょう」

フォスターは五、六歩脇に寄り、昔ボクサーだったときのように優雅に、壁にかかっているマーティン・ルーサー・キングの額縁入り写真の方に移動した。紺色のジャケットにグレーのスカートをはいたブロンドが彼のそばに歩いていき、マイクの調子について「音量を変える必要があるかしら?」というと、繰り返し唱えた。「ワン、ツー、スリー、ハロー、ハロー、ハロー、オーケー? ご忠告してよろしいかしら?」彼女はフォスターにきいた。

「いつでも、大歓迎ですよ」彼がいった。

「キングをどかしましょう。視聴者は、あなたよりも彼の写真ばかり見ることになりますよ」

「そんなことできないでしょう?」フォスターがきいた。

「ウィル、ちょっとやってみて」彼女はマイクにいった。

「イントロを私、そのあとキングの写真をアップ、それから牧師さまの方へ」彼女はちょっと待ってから、尋ねた。

「うまくいった?」彼女はイヤー・ボタンに耳を傾けてから、「オーケー、すばらしいわ」と応じ、次にフォスターにいった。「キングもあなたも映るわ。なかなかいい考えでしょう? 音量調節のために、何かおっしゃってくださいません？」

「ワン、ツー、スリー、フォー」フォスターがいった。

「ありがとうございました」彼女はいった。「私がイントロをやります。その後キングからあなたへとパン撮りします。ジミー、準備ができたらいってね」彼女が誰かにいった。

「別のカセットを入れさせてくれ」ジミーがいった。「もうすぐ、きれそうなんだ」

彼女は彼がカセットを取り替えているあいだ待つと、いった。「オーケー、秒読み、お願い。みなさんスタンバイして」

イヤホンをつけた若い女が大きな声でカウントダウンを始めた。「十、九、八、七、六……」その後は声を出さずに、手をレポーターの方に伸ばして、五、四、三、二、一と指でカウントダウンを続け、最後に人差し指でまっすぐレポーターを指した。同時にカメラにぱっと赤いライトがついた。

「こちらはベス・マクドガルです。ただ今ダイヤモンドバックのファースト・バプティスト教会に来ています。ここでガブリエル・フォスター牧師が記者会見をなさいます」

カメラがキングの写真をパン撮りし、フォスターのところに来るとそのまま中距離から彼を写した。彼は、厳粛でいくぶん怒ったような表情を浮かべていた。彼の後ろの窓では雨が川のように流れている。

「みなさんの肌が何色であろうと、私はかまいません」彼はいった。「みなさんは、今日の市長の発言が、真実であり正義であったと信じてはいけません。真実と正義！　それこそ重要なのです。それこそわれわれが求めるものなのです！」

「そうだ！」誰かが叫んだ。

「市長は、土曜の夜、ダウンタウンのカタコンベに堂々と入りこみ、ヘクター・ミラグロスを痛めつけたのは、この市の刑事ではないといった。しかし、それは真実ではない！　市長は、ヘクター・ミラグロスは殺人を自白しており、この偉大なる市の住民から同情される資格はないといった。しかし、それは正義ではない！」

「よーし、いいぞ！」

「あなたが好戦的な黒人であろうと、私はかまいません。必要なのは銃だけ……」

「そのとおり！」

「私はかまいません、あなたが喧嘩早かろうと、あるいは、白人に対して裏では死んじまえと思っても表面はにこにこして心を抑制できる人間であろうと……」

「おお！」

「あなたがどんなアフリカ系アメリカ人であろうと、金持ちだろうが貧乏人であろうが、医者だろうがゲイだろうが、賢かろうが鈍かろうが、あるいは電話の交換手だろうが、私の母がミシシッピで私を育てるときにやっていたように四つん這いになって床を磨いていようが、私には心の奥底でわかっているのです。今晩誰一人として　黒人であろうと白人であろうと――拘束され、保護されてしかるべきあの男の身にふりかかったことに恐怖を覚えない者はいないと！」

耳を聾するばかりの喝采。

ベス・マクドガルは見、聞き、そして出番の合図を待った。

「今晩私はみなさんにお約束します。明日の朝八時、警察の当番交代の時刻、この市のすべての分署の前でデモ行進を行ないます！　そして、ダウンタウンのカタコンベの前でもわれわれ何千人もがデモ行進を行ない、抗議の声をあげ、拘束中の無力の黒人に対して残虐な行為に及んだ二人の刑事を逮捕するよう捜査を要求します！　われわれは真実を知るまで闘い続けます！　正義が実現されるまで闘い続けます！　真実と正義！　それこそ重要なのです。それこそわれわれが求めるものなのです！」

　イヤホンをつけた若い女がふたたびベスを指さした。

「ガブリエル・フォスター牧師でした」彼女はいった。「ダイヤモンドバックのファースト・バプティスト教会からお伝えしました。こちらベス・マクドガル。テリー、フランクどうぞ」

　黒人からも白人からも笑い声があがり、窓を打つ雨音が聞こえ、騒々しく闊歩しながらテレビ局の連中が後かたづけをしていた。ベス・マクドガルはフォスターになんともすばらしい心にしみるスピーチだったといい、彼の手を握ると、テレビ局の仲間のところにもどって行った。ロレインは、《エボニー》（黒人による黒人のための米国の雑誌。黒人雑誌の旗手的存在）の記者がフォスターに外の雨の中で彼の写真を撮らせてもらえるかと聞いているところへ歩いていった……

「もちろん、傘をさしていただきます」彼女はいいながら、にこやかに彼の顔を見上げた。「見出し《キャプション》には、〝血の雨を降らせ！〟のようなものを考えてますが」

「第二の刺客」フォスターがすぐにいった。「マクベスより」

「もちろん、警察官の沈黙の壁を指しています」記者がいった。

「わかってます。十分ほどください。下で会いましょう」

ロレインは彼に手を差しだした。

「すばらしかったです」彼女はいった。

フォスターが彼女の手を両手にとった。

「ありがとう、ロレイン」

その瞬間まで、彼女は彼が自分の名前を知っているとは夢にも思わなかった。突然顔が真っ赤になるのを感じた。悔しいけど、赤毛で色白の証拠だ。爪先まで真っ赤になりながら、彼の手を離し、離れた。そのとき、ウォルター・ホップウェルが彼女の名前を呼んだ。「ロレイン？　コーヒーはどうだ？」テレビ局の誰かが、ベスにダウンタウンで新しいネタが入ったと声をかけた。テレビ局の人間は全員飛び出して行った。残ったのは、つまらない新聞や雑誌の記者と、フォスターの黒人と白人の取りまきと、雨と、これからやってくる長い夜だった。

彼女は雨の中を街角で待っていた。きゃしゃな傘をさしているが、骨の半分は折れている。雨は永久に止まないかのように降り続いていた。突然紺色の車が縁石に乗り付け、彼女の側の窓がするすると降りた。

「ロレイン」男の声が呼びかけた。

「誰？」彼女はかがんで車の中をのぞき込んだ。

「おれだよ」男がいった。「送ってあげようか？」

彼女は車の方に歩いていき、もっと近くからのぞき込んだ。

「あら、こんばんは」彼女はいった。

「乗りなよ」彼がいった。「家まで送ってやるよ」

「バスがすぐ来るわ」

「気にするなよ」

「同じ方向なら」

「溺れないうちに乗りなよ」彼は、シートの向こうまで身体を倒して、ドアを開けた。彼女はシートに滑り込むと傘をたたみ、脚をぐるっと中にいれ、ドアを引いて閉めた。

「ああ、助かったわ」彼女がいった。

「どこまで？」

「タルボットと二十八丁目の角」

「どこへなりと」彼はいって、車のギヤを入れ、縁石から離れた。ワイパーがカチカチいいながら滴をふいている。ヒーターから暖かい風が徐々に彼女の脚と顔に流れてきた。車は繭のように暖かく安全に感じられた。

「あそこでどのくらい待っていたの？」彼がきいた。

「十分、少なくともね」

「夜のこんな時間じゃ、いつバスが来るかわかったもんじゃない」

ダッシュボードのデジタル時計が、十時三十七分を指していた。

「それはかまわないの」彼女はいった。「でもこの天気でしょう」

「雪、雨」彼がいう。「次は何だ？　まだ冬でもないのに」

「ええ、わかってるわ」彼女がいった。

「今日はどうだった？」

「すばらしかったわ」

「きみが楽しんでいたのは、わかっていたよ」

「彼のために働くのが好きなの。あなたは？」

「もちろんさ」

「彼のテレビ録画を前にも見たことあるの？」

「一度か二度。すごい人だ」

「そうね、ほんとにそうね」

二人は黙り込んだ。明日の朝、分署前で行なう抗議運動のことを考え、この市の人種問題にこれほど尽くしているすばらしい人物のために二人が働いているという事実に畏敬の念を覚えたのだ。ロレインはずっと向こうのマジェスタの分署を割り当てられた。彼女は、それがどのへんなのかよくわからなかった。

「雨にならないといいんだけど」彼女がいった。「明日のことよ」

「あるいは雪にならないと」彼がいった。「雪だったらもっとひどい」

「あなたはどこなの？」

「五丁目。クオーターの中だ。ラムゼイ大学に近い」

「私のアパートは、すぐそこ」彼女はいった。「右側なの」

「オーケー」

彼はゆっくりと車を縁石につけ、ダッシュボードの時計を見た。十時五十二分だった。

「しまった」彼はいった。「見損なっちまう」

「何のこと？」

「ニュースだよ。十一時に始まる。トップニュースは、絶対彼だ」

「ああ」彼女はいった。「そうだったわ。残念ね」

「まあ、他のニュースもあるだろう」

「こうすれば……あのう……上がっていらっしゃいませんか？　一緒に見ません？」

「もう遅いし」彼はいった。「明日は大変な日だし」

「急がないと、二人とも見損なってしまうわ」

彼は車を停めてロックし、二人は雨の中をアパートの建物まで走った。彼女のきゃしゃな傘は実際何の役にもたたず、雨は容赦なかった。小さなアパートの中に入ると、彼女はまっすぐテレビのところに行き、スイッチを入れ、彼にビールでも飲まないかときいた。

「ご自由にどうぞ。冷蔵庫に入ってるわ」彼女はそういって小さなキッチンの方を指さすと、廊下の向こうの浴室に入っていった。彼は冷蔵庫の中からビールを二本出し、キッチン・カウンターの一番上の引き出しに栓抜きを見つけて、ビールの栓を開けた。流しの上のキャビネットにグラスが二つあったので、ビールを注いだ。浴室の閉まったドアの方をちらっと見た。ジャケットのポケットからブリスター包装の白い錠剤を二つ取り出すと、二つとも片方のグラスにぽとっと落とした。

すぐに彼女が戻ってきたとき、彼はリビングのソファに座っていた。ニュースがちょうど始まるところだった。彼が思っていたとおり、ガブリエル・フォスターの声明がトップニュースだった。彼は彼女にグラスをひとつ渡した。

「ありがとう」彼女がいった。

「こちらはベス・マクドガルです。ただ今ダイヤモンドバックのファースト・バプティスト教会に来ています……」

「はじまったわ」彼女がいった。

「乾杯」彼がいう。

「あなたよ！　ほら、見て、あなたよ！」

「乾杯」彼がまたいった。

「あ、私も！　見て！」

「……記者会見をなさいます」

マーティン・ルーサー・キングの写真のパン撮りは、フォスターが望んだとおりの効果を上げていた。暗殺された公民権運動の指導者と、自分とのつながりをいかにもドラマティックに仕立て上げていた。彼が話し始めたので二人は黙った。

「みなさんの肌が何色であろうと、私はかまいません」彼はいった。「みなさんは、今日の市長の発言が、真実であり正義であったと信じてはいけません。真実と正義！　それこそ重要なのです。それこそわれわれが求めるものなのです！」

「そうだ！」誰かが叫んだ。

「彼を見て」ロレインがいった。

「すばらしい」

「市長は、土曜の夜、ダウンタウンのカタコンベに堂々と入りこみ、ヘクター・ミラグロスを痛めつけたのは、この市の刑事ではないといった。しかし、それは真実ではない！」

「人格が現われるな」

「あるいは、電話の交換手だろうが、私の母がミシシッピで私を育てるときにやっていたように四つん這いになって床を磨いていようが……」

彼らはグラスをカチンと鳴らし、飲んだ。

水曜日の朝アーサー・ブラウンが署に着いたときには、少なくとも三ダースほどの人々が、署の前で行ったり来たりしながら声を上げていた。〈真実と正義〉と書いてある札をかかえた黒人の男が、ブラウンをいやな目つきで見ながらいった。「おれだったら、中に入らないぜ、兄弟」

「おれはここで働いてるんだ、兄弟」

「別の仕事を探した方がいい」

ブラウンはそのまま歩き続け、いつもの踏み段を上がった。そこには木製のドアがあって、両側には87の数字入りのグリーンの地球儀が取り付けられている。彼はドアの前に立っている制服警官の脇を通り過ぎた。マーチスン巡査部長が点呼机の後ろからいった。「あいつらまだダンスしてるのかい？」


「誠実も」

「人格と誠実、そのとおり」

「市長は、ヘクター・ミラグロスは殺人を自白しており、この偉大なる市の住民から同情される資格はないといった。しかし、それは正義ではない！」

「よーし、いいぞ！」

「あなたが好戦的な黒人であろうと、私はかまいません。必要なのは銃だけ……」

「そのとおり！」

「私はかまいません、あなたが喧嘩早かろうと、あるいは、白人に対して裏では死んじまえと思っても表面はにこにこして心を抑制できる人間であろうと……」

「おお！」

「あなたがどんなアフリカ系アメリカ人であろうと、金持ちだろうが貧乏人であろうが、医者だろうがゲイだろうが、賢かろうが鈍かろうが……」

「乾杯」ロレインがやっといって、グラスを上げた。

「乾杯」彼がいった。

「そうらしい」ブラウンは返事をすると、二階の刑事部屋に通じる鉄製の階段をのぼり始めた。

実をいうと、ブラウンは外で行進しながらわめいている連中に対して、自分がどう感じているのかわからなかった。二人の刑事が、あそこに行って拘束中の囚人を、白人であれ黒人であれ、たたきのめしてきたことは良くない、それはわかっている。しかし、カタコンベにいるあの男は麻薬の売人のために働いていたんだ。売人のためにやった仕事は、今度そいつの身にふりかかったことと同じなのだ。要するに、そいつは、人をたたきのめしてきたんだ。殺したこともある。実際にダニー・ネルソンをやったようにだ。ブラウンが疑問に思っていることは――そして、この疑問はフォスター牧師が一度も投げかけたことのない疑問なのだが――その男がたたきのめされたのは、黒人だからなのか、それとも悪党だからなのかということだった。どういう理由であれ、あそこに行った二人の刑事が見つかるまでは、真実を知ることはできない。ブラウンの考えでは、黒人だからという理由だけで誰かが黒人をぶちのめすのをゆるせば、次は自分の番だ。この世には、肌の色だけで人を痛めつけることをなんとも思わない人間のくずのようなろくでなしの白人がいることを知っている。それはわかっている。しかし、彼は警察官だ。仕事がら彼に刃向かってくる、ろくでもない黒人を大勢逮捕してきた。その場合肌の色など何の関係もなかった。後悔もしてない。それが真実だ。正義となるとまた別問題だが。

刑事部屋に行く途中で最初に見たのは、バート・クリングの机の前に座っている赤毛の娘だった。

マイヤーが、彼女は婦女暴行捜査班から誰かが来るのを待っているのだと教えてくれた。

彼女は、どう見ても警察官には見えなかった。ましてや、レイプについて、ロレインと話し合うためにやってきた人物のようにはまるで見えなかった。三十代の半ばくらいだろう、とロレインは思った。黒髪をウエッジカットにし、茶色の目にデザイナー眼鏡をかけた、中背のほっそりした女だ。海軍将校の大外套のようなものを着ているが、今朝の外の温度が零下六、七で、風が吹き荒れているというのに、帽子も手袋もしていない。青い革のショルダーバッグが、左肩にかかった革ひもからぶらさがっている。ロレインは、その女《ひと》が警官なら——もっともどう見ても警官には見えないけれど——そのバッグの中にはピストルが入っているのだろうと思った。「リドックさんですか？」彼女はいって、手を差しだした。「刑事のアニー・ロールズです」二人は軽く握手した。「廊下の向こうに行きましょう」彼女がいった。「あっちの方が、もう少しプライバシーがあるわ」

ロレインは頷き、彼女の後から板張りの腰仕切りの木戸口を通り、階段を歩いて、ドアの上部にはめ込まれた曇りガラスに〈取調室〉と書かれた部屋に行った。その部屋には、窓がひとつもなかった。二人はタバコの焼けこげのある細長いテーブルに座った。一方の壁に鏡がかかっている。ロレインは、それが向こう側からしか覗けないワンウェイ・ミラーじゃないかしらと思った。シミだらけの青リンゴ色の壁の向こうで、誰かがこっちを見ながら聞き耳をたてているのかしら。

「お話ししていただけますか？」アニーがいった。

その娘はよく見られるレイプの犠牲者のようには見えなかった。普通なら、犠牲者は呆然として、目は生気を失っている。普通なら、肩が落ち、指は祈っているかのように組み合わされ、膝は身を守るように閉じられ、顔には羞恥心が現われている。しかし、ロレイン・リドックの目は怒りに満ち、口は一文字にきっと結ばれ、手はこぶしを握っていた。話し始めたとき、その声ははっきりとよく響いた。

「私はレイプされました」彼女はいった。

「いつですか？」

「昨晩です」

「何時に？」

「わかりません」

「わからない……」

「十一時過ぎなのは確かです」

「どこでですか、ミス・リドック？」

「私のアパートです」

「相手はどうやってアパートに入ったのですか？」

「私が誘ったのです」

「デートだったのですか？」

「いいえ。私たち同じところで働いているんです」

「何があったのか話してください」

「何があったのかわからないのです」

「わからない……」

「覚えてないんです。でもレイプされたことはわかります」

「飲んでたんですか、ミス・リドック？」

「はい」

「どのくらい飲みましたか？」

「ビール一杯だけです。私たちビールを飲みながらテレビを見てました。フォスター牧師が、昨晩早くにインタビューをやったんです。それをテレビで見ていました」

「フォスター牧師とは？」

「ガブリエル・フォスターです。今朝、この市のあちこちで抗議運動を起こしています。ガブリエル・フォスターを知らないんですか？　私は今頃マジェスタに行ってなきゃいけないんです」

「で、あなたたちはテレビを見ていた……」

「ええ」

「それから何があったんですか？」

「覚えていません」

「でも、レイプされたとおっしゃいましたよ」

「ええ」

「もし何も覚えてないのなら……」

「血がついてたんです」ロレインがいった。「今朝目が覚めたとき。ベッドに。シーツの上に。まだ二週間は来ないはずなんです」彼女はいった。「生理じゃありません。とにかく、それほどの量ではなかったんです。誰かが私をレイプしたんです」彼女はいった。

「ロレイン……」

「私は処女です」彼女はいう。「私はレイプされたんです」

モアハウス・ジェネラルの女医が、ロレインを診察し、裂かれたばかりの中隔処女膜と力尽くの挿入を示唆する性器の複数の裂傷を発見した。看護婦が膣脂膏細胞診のスライドを二つ用意し、ロレインの陰部からとった抜け毛のサンプルを集め、ロレイン自身の陰毛を比較サンプルとして切りとった。それからロレインの性器から採った分泌物の酸ホスファターゼテストを行なった。たちまち紫色に反応したことは、精液の存在の可能性を示唆していた。ロヒプノールについては七十二時間以内のテスト期限には、まだ十分余裕があった。彼女の尿の中に、フルニトラゼパムを摂取したことを示唆する代謝物質が発見された。

アニー・ロールズは、みずからレイプ犯の逮捕に向かった。

アニーは、五分署の前で、厳しい寒さの中をデモ行進している四十人ぐらいの男女の中から容易に彼を見つけだすことができた。他の連中と同じように彼も〈真実と正義〉の看板を掲げ、その言葉を何度も繰り返し唱えていた。しかし、彼はそのグループの中で唯一の白人だった。ロレイン・リドックの説明では、ロイド・バートンは、眼鏡をかけたちょっと野暮ったいタイプで、背の高さは五フィート九か十インチぐらい、茶色の髪に茶色の目、にきびづらということだった。彼はその絵にそっくりだった。

アニーが彼のかたわらに寄って歩調を合わせて歩きはじめた。

「ミスター・バートン?」彼女がいった。

彼が驚いて振り向いた。

「何ですか?」

「ロイド・バートンさん?」

「ええ、そうですけど」

二人のあいだの冷たい空気が、息で曇った。

「逮捕します」彼女がいった。

彼の後ろで行進していた黒人の女がいった。「その人を逮捕するなら、私も逮捕しなきゃ」

「あなたが誰かをレイプしたのでなければ、だめよ」アニーはいって、ショルダーバッグから手錠を取り出し、ミランダ告知を唱え始めた。

三時間前に、ロレイン・リドックが彼の人相について説明した同じ部屋で、彼女は彼を尋問した。彼の声はちょっと甲高く、窓のない狭い部屋にいらいらと響いた。隣りの部屋では、アニーの直属の上司である婦女暴行捜査班のアルバート・ジェネッティ警部が、ワンウェイ・ミラーの向こうからこちらを見つめ、熱心に耳を傾けていた。

「昨晩、十一時にどこにいましたか?」彼女がバートンにきいた。

「家でテレビを見てました」彼が答える。

「家はどこですか?」

「南三丁目の六三七」

「誰か一緒にいた人は?」

「いや。一人住まいです」

「タルボットと二十八丁目の角には行ってませんね?」

「絶対に」

「タルボットの一二七一ですが?」

「行ってません」

「アパート3Dは?」

「そんなアパートは知りません」

「ロレイン・リドックという娘《こ》とテレビを見ていませんでしたか?」

「いいえ。一人で家にいました」

「ロレインは知ってますね?」

「ええ、知ってます。でも昨晩は一緒にいませんでした」

「ファースト・バプティスト教会では、彼女と一緒でしたね?」

「ええ。でもその後は一緒じゃありません。あなたに聞かれた十一時も」

「あなたはガブリエル・フォスターの記者会見に出ましたね?」

「はい」

「それはビデオテープで立証されてますが」

「知ってます。見ましたから」

「ロレインが、あなたのすぐ隣りに立っています。ビデオでは」

「知ってます」

「どこで見たんですか、そのビデオを？」

「昨晩のニュースで。家で見ました」

「記者会見のあと、ロレインを家まで送りませんでしたか？」

「ええ、送りました」

「昨晩の十一時前に彼女のアパートの部屋まで上って行きませんでしたか？」

「行きません。彼女を下で降ろしました」

「彼女のアパートの部屋まで行って、十一時のニュースを見ませんでしたか？」

「いいえ。家に帰って見ました」

「ニュースを見ながら一緒にビールを飲みませんでしたか？」

「いや。ニュースを見るために家に帰りました」

「彼女と一緒にビールを飲みませんでしたか？」

「いいえ」

「彼女のビールにロープを二錠入れませんでしたか？」

「知りませんよ、ロープなんてものを」

「どこでロープを手に入れましたか、ミスター・バートン？」

「ロープなんて知りません」

「ミスター・バートン、われわれにはあなたの指紋の採取が許されていますが、ご存じですね？」

「ええと、それは違うと思います。でも、そちらがそうするつもりなら、弁護士を呼ぶべきかぼくも考え直します」

「お好きな時にいつでも弁護士を呼べますよ。しかし、われわれにはあなたの指紋の採取が許されているという事実は変わりません。もし弁護士を呼びたいのでしたら……」

「〈真実と正義〉には、専任の弁護士がいます」

「よろしい。そのうちの一人を呼びなさい。これを政治問題にしたいのなら、それもいいでしょう。私としてはあなたを第一級強姦罪で起訴したいだけです」

「それなら、すぐ弁護士を呼ばなければ」

「わかりました。すぐ電話機を持ってきましょう。それから、そのほうが気持ちが楽になるなら、弁護士が来るまでは指紋は採らないことにしましょう。私がしたいことは、ただ……」

「もう聞きましたよ。第一級強姦罪で起訴したいんでしょう」

そうよ、このレイプ魔め、とアニーは思った。

「そのつもりです」彼女はいった。「でもその前に、あなたの指紋と、ロレイン・リドックのキッチンにあった二つのビール瓶から採ったものとを比較しようと思ってます」

バートンの顔が蒼白になった。

「何かいい忘れました？」彼女がきいた。

ジュニアス・クレイグは〈真実と正義〉が雇用している五人の黒人弁護団の一人だった。バートンと二人だけになると、彼はバートンに、「肉体的に無力であるために同意不能の女性と性交すること」は、刑法一三〇条三五項に違反するといった。これは第一級強姦罪といわれ、最低三年から六年、最高六年から二十五年の刑に服すべき重罪B類に相当する。バートンが自分の指紋と被害者のキッチンにあったビール瓶の潜在指紋とが一致するかもしれないとただの一瞬でも思うなら、あるいは、さらに自分の陰毛とあの娘の陰部で見つけたものとが一致するかもしれないと一瞬でも思うなら、あるいは、さらなる可能性として、DNAのテストで自分の精液とその娘の膣から採ったものとが一致するかもしれないと感じるなら……

「間違いなく」彼は警告した。「相手側は、あなたのサンプルを採るつもりですよ。私の想像では相手は裁判所に令状を要求するでしょう……」

「指紋の令状もとらせればいい」バートンがいった。

「それは必要ないんです。それどころか、ミランダ告知をすれば、サンプル採取についても令状は必要ない。しかし、向こうは慎重にやるでしょう。あなたを公民権運動のデモ行進からさらってきたんですから。で、どう思います？」

「何を？」

「今いった可能性について」

バートンは返事をしなかった。

「なぜなら、もし今、私がいったことのひとつでも可能性があると思うなら、すぐにでも取引を始めた方がいいと思うからですよ。州刑務所で二十五年は長い」
「あの女も、おれと同じぐらい、したかったんだ」バートンがいった。
「白人でよかったですね」クレイグがいった。
「とにかく、ウォルター・ホップウェルがおれにロープをくれやがったんだ」バートンがいった。

彼は薬づけにされてしまったので、自分の名前すら思い出せなかった。しかし、ああ、この解放感はなんてすてきなんだろう。針をさっと射すだけで、ずきずきする股の痛みが消え、突然はるかかなたの雲の上を漂うのだ。甘い満ち足りた浮遊感。彼は自分が警官になってからどのくらいたつのか思い出そうとした。しかし、今晩、どうして撃たれたのかも思い出せない。それともあれは昨日の晩だったかな？　あるいは一昨日の晩？　どんな事件を扱っていたんだっけ？　彼は、八七分署が長い年月のあいだに何件ぐらいの事件をあつかったのか思い出そうとした。しかし分署がどこにあるのかさえ思い出せなかった。彼は病院のベッドに横たわり、にこにこしながら思い出そうとしていた。犠牲者も悪党も区別なく記憶に蘇らせ、特徴別に事件の目録を作り、それをアルファベット順に並べ替えて整理した。その仕事をするあいだずっとにこにこし、撃たれはしたけれど自分はなんて頭のいい刑事なんだろうと思って満足した——しかし、自分が何をしているかわからなくなると、また初めからやりなおさなければならない。ええと、何件ぐらい事件があったんだっけ？　十か、二十かな？　知ってるやつがいるかな。どうでもいいや。もしかして四十？　数えているやつがいるかな？　覚えてるやつは。気にかけてるやつは。おれは撃たれたんだぞ！　おれは、ここにいるというだけで、メダルぐらいもらえるはずだ。それも二つだぞ、もし死ねば。

おれはマリリン・ホリスを忘れない。

マリリン・ホリスを愛したことを忘れない。毒を忘れない。あのろくでなしどもが、おれが命をかけて愛した彼女を撃ったのを、マリリン・ホリスを殺したのを忘れない。

おれがもしこの場所でこの瞬間このベッドで死んだら……

少なくとも五十件はあったに違いない。そうは思わないか？

少なくとも。

踊ろう、マリリン。

マリリン？

ダンスはいかがですか？

このラスト・ダンスを一緒に踊っていただけますか？

ダウンタウンでマーサ・コールリッジ殺人事件をつかんだ刑事、ブライアン・シャナハンは、その老婦人のアパートで何かが盗まれたという形跡を見つけられなかった。だから、彼としては、誰かが盗みを働くために侵入したが――何も見つからなかったので――怒って老婦人にあたったと推定せざるをえなかった。ときどきあることなのだ。空き巣強盗が、全員紳士だとはかぎらない。それどころか、シャナハンの経験では、空き巣が紳士だったためしなんかなかった。

彼が水曜日の午後、相棒を連れずにアパートに戻ってみたのは、第一に、新入り刑事の果てしない質問に答える重荷から解放されたかったためだ。それに、一人の方が考えがまとまるからだった。今回の事件は、彼が難件の方に分類するものでなかった。そこらへんの三流どころの空き巣が、ただ侵入してへまをしでかしただけなんだ。とはいえ、それほど簡単な事件でもない。というのは、殺人者――そいつが誰であれ――手がかりになるようなものを何ひとつ残して行かなかったからだ。潜在指紋もない。抜け落ちた繊維や毛もない――繊維や毛はあったとしても、比較検査するために誰かを捕まえなければ、何の役にも立たなかったろう。

彼が一人で戻ったのは、外から別に手を貸さなくてもおそらく、まもなく死んでしまうような老人を殺した者がいるというおかしな点が気になったからだった。あるいは、彼が一人で戻ったのは、マーサ・コールリッジの戯曲を読んでいるうちに、イギリスのイースト・ミドランズからアメリカに移住してきた田舎の少女に半分恋してしまったからなのかもしれない。たぶん、彼女の戯曲が、彼に年と老いること、死と死ぬことについて考えさせたのだ。最初に、首の骨を折られた、きゃしゃな老婦人を見下ろしたときは、彼女もその昔はこの市に来て寝室の窓の向こうに新しい世界を発見した元気な美しい乙女だったかもしれないとは考えなかった。長いあいだ、ブライアン・シャナハンにとって、死体は単なる死んだ肉体だった。しかし、マーサの劇を読んで、突然、死体が人間になったのだ。

そういうわけで、彼は、もう一度、アパートを見てまわった。今回は一人で、孤独を楽しみながら、老婦人の持ち物の中に若い少女の面影を求め、茶色に変色した写真や、レースに縁取られたハンカチや、ブライトンかバタシー公園にゆかりの物を探した。クローゼットの奥の棚に、匂い袋でも入っていたらしいサテン張りの箱が見つかった。布は色あせ、擦り切れて糸がみえている。蓋の小さなつまみは触ると今にも取れてしまいそうにゆるんでいる。箱の中には手紙があって、色あせた赤いリボンで結んであった。

彼はリボンをほどき読み始めた。

手紙はルイス・アロノウィッツという人が書いたものだった。インクは長いあいだに茶色に変色し、便箋はばらばらに砕けてしまいそうだった。シャナハンはページをめくるのが怖いくらいだった。老婦人の首のように簡単に折れてしまいそうなのだ。手紙はすべて一九二一年に書かれていた。ルイスが戦争からニューヨークに戻って二年後、マーサが船にゆられてサウサンプトンからアメリカに来て一年後のことだ。手紙はその年の四月に始まり十二月、クリスマスの直前に終わった恋を記録していた。別れを切り出したのはマーサだった。十二月二十一日付の手紙で、マーサの別れの言葉に対してアロノウィッツは書いている。

〝クリスチャンの娘とユダヤ人の男との恋に未来がないなんて、どうしてそんなことがいえるんだ？　ぼくはきみを愛しているんだ。愛しい人よ、それが未来じゃないか〞彼の最後の手紙は大晦日の晩に書かれていた。そこにはベルリンに帰るつもりだと書かれていた。ベルリンは彼の両親が生まれた地であり、〝ユダヤ人がユダヤ人だと名乗っても、他の人間とは違うなどと判断されないところなんだ。ぼくはずっときみを愛しているよ、ぼくのマーサ。死ぬまできみを愛しているよ〟と、書いてあった。

明らかに、その手紙は、翌年マーサが戯曲に取り入れたラブストーリーのもとになっていた。しかし、悲痛な悲恋物語と平行して、若い娘が豊かで活気あふれる市で新しい人生、つまり、彼女の部屋の窓の向こうにある世界を発見する物語が同時に語られている。シャナハンは砕けそうな色あせた箱の蓋をそっと閉めた。中には、老婦人を殺したかもしれない人物を教えてくれるようなものはなかった。

しかし、手紙がもうひとつあった。

彼は、その手紙を支払い済みの請求書を入れたフォルダーの中に見つけた。手紙はタイプで打ったものだった。シャナハンは房飾りのついた電気スタンドの下のソファに座り、午後の弱まりゆく陽射しの中で読み始めた。

> 私はマーサ・コールリッジといい、《私の部屋》という戯曲の作者です。私はこの戯曲を一九二二年に執筆し、戯曲は同年九月にランダル・スクエアのリトル・シアター・プレイハウスで一週間にかぎり上演されました。そのときのプログラムを同封致します。また、熟読していただくために、戯曲そのものも同封いたします。関係される皆さまがたのご自宅の住所を存じ上げませんので、以上の物をミスター・ノーマン・ズィマーの事務所にお送りいたしますので、他の皆さまに転送していただければ幸いです。
>
> 私は先頃、演劇と映画の業界新聞、《デイリー・ヴァラエティ》の記事で、《ジェニーの部屋》という戯曲をもとにしたミュージカルが、来シーズンの公演に向け動き出していることを知りました。あなたのお名前が、懸案の公演に関係されている方たちの中に入っておりました。
>
> ご承知おきいただきたいのですが、一九二三年に《ジェニーの部屋》という劇が大成功を収めたとき、私は、作者だと名乗るミス・ジェシカ・マイルズに手紙を書き、彼女の戯曲のもととなっている作品、つま

り同封の私の作品に対し相当の報酬が支払われるのでなければ、盗作で彼女を告訴すると警告いたしました。彼女は一度も返事をよこさず、私も当時はそれ以上事態を追及する余裕がございませんでした。

しかし、今回《デイリー・ヴァラエティ》の記事を読み、何人かの弁護士に話しましたところ、成功報酬ベースでこの件を扱うことに興味をしめしてくれました。私は、皆さまがこれから何週間何カ月にわたって関わることになるこの作品の本当の作者に、ご一緒にまたは個別に適切な報酬をお支払いくださることを願って、この手紙を書いております。もしそうしていただけない場合は、訴訟を起こさざるをえないでしょう。私たちすべてを包む芸術追求の心をこめて。

敬具

マーサ・コールリッジ

劇作家

マーサ・コールリッジの手紙は感謝祭の翌日、十一月二十六日に書かれていた。手紙には十一月二十七日付のコピー代金の請求書が、ホチキスでとめてあった。他にもうひとつ、すべての書類を梱包してノーマン・ズィマーあてに郵送した郵便サービス会社の同じ日付の請求書もあった。さらにズィマーの住所を書き留めた別の紙が、書類のコピーの転送先リストにホチキスでとめてあった。リストに載っている名前は次の通りだった。

コンスタンス・リンドストローム　共同プロデューサー
シンシア・キーティング　原著作権
ジェラルド・パーマー　脚本権
フェリシア・カー　歌詞権
アヴラム・ザリム　音楽権
クラレンス・ハル　脚本家
ランディ・フリン　作曲家
ローランド・チャップ　監督
ナオミ・ジェーナス　振付師

ノーマン・ズィマーの秘書が、二人の刑事がお目にかかりたいと来ていますといったとき、彼はキャレラとブラウンがまた来たんだろうと思った。ところが現われたのは赤毛の大男、ブライアン・シャナハンという警官と、彼より背の低い巻き毛のジェファーソン・ロングという相棒だった。二人ともダウンタウンの二〇分署に所属している。シャナハンが一人でしゃべった。彼はズィマーに、マーサ・コールリッジという女性の殺人事件を捜査しているといってから、彼女が書いた手紙を見せ、その写しを受け取ったかきいた。ズィマーはその手紙を見て、「偏執狂だ」といった。

「この手紙の写しを受け取りましたか？」シャナハンがきいた。

「ええ、受け取りましたよ」

「いつのことですか？」

「はっきりした日付は覚えていませんが、感謝祭の後でした」

「返事をお書きになりましたか？」

「いいえ。いったでしょう、その女は偏執狂ですよ」

「彼女と連絡も取らずに、なぜそのように断定できるのですか？」シャナハンがきいた。

ズィマーは、この男がどんな人物なのかわかりはじめた。先入観を持ちそれを棄てようとしない一徹者だ。しかも、彼はその女の殺人事件を捜査しているといった。注意してかからなければならない。

「演劇がヒットすると」彼はいった。「映画でも小説でも――おそらく詩でもいいんですが――誰かがどこからともなく現われて、ナプキンの裏に走り書きした誰のものともわからないような、出版されたことも上演されたこともない、くだらない作品を盗作したと主張するんです。《ダディエの鼻》の蒸し返しですよ」

「はっ？」

「《ル・ネズ・ド・ダディエ》、パリのはさみ研ぎ師、アンリ・クラヴェールが一八九三年に書いた戯曲です。エドモン・ロスタンが書いたかの有名な《シラノ・ド・ベルジュラック》が始まる四年前のことです。そこで、クラヴェールは盗作だとして訴訟を起こした。結局、彼は裁判に負けてセーヌに身を投げてしまいました。自分の作品が後で盗用されたと思っているおかしな連中の一人一人に返事を出していたら、私は何もできませんよ」

「しかし、あなたは今《ジェニーの部屋》というショーを製作しているんじゃないんですか?」シャナハンがきいた。

どんな考えにせよ、頭の中にすでに固まっている考えのために口をぎゅっと結んでいる。相棒は無表情のままそばに立ち、耳を傾け、学んでいる。ズィマーは二人の尻を蹴飛ばしてやりたかった。

「ええ、そうです」彼は我慢強く答えたが、かすかなため息を隠そうとは思わなかった。「私は《ジェニーの部屋》というショーを共同製作しています。これは事実です。また、ショーがこの病的な婦人の戯曲と関係ないことも事実です」

「彼女の戯曲はお読みになりましたか?」

「いいえ。読むつもりもありません」

「それではどうして彼女の戯曲と《ジェニーの部屋》が似ていないとわかるのですか、あなたのミュージカルはそれをもとに……」

「第一に、この戯曲が書かれたときは《ジェニーの部屋》ではありませんでした。《ジェシーの部屋》だったんです。《ジェシーの部屋》はジェシカ・マイルズという女性が書いた非常に自伝的な戯曲でして……」

「そうきいています」

「……マーガレット・コールリッジという人のでは……」

「マーサ・コールリ……」

「なんとでも」

「彼女の戯曲も非常に自伝的です」

「そうなんですか?」

「ええ。《私の部屋》。彼女が書いた戯曲の題名です。彼女のいい分では、それをジェシカ・マイルズに盗作されたんです」

「なぜ自伝だとわかるんです?」

「読んだからです」

「なるほど。この女性を知ってたんですか?」

「彼女の戯曲を読むまでは知りませんでした」シャナハンがいった。

「彼女が死ぬ前は？」

「いいえ、知りませんでした」シャナハンがいった。「彼女の戯曲を読んでから彼女を知るようになったんです。非常にいい戯曲です」

「なるほど。あなたは演劇評論家ですね？」

「嫌みを言う必要はありません」シャナハンがいい、相棒が目をぱちくりさせた。

「それはお気の毒なことです」ズィマーがいった。「しかし、刑事さんたちがいろいろと聞きに来るんでうんざりなんですよ。まったく私は何を製作してるんですかね？　スコティッシュ・プレイですか？」

「どこの刑事ですか？」シャナハンが驚いてきいた。

「スコティッシュ・プレイって何ですか？」相棒がきいた。

「マーサ・コールリッジのことを聞きにですか？」

「いや、アンドルー・ヘールのことをですよ」

「誰ですって？」

「いわせてもらいますがね」ズィマーがいった。「お仲間とよく話しあってくださいよ、いいですか？　キャレラとブラウンです。八七分署の」

「スコティッシュ・プレイって何ですか？」相棒のロングがまたきいた。

9

木曜日の朝早く、刑事たちがフィットネス・プラスのロビーで待っていると、コニー・リンドストロームが姿を現わした。仕事に出かけるためにそこを通るところだった。黒のタイツとナイキのランニングシューズの上にはおったミンクのコートの前が開いてパタパタいった。キャレラとブラウンがベンチに座っているのを見ると、彼女はびっくりして目を見開いた。歩調が乱れ、立ち止まり、二人を見、首を振るといった。「今度は何なの？」

「またもやお邪魔して申し訳ありません」キャレラがいった。

「そのとおりよ」

「これを見たことがありますか？」彼はそうきいて、昨日の午後遅く届いたシャナハンからの手紙のコピーを彼女に渡した。コニーはそれを受け取って読み始めると、すぐに何の手紙かわかり、彼に返した。

「ええ」彼女はいった。「それで？」そういうと、急ぎ足で彼らの前を横切り、出口に向かった。

彼らは階段を下り、通りに出た。コニーは先頭に立ち、腕時計をちらっと眺め、縁石までさっさと歩くと、タクシーを探した。寒い日の朝八時半。空は明るく雲ひとつなく、通りは車でいっぱいだった。この時間にタクシーをつかまえるのはまず不可能だ。だが、バスもぎゅう詰めで、どこに行くにしてものろのろだ。コニーは近づいてくるタクシーに手を振り続けたが、客を乗せたタクシーが通り過ぎていくばかりで、そのたびに首を振った。

「十分以内にダウンタウンまで行かなきゃならないの」彼女はいった。「何のお話か知りませんけど……」

「その手紙を書いた女性が殺されたんです」キャレラがいった。

「まあ、いったいどういうこと？」コニーがいった。「スコティッシュ・プレイなの？」

「スコティッシュ・プレイって何です？」ブラウンがきいた。

「どうしても話を聞きたいんですよ」キャレラがいった。

「よろしければ、ダウンタウンまで車でお連れしますよ」

「何で？」彼女がいった。「警察の車で？」

「すばらしいドッジのセダンです」

「バックシートにショットガンがあったりして？」

「トランクにね」ブラウンがいった。

「お願いするわ」コニーがいい、彼らはキャレラが車をとめた街角に向かって歩いていった。コニーはすこぶる元気がよく、二人は彼女についていくのに急ぎ足で歩かなければならなかった。キャレラは運転席側のドアのロックを解除し、他のドアのロックもカチッとあけた。それから警察車であることを示すピンクの紙のついた日よけを上げた。コニーが彼と並んで助手席に座り、ブラウンが後ろの席に乗り込んだ。

「どこまで？」キャレラがきいた。

「オクタゴンへ」彼女がいった。「あなたがたも行ったことがあるでしょう」

「またオーディションですか？」

「きりがないの」彼女がいう。「もうおわかりと思うけど、私はその女性を知らないわ。もしおっしゃりたいのなら、彼女の殺人が……」

「いつ彼女の手紙を手に入れましたか、ミス・リンドストローム？」

「いつだったか、ともかく先週よ」

「初顔合わせの前ですか？」

「ええ」

「その手紙をどうしましたか？」

「《ダディエの鼻》」彼女はいって、肩をすくめた。

「何ですか、それは？」

「ながーい、ながーい話。実は、ながーい、ながーい鼻なんだけど。成功のにおいがすると、必ず盗作されたっていう人がでてくる、とだけいっておきましょう。手紙は私の弁護士に渡しておきました」

「弁護士は彼女に連絡しましたか？」

「私には、どういうことなのかわかるわ」彼女がいった。「ヘールが私たちに権利を売ることを断わって、殺された。女がショーを脅かすような手紙を書いて、殺された。つまり、誰かが二人に死んでもらいたかった。なぜなら、ショーをやらなければならないから」彼女はドラマティックに声を張り上げた。「さて、お知らせがあります。ショーは必ずしもやらなくていいんです。事態が困難になったり、複雑になったりしたら、そこで終わり。それが現実よ」

「しかし、ショーの準備は進んでいる。それも現実です」

「ええ。でも、今度のプロジェクトに関わっているプロが、ショーの実現のために人殺しをしたと考えていらっしゃるなら……」彼女は首を振った。「そんなことはありえないわ」彼女はいった。「残念ね」

「アマチュアならどうです？」キャレラがきいた。

時には、プロを扱った方がいいこともある。

プロは、自分の仕事を知りぬいている。もし、ルールを破ることがあったとしても、それを承知しぬいたうえでの

「彼女ですか。さあ、わかりません」

「聞かなかったんですか？」

「どうして私がそんなこと気にしなきゃならないんです？一九二二年に書かれた戯曲ですよ！」

「しかし、その戯曲が殺人の引き金になったかもしれないんです」

車は沈黙した。

コニーが彼の方を向いた。横顔が鋭い。

「それは確かじゃないですよね」彼女がいった。

「何が？」

「二つの殺人事件には何らかの関連があるということ。タバコを吸ったら、お二人とも怒るかしら」

「どうぞおかまいなく」キャレラがいって、ブラウンを驚かせた。

彼女はバッグを探って、タバコ一本とライターを見つけた。ライターの火をつけ、タバコの先端に持っていった。

彼女は雲のような煙を吐き出し、満足げにため息をついた。

後ろの席でブラウンが窓を開けた。

ことだ。アマチュアは、テレビで一件か二件の殺人を見るとルールなんか覚える必要もないと結論し、いきなりちょこっと殺人をやってみたりする。アマチュアは、自分の仕事がわかっていないくせに、なんとか切り抜けられると思っているのだ。プロは、自分の仕事をよくわきまえてなければ捕まると思う。それどころか、プロならば、仕事をするたびに前よりうまくやらないといずれは捕まってしまうことをまちがいなく承知している。皮肉なことに、うまく逃げ回っているのはプロよりもアマチュアのほうが多く、その誰もがうまく立ちまわっているのだ。信じられない話だ。

キャレラとブラウンの考えでは、《ジェニーの部屋》のミュージカル化に関わっているアマチュアは四人で、そのうちの三人はまだこの忙しい小さな市に滞在している。四番目は、テルアヴィヴのどこかの混雑した通りでタクシーを走らせながら、自分の通る道路でバスの爆弾テロが起きないように願っている。イスラエルのタクシー運転手が、ヒューストンのジャマイカ人を雇って、浴室で老人の首をつり、次に老婦人の首の骨を折るなんてことは不可能だとはいいきれない。しかし、そんなことは、いかにも新入りが考えそうな話だ。遠距離だという点では、ロサンゼルスのフェリシア・カーとロンドンのジェラルド・パーマーも、マーサ・コールリッジが首を折られたときにこの市にいたのでなければ、あてはまらない。

どうみても真っ先に思い浮かぶのは、シンシア・キーティングだ。

臆病なはずなのに、父親を浴室のドアのフックからはずし、ベッドまでひきずっていったシンシア。たったの二万五千ドルだけど、それを取り上げてしまう自殺条項のことを心配していた愛しいシンシア。ミュージカルがヒットすれば何十万ドルもの金が入るのに？

彼らはどこに行けばシンシア・キーティングに会えるか、すでに知っていた。パーマーがピカデリーに滞在していることも、コニー・リンドストロームのパーティで彼がいったから、知っていた。常に協力的なノーマン・ズィマーからは、フェリシア・カーがこの市に住んでいるガールフレンドのところにいると聞いていた。フェリシアとパーマーがその週末に帰郷することがわかって、時間においつめられた彼らは、三つのチームに分かれて別々に聞き込み捜査を行なうことにした。

犯罪を犯していようがいまいが、男でも女でも、玄関口に警官が立っているのを見ると、必ず驚いて——ちょっとばかり恐がって——いるようにみえる。フェリシア・カーは、マジェスタにある女友だちのガーデン・アパートのドアを開け、二人の大男がそこに立ってバッジをちらつかせたのを見ると、大きなグリーンの目を見開き、お巡りさん、何事が起きたのですか、ときいた。

「われわれは殺人事件を捜査しているんです」マイヤーがいった。なぜなら、こういえば、アマチュアはパンツをぬらすことが多いからだ。

「実は二重殺人なんです」クリングが愛想よくいった。

「入ってもよろしいでしょうか?」

「あのう……どうぞ」フェリシアがいった。

彼らは、彼女の後について広々とした日当たりの良いリビングに入った。それほど遠くないところにマジェスタ・ブリッジが見下ろせる。ソファにはまだ夏用のカバーがかかっていた。大きなグリーンの葉っぱに赤や黄や紫の花が賑やかに咲き乱れている布だ。夏の装飾と、大きな窓からさんさんと降り注ぐ太陽のために外はうららかな日和のように見える。しかし、気温は零下六、七度で、天気予報では今晩遅くか明朝早くにまた雪があるだろうといっていた。

フェリシアはちょうど出かけるところだといった……

「ここにはたくさん見るところがあるでしょう」彼女はそう説明した。

……そして、あまり時間がかからないといいんだけど、と思った。

「殺された人がいると聞いてお気の毒に思いますけど」と付け加えた。

「二人です」クリングが思い出させた。

「そうだったわ。お気の毒です」

「ミス・カー」マイヤーがいった。「この前の日曜日の晩どこにいらっしゃいましたか?」

「何ですって?」

「このあいだの日曜日の晩です」彼が繰り返した。

「五日前です」クリングが親切に教えてやった。

「どこにいたか教えていただけますか?」

「ええと……なぜです?」

「これは殺人事件の捜査なんです」マイヤーは返事を促すように微笑んだ。

「それが、私とどういう関係があるのですか?」

「まずは、ないと思いますが」クリングはいった。そして、私はあなたがこの二つの殺人事件と関係がないことを知っていますし、あなたも自分が関係ないことをご存じです、しかし、われわれはこういう質問をしなければならないんですよ、それがわれわれの仕事ですから、とでもいってるかのように、申し訳なさそうに頷いた。しかし、フェリシアは世界の映画産業の首都から来ているのだ。今までに作られたすべての刑事物の映画、今までに放送されたすべての刑事物のテレビ番組を見ている。だからゲイのカップルが手の込んだ芝居をやっていたとしても、そんなことに騙されるわけがなかった。

「まずは、とはどういう意味です?」彼女はぴしゃりといい返した。「どうして日曜日の晩にどこにいたかなんて知りたいんですか? そのときに誰かが殺されたんですか?」

「そうなんです」クリングはもっと悲しそうなふりをしながらいった。しかし、レディは信じなかった。

「何なのこれは?」彼女はいった。「ここはロサンゼルスなの? ロサンゼルスの秘密警察?」

「マーサ・コールリッジという女性を知ってますか?」マイヤーがきいた。突然悪役警官の登場。もはや笑顔はない。マイヤーの禿げ頭は、彼が斧を持った死刑執行人でもあるかのように見せた。胸の前で組んだ腕は間違いなく悪意を表わすボディランゲージだ。青い目が冷たく彼女を見定めている。しかし、たった二週間前にウエストウッドで家を三軒も売ってきたワンダーウーマンのようなスーパー・レディを相手にしているのだということは気がつかなかった。

「いいえ。マーサ・コールリッジって誰です？」彼女はきいた。「このあいだの日曜日に殺された人ですか？　そうなんですか？」

「ええ、ミス・カー」

「私は彼女を知りません。聞いたこともありません。これでいいですか？　もう行かなきゃ」

「あと少しだけ、質問させてください」クリングが優しくいった。「一分ほど時間を割いていただけたら」

今度は亜麻色の髪とはしばみ色の目、寒い外から来たためにまだ赤らんでいる頬をした善玉警官だ。彼女が、外を歩くときに街角で信号が変わるのを待ったりするようなティンスルタウン出身であることも気にせずに、レディを優しく、誘導しようとした。

「こんなこと許されないと思います」彼女がいった。「ここに押し入って、そして……」

「ミス・カー、テキサスには行ったことがありますか？」

マイヤーがきいた。

「ええ、あります。テキサス？　テキサスがどういう……」

「テキサスのヒューストンですが？」

「いいえ。行ったのはダラスだけ」

「アンドルー・ヘールという人物を知っていますか？」

「ノーとイエスよ。その人には会ったことはないけど、名前は知ってます。誰かがその名前を口にしたわ」

「誰ですか？」

「シンシアだと思う。彼女のお父さんでしょう？」

「どうして父親の名をいったんでしょうね？」

「原著作権がどうとかじゃなかったかしら？　覚えてないわ」

「マーサ・コールリッジという女性についてはご存じないということでしたね？」

「そのとおりよ」

「最近その人から手紙を受け取りませんでしたか？」

「えっ？」

「手紙ですよ。マーサ・コールリッジからの。彼女がある戯曲を書いたと説明しているんですが……」

「ああ、思い出したわ。彼女ね。それならノーマンに送り返したわ。殺されたのが彼女だっていうの？」

「ノーマン・ズィマーに？」

「ええ。彼女が……」

「どうして送り返したんです？」

「彼ならどうしたらいいか知ってると思ったから。彼、プロデューサーでしょう？ 一九二二年に戯曲を書いたおかしなおばあさんのことなんか、私は何も知らないわ」

「失礼ですが」クリングが礼儀正しくいった。「送り返したとはどういう意味ですか？」

「手紙は私あてだけど、彼の事務所気付だった。だから、彼のところから配達されてきたのよ。それを郵便で送り返したの」

「ミス・コールリッジと連絡を取ろうとはなさらなかった、そうですね？」

「ええ。どうしてそんなことを？」

「彼女に手紙を書くとか、電話をするとか、そういうことはなさらなかった……」

「ええ」

「彼女の手紙が脅迫だとは思いませんでしたか？」

「脅迫？」

「そうです。訴訟を起こすうんぬんの話……」

「そんなこと私と関係ありません」

「関係ない？」

「ノーマンの問題でしょう。それとコニーの。彼らがショーを製作しているんですから」

「しかし、もしショーが紛糾して裁判沙汰になったら……」

「それは私の問題じゃないわ」

「製作されなくなるかもしれないんですよ」クリングがもっともなことをいった。

「だから何だっていうの？」

「何をとぼけているんです、ミス・カー」マイヤーが鋭くいった。「大金がからんでいるんですよ」

「私にはロサンゼルスにいい仕事があるわ。《ジェニーの部屋》が上演されれば、それはそれで結構よ。でも、上演されなければ、されないだけのこと。今までどおり生きていけるわ」

もしあんたがマーサ・コールリッジだったら、そうはいわないだろう、とマイヤーは思った。

「それで、あなたは日曜日の晩、どこにいたのですか？」

彼がきいた。

「友だちと映画に行ったわ」フェリシアはため息をついた。

「ここが、その人のアパート。シャーリー・ラッサー」

「何を見ました？」クリングが何気なさそうにきいた。

「トラボルタの新しい映画」

「よかった？」

「映画はたいしたことなかったわ」フェリシアがいう。

「でも、トラボルタが好きだから」

「いつも彼は実にいい」

「そうね」

「彼のことハンサムだと思います？」

「とっても」

「何時に映画は始まったんですか？」マイヤーがそうきいて、話を本筋にもどした。

「八時」

「家に帰った時間は？」

「十一時ごろ」

「友だちはずっと一緒に？」

「ええ」

「彼女にはどこで連絡がとれますか？」

「今、仕事中よ」

「それはどちらですか？」

「あなたたちには閉口するわ」フェリシアがいった。

彼らがアプタウンに向かっているあいだに、雲が空一面を覆い始めた。クリスマス向けに装いをすました街は、雪を待ち望んでいた。店のショーウインドーは偽物の雪で飾りたてられ、あちこちの街角では偽物の救世軍のサンタクロースが偽物の煙突の前で偽物のベルを振っていた。しかし、時はすでに十二月の九日。クリスマスが急速に近づきつつあった。今、街に必要なのは、屋根の上にすっくと立つ本物のサンタクロースと、空から静かに降ってくる本物の雪だった。街はその予兆を必要としていた。

「彼女は本当のことをいってると思う」クリングがいった。

「おれはそうは思わない」マイヤーがいう。

「じゃあ、どんな嘘を?」

「彼女は訴訟を起こすという脅迫状を受け取った。それなのに、その女の名前を忘れただと?」

「それは……」

「彼女のことは聞いたこともない、といったんだぞ。それから、突然ピンときたんだ。ああ、思い出したわ。彼女ね」結構上手に彼女をまねていった。「マーサ・コールリッジ。彼女が手紙を書いた人ね。でも、私が早くリタイヤできなくなるだけの話よ」彼は電話受けから携帯をもぎりとると、クリングに突き出した。「彼女がいったシャーリー・ラッサーに電話してくれ」彼はいう。「今そこに行く途中だというんだ。その友だちは、おそらくもう十中八、九は電話して、頼んでいるな。このあいだの日曜日の夜は一緒にトラボルタの映画を見たことにしといてって」

クリングがダイヤルしはじめた。

「どの映画を見たんだろうな」彼はいった。


でぶのオリー・ウィークスは、ジャマイカ人が一部屋に十人も十二人も寝ることを知っていたから、テキサスのヒューストンから来たジャマイカ人が、このすばらしい市の住人である友だちや親戚のところに押しかけた可能性がないとはいえないなと考えた。そうとも、立派に可能性はある。さらに、問題のジャマイカ人が八八分署管轄内の食堂でアルシーア・クリアリーを拾ったことも知っていたから、管内のジャマイカ人地区、ヌーナンとクロー通りにあるフォーブス・ハウスをあたってみた――結果は空振りだった。それでもへこたれず、だからといって、他に六つもある市のジャマイカ人地区を一軒一軒あたってみるのもおっくうで、ダウンタウンの三二分署が管轄するその中でも一番大きい地区に出かけた。

この旧市街地では、ライム、ハイビスカス、ペリカン、マナティー、ヘロンといったフロリダを思わせる名前の狭い曲がりくねった通りが、この市がまだ新しくて港に帆船が停泊しているころオランダ人がつけたフートコープ、ケーレン、スプレンケルス、フッセルといったこれまた狭くるしい小道と交差している。もう、あの頃は帰ってこないよ、ガーティーさん（米国の漫画に出てくる調教された恐竜）。ナポリ海峡とチャイナタウンから東に走るフッセル・ストリートは、北にそれて、ハーブ川に境を接する旧倉庫地帯に入る。ローワー・プラットフォームと考えるにはアプタウンに寄りすぎているし、流行の先端を行くホップスコッチというにはもっとダウンタウン寄りにならなければならない場所だ。この土地の新しい開発団地は、敬愛されていた州知事ジェームズ・ジョーゼフ・メイプスにちなんで、公式にはメイプス・ハウスと呼ばれている。

警察は、市のすべての開発団地を〝不明〟、〝予測不能〟、〝危険の恐れ〟、〝安全性の欠如〟、そしてそのものズバリ〝危険〟の五段階にランク付けしている。メイプス・ハウスは、この安全尺度で真ん中の三に分類されているが、この地区を割り当てられた巡査たちは、控えめのランキングだと思っている。三二分署の警官たちは、キングストンの東端にある堀をめぐらした十七世紀の砦にちなんで、この開発団地に〝岩の砦《ロックフォート》〟というあだ名をつけた。しかし、この住人の八十パーセントがジャマイカ人というだけのことかもしれない。

でぶのオリー・ウィークスの個人的危険尺度計では、岩の砦を意味するロックフォートは不吉な八を指している。ということは、彼の辞書では、ひでえところだという意味だ。彼は木曜日の午後早く、そこへ一人で行った。しかし、それはクリスマスの数週間前の真っ昼間だったからで、そうでなければ、バックアップと特別機動隊チームを要請したことだろう。彼はいつもの尊大さを棄てた。ジャマイカ人の兄弟のあいだでは、やばいと感じたからだ。彼はほとんど卑屈といってもいい態度で、一軒一軒訪ねてまわった。六フィート二、三インチ、顔は淡黄褐色で、深い茶色の目、広い肩と細い腰、笑顔がすばらしく、声にはジャマイカ人特有の歌うような快活さがある男……。容疑者のペニスに青い星の入れ墨があることはいわなかった。話をきいた人の多くは女性で、男性の多くも自分をクリスチャンだと考えているからだ。

午後の三時までは何の成果もなかった。その頃には雪が降り始め空も暗くなり、彼は分署に引き上げようかと思った。


シンシア・キーティングは、またもや玄関口にキャレラとブラウンが来たのを見ても、驚いたふうには見えなかった。弁護士を呼ぶと脅しもしなかった。中にお入りください、十分ほどお相手しますといった。そして、彼らの向かいに座った。脚を組み、腕も胸の前で組んでいる。雪が降り始め、彼女の後ろの窓は、風に舞う雪片でいきいきとしていた。

キャレラはいきなり核心に迫った。

「マーサ・コールリッジという女性が」キャレラはいった。「ノーマン・ズィマーに手紙を何通か送り、それを転送するように頼みました。そのうちのひとつは、《ジェニーの部屋》の原著作権所有者としてのあなたあてになっています。ミス・コールリッジ自身が書いた戯曲の写しも同封してありました。あなたはその戯曲と手紙を受け取りましたか？」

「ええ」

進歩だ、とキャレラは思った。

「どうお感じになりましたか？」

「心配しました」

「なぜです？」

「彼女の戯曲と《ジェニーの部屋》には類似点があるように思えたからですわ」

「どんなところが似ているのですか？」

「そうですね、まず話のあらすじです。一人の少女がアメリカに移住してきて、信仰の違う人と恋におちる。同時にその少女は市にも恋してしまう——結局、恋人よりも市を選ぶ。このところが同じなんです。それから着想も。私たちは彼女の市に対する恋心を彼女の部屋の窓から見るのですが、これが実は心の窓なんです。この点も同じなんです。読んでみて……そうですね……大変なことだと」

「それで、どうなさったのですか？」

「トッドに電話しました。彼は……」

「トッド・アレクサンダーですね？」

「ええ。私の弁護士です。ほっておくようにとのアドバイスでした」

「で、そうなさったわけですね？」

彼女はほんとうにわずかな一瞬ためらった。キャレラはそのためらいに気づいた。ブラウンも気づいた。彼らは目には表わさなかったが、気がついたのだ。彼女は、つかのま心の中で自問自答したらしいが、真実を語る決心をしたようだった。

「いえ、ほっとけませんでした」彼女はいった。

しかし、真実は必然的に新たな質問を招くことになる。

「それでどうしたのですか？」ブラウンがきいた。

ふたたび、かすかなためらい。

「彼女に会いに行きました」シンシアがいった。

刑事たちは、彼女がなぜ真実を話しているのかわからなかった――もしこれが真実の話ならだが。彼らがここに来ていろいろ質問している当の女性は死んでしまった。だから、彼女とシンシア・キーティングのあいだに起こったことは、確認することも反駁することもできない。しかし、明白な真実の道こそ、シンシアが選んだと思われる道なのだ。彼らは小さな親切に感謝したが、それでもさらに突っ込んだ。

「それはいつのことです？」

「戯曲を受け取った翌日です。彼女に電話して会うことにしました」

「で、それはいつです？」

「コニーのパーティの前の木曜日です」

「どこで会ったのですか？」ブラウンがきいた。

「彼女のアパートで。ダウンタウンのシンクレアの」

「どんな話をされました？」

「彼女の手紙のこと。例の戯曲のこと。彼女の考えていることが何なのか正確に知りたかったんです」

「どういう意味です？」

「彼女は手紙で、〝適切な報酬〟が欲しいといってます。

いくらぐらいを適切と考えているのか知りたいと思ったのです」

「取引をするつもりで行った、そういうことですか？」

「お話ししたように、私は心配だったのです。彼女の戯曲が偽物のはずはありません。劇場の名前と、上演の初日が書いてあるプログラムを送ってきています。それを全部でっちあげるなんてできないでしょう？　彼女がでっちあげたのでなければ、《ジェニーの部屋》は彼女の戯曲がモデルになってることになります。それについては何の疑問もありませんでした」

「それで取引をするために行ったのですか？」

「取引できるか探るためにです」

「弁護士が反対したのにですか？」

「まあ、弁護士なんていうものは」彼女はそういって、手を振って、法律関係者全部を切って棄てた。

「彼女が考えていたことは、正確には何だったのですか？」

「現金で百万ドルです」

「あなたに百万ドル要求したのですか？」

「私たち全員からそれだけ欲しいというのです。十人に手紙を書いてますから、一人当たり十万ドル」

「あなたはなんと？」

「他の人たちの代弁はできないけれど、私は少し考えてから返事をするといいました。そんなつもりはありませんでしたけど。彼女の要求はばかげていると思いましたから。トッドのいったとおりだわ。初めから行かなければよかったんです」

「彼女は、本気でその金額を要求しているようでしたか？」

「交渉無用、彼女はそういいました。百万ドルはびた一文譲れないって」

「このことについて他の人たちに話しましたか？」

「ええ」

「誰です？」

「ノーマン・ズィマーとコニー・リンドストローム。二人のプロデューサーにです。最初からこの人たちに任せればよかったんです」

「彼らはなんといいましたか？」

「ほっとくようにと。トッドと同じです」

「手紙を受け取った他の人たちは？ そのうちの誰かに話しましたか？」

「いいえ」

「創作チームの誰にも？」

「ええ」

「他に権利を持っている人には？」

「フェリシアとジェリーですか？ 話してません」

「初顔合わせのときにも口にしませんでした？」

「ええ」

「二、三日前にミス・コールリッジに会ったというのに？」

「話す必要があるとは思いませんでしたから」

「どうして？」ブラウンがきいた。

「いいましたでしょう。ほっておくようにアドバイスされたんです。だからほっておいたんです」彼女は軽く肩をすくめた。「それにパーティだったでしょう。彼女なんかほっとけ、です」

「どういうことになると思いましたか？」

「見当もつきませんでした。訴えるつもりなら、訴えるんでしょう。でも、十万ドルを渡すつもりはありませんでした。第一そんなお金持っていません」

「木曜日以降に、彼女と会いましたか？」

「いいえ」

「もう一度話し合いをしに、彼女のところにもどったことはありませんでしたか？」

「いいえ」

「電話は？」

「していません」

「その後一切連絡はしなかった、間違いありませんね？」

「間違いありません」

「彼女が死亡したのはご存じですか？」

シンシアはあまりにもびっくりして黙ってしまったのか、あるいは、真実を話そうかどうか考えて、またもやためらってしまったのかもしれなかった。

「いいえ」彼女はやっといった。「知りませんでした」

「新聞に出ていましたが」ブラウンがいった。

「見ませんでした」

「テレビでも、やってました」彼がいった。

「それでここに来たのですね」彼女がいった。

「それで来たんです」

「あなたがたは、まだ考えて……」

彼女は首を振り、黙り込んだ。

「あなたがたは、間違っているわ」彼女がいった。

たぶん間違っているんだろう。

「そう、傷のある人」女がいった。

それは「そう、きず・ある・しと」のように聞こえた。

「彼を知ってるんですか?」オリーは驚いてきいた。もう二時間近くも歩き回っていたのだ。

「私、ここ、団地、その男、見た」女がいった。「でも、私知ってる、それだけ」

その女はキッチンのレンジでバナナを揚げていた。フライパンを手前から向こう側へ傾けてバターを広げている。もうひとつのバーナーの上では、野菜がにんにくと油と一緒に鍋の中でぐつぐついっている。オーブンでも何かじゅうじゅう焼ける音がしている。女は裸足で、花柄模様のゆったりとしたスモックを着、それによく合ったピンクのハンカチを頭にまいていた。キッチンは小さくこぎれいだが、料理のにおいには圧倒される。オリーは突然お腹がへってきた。

「その男の名前はなんていうのか、知ってますか?」

「名前、聞いたこと、ない」女はいった。

「どこで彼と会ったのですか?」

「開発団地、私、いった」

「それは何ですか?」彼がきいた。「バナナのフライですか?」

「はい。バナナのフライ。何、思った?」

「どんな味がするのですか?」

「はあ?」

「そのバナナのフライのことですよ」

「ひとつ、食べる？」

「ほんとにおいしそうだ」

「すぐ、できる」彼女がいった。

オリーはフライパンのバナナのまわりでバターがぶつぶついってるのを見つめた。よだれが出てきた。

「開発団地のどこだかわかりますか？」

「サキソフォン、吹いてた」彼女がいった。「今、これ食べる？」

彼女はフライパンを火のついてないバーナーに移し、バナナをひとつ皿にのせ、フォークと皿をオリーにわたした。彼は、バナナをフォークで刺すと、ほとんどまるごと飲み込んだ。彼女は腰に手を当て、満足そうに微笑みながら彼を見ていた。

「実にうまかった」彼はいった。

「そう」彼女がいう。「あと、もっと美味しくなる。バニラアイスクリーム、一緒出す」

彼は、彼女がもうひとつくれないかと思った。アイスクリームが付いていようがいまいが、熱かろうが冷たかろうがかまわない。彼女はくれなかった。彼は皿をカウンターに戻し、手の甲で口を拭うと、いった。「彼はミュージシャンなのかい？」

「違う。でも、彼、サキソフォン吹く」女はいって、笑った。

「どこで彼のサキソフォンを聞いたのですか？」

「娯楽室」


木曜日の午後四時、彼らがホテルの部屋に着いたとき、ジェリー・パーマーはロンドンに帰るための荷造りをしていた。

「日曜の夜までは帰りません」彼はいった。「でも、前もって準備したいんです」

部屋は、ピカデリーの十階にあった。このホテルは、ジェファーソン・アヴェニューと並行した通りに建ち並ぶあか抜けたホテルよりはるかに劣る。とはいえ、レストランや劇場に行くのに便利なステムからは、離れている。キャレラには、ここはそれほど遠くない昔、売春婦を呼べる安宿だったようなかすかな記憶があった。新知事が、急ぎの商売をするためにホットベッド・ホテル（昼夜勤務時間が異なる二人が借りる共同アパート）を利用している売春婦の厳重取り締まりを始める前のことだ。部屋にはいまだにいかがわしい疲労感のようなものがあった。カーテンとお揃いのベッドカバーは少し古ぼけており、安楽椅子の肘掛けはすりきれて糸が見え始めている。キャレラがその椅子のひとつに、ブラウンがもうひとつに座った。パーマーはベッドの向こうの端に立ち、二人の方を向き、ドレッサーとクローゼットからベッドの上に広げてあるスーツケースに衣類を運んだ。

茶色のスーツ、白い襟付きのカナリア色のシャツ、新しいジョッキーショーツ、茶色の靴下、茶色の絹のネクタイがベッドの上にきちんと並べてあった。パーマーは、今晩食事と観劇に行くので、準備しておいたのだと説明した。彼は劇の題名をいい――刑事は二人ともその劇を見たこともなかったし、聞いたことすらなかった――ノーマン・ズィマーがファーガソン劇場の特別招待席を用意してくれたのだと説明した。彼のロンドン訛りは、イギリス人のしゃべり方を下手に真似しているように聞こえた。

「何のご用でおいでいただいたのでしょうか？」彼がきいた。

「マーサ・コールリッジという女性をご存じですか？」ブラウンがいった。

「彼女のことは知っています」パーマーがいった。「しかし、お目にかかったことがあるとはいえませんな」

「最近彼女から手紙を受け取りましたか？」

「ええ、受け取りました」

「《私の部屋》という戯曲と、初演のときのプログラムのコピーも同封されてましたか？」

「ええ。全部受け取りました」

「どう思いましたか？」キャレラがきいた。

「戯曲は読みませんでした。手紙は、なかなか面白かったですな」

「それでどうされました？」

パーマーは、五、六枚のたたんだシャツを、ドレッサーからベッドに運んでいるところだった。彼は立ち止まり、ベッド越しに刑事たちを見ていった。「どうしたかですって？　何かしなきゃならなかったんですか？」

「その手紙を、脅迫だとは思いませんでしたか？」

「そうですね、思いませんでした。ほんとに。気のふれた老女だと思っただけです」パーマーはいって、スーツケースの中にシャツを入れ始めた。

「彼女に全然脅威を感じなかったんですね？」

「彼女に脅威を感じなければならなかったんですか？」パーマーはいって、驚き、面白がり、同時に挑発的な表情を浮かべてみせた。子どもが、青い目を大きく見開き、口をへの字に曲げてお茶目な笑みを浮かべた小生意気な顔を、おじいちゃんやおばあちゃんに見せているようだ。キャレラは、またもや、彼が誰かの真似をしているような感じをうけた。たぶん、ミュージックホールのステージで見たコメディアンか、映画の喜劇俳優だろう。あるいは、彼はただのバカなのかもしれない。

「彼女に電話をかけたりしたことは？」ブラウンがきいた。

「そんなことしませんよ！」パーマーがいった。

「電話する価値なんかないと思ったんですね？」

「もちろんそうです」

「そのことについて、シンシア・キーティングかフェリシア・カーに話をしましたか？」

「いいえ」

「ミスター・ズィマーには？　あるいは、彼のパートナーには？」

「いったかもしれません。そうだ、いいましたね」

「いつです？」

「彼らにいったときですか？　パーティでだと思います」

「パーティの前には電話しなかったんですね？」

「ええ。電話すべきだったんでしょうか？」

「べつに。しかし、どうしてしなかったんです？」

「そうですね。資料は、ご存じのように、ミスター・ズィマーのオフィスから転送されてきました。ですから、彼はその内容をもう知ってると思ったわけです。それならば、電話する必要はないですよね？」

ふたたび、お茶目っぽく、ちょっと小馬鹿にしたように眉をあげ、にやっとした。それは、きみたち、まったく初歩的なことじゃありませんか、どうしてこんなことでおろおろしてるんでしょうか、といってるようだ。ブラウンは彼の目をぶんなぐってやりたかった。

「この女性のために、ショーが危険にさらされているとは感じませんでしたか？」

「もちろん感じました」

「それと、やがて転がりこんでくる棚ぼたもですな？」

「もちろん」パーマーはいった。「しかし、彼女は一人あたり十万ドルずつ欲しいといったんです！　十万ドルですよ！　一億ドルだって要求するだけなら簡単にできますがね。どちらの金額にしても、もちろん払えませんけど。おわかりでしょう？　マーティンズ・アンド・グレンヴィルの郵便仕分け室で私がいくら稼いでいるか知ってます？　年俸七千ポンドです。十万ドルにはとてもとても足りませんん」

上がった眉。見開いた青い目。ゆがんだ笑い。ブラウンは計算をしていた。七千ポンドは、ドルでいうと年俸一万五百ドルだ。

「それで、あなたは手を引いた」彼がいった。

「手を……」と、肩をすくめ、「引きました。おっしゃるように」と、唇をすぼめた。「私はただ無視したんです」

「そして、彼女は亡くなりました」ブラウンはいって、彼をじっと見た。

「知ってます」パーマーはいった。「タブロイド判で見ました」

今度は、大きな青い目を見開かなかった。驚いた様子も見せなかった。あるとすれば、少し大げさな悲しみの表情だった。キャレラはますますこの男が演技をしているなと感じた。安月給の郵便仕分け室の職員よりもずっと頭が良く、はるかに世慣れた人間のふりをしているのだ。

「その記事を読んだとき、どのように感じましたか？」彼がきいた。

「もちろん、彼女に死んでもらいたいとは思いもしませんでしたがね。絶対に」パーマーがいった。「しかし、これは認めなければなりませんが、みんなにとってはよかったんです」そしてふたたび眉をあげ、目を大きく見開いた。今度はにやっとしない。ただ、そうは思いませんか？　という顔をした。彼はスーツケースの蓋を閉め、コンビネーション・ロックの番号を小刻みに回し、やれやれと手をはたいた。

「さあ、できあがり」彼がいった。

「日曜日は何時に発つのですか？」ブラウンがきいた。

「八時の便です」

「では十分に時間がありますな」

「そうですか？　何のための？」

おまえを捕まえるためのさ、とブラウンは思った。

「昼公演を見るための」彼はいった。「土曜日には、昼の公演がたくさんありますからな」

「ロンドンもです」パーマーはなつかしそうにいった。

開発団地娯楽室の鍵の責任者は年取った黒人で、ただマイクルとだけ名乗った。苗字はいわない。この頃は、誰もが苗字を持っていないらしいと、オリーは気がついた。べつにそんなことはどうでもいいんだが。しかし、オリーは思った。人は自分の苗字に誇りを持つべきだ、それが先祖から受け継いできた唯一の財産なんだから。ところが、どこの医者や銀行でも、バカどもが自分の名前だけをいうんだ。そして、またもやここの鍵の保管者が、自分の名前はマイクルとだけ名乗った。よれよれのおいぼれ黒人になるのも当然だ。

「ジャマイカ人を探しているんだ。顔にナイフの傷跡、ペニスに星の入れ墨があって、サキソフォンを吹くやつなんだ」オリーがいった。

老人は、吹き出した。

「おかしくなんかない」オリーがいった。「たぶん、二人も殺しているんだ」

「そりゃ、おかしくないですわい、わかりました」マイクルは同意してまじめになった。

「このあたりでその男を見かけなかったかね？　ある女性が、ここで、そいつがサキソフォンを吹いていると教えてくれたんだ」

「ロンドンから来た男のことですかな?」マイクルがきいた。

彼らは、みな刑事部屋のキャレラの机のまわりに座って、アルフ・ミスコロが事務室でいれたコーヒーを飲んでいた。オリーだけが、そのコーヒーをまずいと思った。他の連中は長年のあいだにそれほどひどくないと思うようになっただけでなく、パリかシアトルのカフェテラスなら見つかるかもしれない通好みのコーヒーだと思うようになっていた。オリーは、最初の一口をもう少しで吐き出すところだった。

彼は、ダウンタウンのロックフォートで仕入れてきたことを伝えるために来ていた。彼の話を聞いている刑事は、永久とも思える期間、しかし、実際には十月二十九日からのあいだ、この事件のさまざまな側面を追いかけてきたキャレラ、ブラウン、マイヤー、クリングの四人だった。オリーは、トークショーのゲストのような感じがした。キャレラが司会役。他の連中は早く来たゲストで、オリーが熱狂的な口笛と耳を聾するばかりの拍手に迎えられて入場したときに、彼のために席をつめてくれるのだ。ブラウンとマイヤーは、自分の机のところから引っぱってきた椅子に座っていた。クリングはキャレラの机の隅に腰掛けている。

こいつはなかなかステキで、居心地のいいトークショーだ。外の気温は華氏二十から二十二度あたりをうろついている。摂氏に直せば零下六、七度か。今夜のような夜は部屋ん中にいるのがなによりだ。刑事部屋の壁の時計は、見方により、五時十五分過ぎ、あるいは、十七時十五分だった。オリーは、ミスター・マイクルと話をし、例のバナナのレディともう一度話をしてみた――そのときバナナをもうひとつくれた。そのあとすぐに、ダウンタウンからキャレラに電話し、ちょっと待っててくれ、今すぐそこに行くからといった。それが四時十分前。雪のためにオリーは遅くなった。どうしようもなかったんだ、不可抗力だからな、と彼は説明した。依然として雪は降っている。舞い降りてくる雪片が刑事部屋の窓に打ちつけ、入口を必死になって探している幽霊のようだった。

「おれが理解したところでは」オリーがいった。「ブリッジズは十一月はじめの一週間ぐらい、いとこのところにいた。娯楽室の係は、やつがに来たのを覚えている。おれの考えでは、これはやつがサックスの練習ヘールの殺人をやってのけたあとで、帰郷する前のことだ」

「娯楽室の係が、そんなことを全部しゃべったのか？」

「殺人のこと以外をな。殺人はおれの推測だ。係のやつは殺人については何も知らない」

「じゃあ、何を？」

「いとこのこと、サックスのこと、やつが飛行機で帰郷したこと」

「いとことは、話をしたのか？」

「ドアをノックしたが、返事がなかった。しかし、重大なことだから、すぐ動いた方がいいと考えたんだ。で、ここに来たわけだ」

「サックスを吹いてたやつの名前がジョン・ブリッジズだというのは、誰からの情報だ？」

「娯楽室の男さ」

「それから、ヒューストンに帰るってことも？」

「イエスでもありノーでもあるな」オリーはいって、にやりとした。

「当てさせてくれ、いいだろう？」

「彼はテキサスのヒューストンには帰らなかった」

「じゃあどこへ？」

「イギリスのユーストンさ。テキサスのヒューストンと同じようにきこえるんだ。そうだろう。しかし綴りが違うんだ。E-U-S-T-O-Nだ。土地の名前で、ロンドンではそう呼んでいる。おれは、バナナを揚げているレディのところにもどったんだ……」

「ええ？」キャレラがいった。

「開発団地に住んでいるレディだよ。名前はサラ・クローフォード。彼女の揚げたバナナは実にうまい」

オリーは、いまやみんなの注意を一身に浴びていると感じた。

「彼女はジャマイカ人なんだ。ユーストンについていろいろ教えてくれた、それからキングス・クロスについても―

―これはユーストンに近い区で、ロンドンでは区のことをウォードと呼んでいる――そのあたりには売春婦や麻薬の売人や駅がたくさんあるんだそうだ。彼女はブリッジズを直接知っているわけじゃないが、やつのいとこが、やつはユーストンに住んでるっていったんだ。まあ、こんなところだ、そうとも」オリーはいった。「どうだね、ロンドンから来たやつを他に知ってるかい？」

彼らがファーガソン劇場の外で待っていると、ジェラルド・パーマーがその晩八時の公演を見に現われた。彼は、例のベッドの上に並べていた茶色のスーツ、カナリア色で白い襟のついたシャツ、茶色の絹のネクタイの上に紺色のオーバーコートを着ていた。髪の毛とコートの肩に雪がかかっている。彼は、もぎりの近くに立って彼を待っているキャレラとブラウンを見ると、青い目を大きく見開いた。彼の腕にはブロンドの女がぶらさがっている。彼女は、刑事たちが近づいてきたので不思議そうな顔をした。

「ミスター・パーマー」キャレラがいった。「ご同行願えますか？」

「何のために？」彼がきいた。

「二、三、質問したいことがあります」

ブロンドにたいした人物だと思わせようとしているかのように――あるいは単にバカだからか――パーマーは前と同じように目を見開き、作り笑いをし、挑戦的な表情を浮かべた。

「まことに残念ですが」彼はいった。「他に予定がありますので」

「われわれもです」ブラウンがいった。

パーマーは二人のずうずうしいレポーターの相手をする首相を演じながら、その〝ばかばかしい仕事〟を片づけるあいだ一人で劇を見てもらえないかとブロンド嬢に丁重に申し入れ、彼女は受け入れた。彼は、アプタウンに向かうあいだ、ずっとこの市の警察のことで文句をいっていた。警察は、外国人をこんなふうに扱う権利はないと。いうまでもなく、警察にはそうした権利がある。外交特権でも持っていないかぎり、法律は市民にも訪問者にも同じように適用されるのだ。彼らはパーマーを拘束すると、すぐに彼の権利を読んでやった。この権利はイギリスで定められているものとは、大きく異なっている。しかし、彼の説明によれば、今までに警察のお世話になったことなどないそうだから、どのみち彼はよく知らなかった。それどころか、どうして警察に拘束されているのかさえ理解できないと言い張った。この科白は、斧殺人鬼からマシンガン・ケリーにいたるまで、何世紀にもわたり繰り返し聞かされてきたお馴染みの歌だ。

外国人であることを考慮して、彼らは、取調室よりはるかに居心地のいい警部の部屋に彼を座らせ、ミスコロのいれたコーヒーか、お好きなら紅茶でもどうか、と勧めた。それに対し、彼はまたもや目を大きく見開き、眉を上げ、口をへの字に曲げて、憤慨の表情をしてみせた。そして、イギリス人は誰でも同じ行動をとるものだと思う必要はないし、実際、彼はめったに紅茶を飲まなくて、好きな飲み物といえばコーヒーが好きなのだといった。そのくどい言い方は、彼が真似したくないと思っているある種のイギリス人そっくりだった。

「それでは、お聞きしたいのですが、ミスター・パーマー」キャレラがいった。「ジョン・ブリッジズという名の人物を知ってますか？」

「いいえ。誰です？」

「われわれは、彼がアンドルー・ヘールを殺害したと考えてます」

「お気の毒に。私はアンドルー・ヘールを知っていなければならないのですか？」

「自分の知っていることだけを、知っていなきゃならないんです」キャレラがいった。

「すばらしいことですな」パーマーがいった。

「彼はユーストン出身です」

「アンドルー・ヘールが？」

「ジョン・ブリッジズです。ユーストンがどこにあるかご存じですか？」

「もちろんです」

「ユーストン出身の人を誰か知ってますか?」

「いや」

「キングス・クロスは?」

「そのあたりは、よく出かけるところではありません」パーマーがいった。

「ロンドンではジャマイカ人の知り合いがいますか?」

「いいえ」

「アンドルー・ヘールがむずかしい人物だということをいつ知りましたか?」

「アンドルー・ヘールという名前の人は、知りませんよ」

「シンシア・キーティングの父親です。彼が《ジェニーの部屋》の原著作権を所有していたことをご存じでしたか?」

「彼のことも、彼が持っていたらしい権利のことも、何ひとつ知りません」

「誰もあなたにその話をしなかったのですか?」

「誰一人」

「では、今初めて知った、それに間違いありませんね?」

「ええと……違います。正確に今というわけではありません」

「それでは、もっと前に知っていた」

「ええ。そう思います。考えてみれば」

「いつ知ったのですか?」

「覚えていません」

「十月二十九日より前だったでしょうか?」

「そんな昔のことを誰が覚えていますか?」

「どうやって知ったかは覚えていますか?」

「たぶん新聞だったろうと思います」

「何新聞でしょう、思い出せますか?」

「すみません、思い出せません」

「いつのことだったかは、どうです?」

「残念ですが、だめです」

「イギリスの新聞でしたか?」

「いえ、それは絶対に違います」

「では、アメリカの新聞だった。間違いありませんね?」

「どこの新聞だったかわかりません。イギリスのだったかもしれません。本当にわかりません」

「しかし、今、イギリスのではないとおっしゃった」

「ええ。しかし、本当は覚えてないのです」

「シンシア・キーティングについては、どのくらいご存じですか？」

「ほとんど知りません。一週間前に初めて会いました」

「どこでですか？」

「コニーのパーティで」

「初顔合わせでですね？」

「もちろん、そうです」

「その前に彼女と話したことは一度もないのですか？」

「一度も。彼女と話してなければおかしいのですか？」

「ちょっとどうかなと思っただけです」

「そうなんですか？　何について？」

「あなたが彼女と最初に話をしたのはいつか、についてです」

「もういいましたよ……」

「いいですか、われわれは、ミスター・ブリッジズがロンドン出身だということを知ってから……」

「大都会です、ご承知でしょうが」

「ええ、知っています」

「彼と私が知り合いだったかもしれないとおっしゃりたいのなら、それは……」

「しかし、あなたはそうじゃないとおっしゃった」

「そのとおりです。人口はこの市よりも多いんですよ。だから、もし私がジャマイカ人を知っていたかもしれないとおっしゃりたいのなら、しかもユーストンかキングス・クロス出身の……」

「しかし、あなたはご存じない」

「そうです」

「そして、シンシア・キーティングとも会ったことがない……」

「ええと、あのときまでは……」

「コニー・リンドストロームのパーティまでは、ですね？」

「そのとおりです」

「それ以前は彼女と一度も口をきいたことがない」

「一度も」

「その点になるとわれわれはちょっとおかしいと思うんですよ。メモを調べてみますと。ミスター・ブリッジズが……」

「メモをつけているんですね？　なんと賢明な」

「ミスター・パーマー」キャレラがいった。「そんなに偉そうな口をきかない方がいい」

「まずいことになっているとは、気がつきませんでしたな」パーマーはいって、眉を上げ、目を大きく見開き、いたずらっぽく笑った。「私はただ、ロンドン出身の者は大勢いるといいたいだけです」

「ええ。しかし、誰もがシンシア・キーティングの父親と関係しているわけではありませんよ」

「私は生まれてこの方、アンドルー・ヘールなる人に会ったことはありません。あなたがおっしゃっているように、彼と関係があるなんてことは絶対にありません」

「ミスター・パーマー」キャレラがいった。「マーサ・コールリッジが、あなたがた一人一人に十万ドルずつ要求したということを、どうして知りましたか？」

青い目がふたたび大きく見開かれた。眉が上がり、唇がへの字になった。

「ええと……ちょっと待ってください」彼はいった。

彼らは待った。

「ミスター・パーマー？」キャレラがいう。

「誰かが話してくれたんですな」

「そうですね。誰でした？」

「思い出せません」

「ミス・コールリッジとは、直接話をしたことはありませんね？」

「もちろんしていません。その女性と会ったこともありません」

「では、誰が話してくれたんですか？」

「まるっきりわかりません」

「シンシア・キーティングでは？」

パーマーは返事をしなかった。

「ミスター・パーマー？　シンシア・キーティングじゃなかったんですか？」

まだ、何もいわない。

「彼女が、戯曲の著作権は父親が持っているということも話してくれたんではないですか？」

パーマーは腕を組んだ。

「それから、父親がその権利を手放すのを拒否していることも？」

パーマーの表情は、自分の馬車が玉石道で腕白小僧をひいてしまったのに、御者に先に進めと命令している者のようだった。

「私はそうだと思いますがね？」キャレラがいった。

パーマーはブロケード織りのベストのポケットからエナメルの嗅ぎタバコ入れを取り出し、もったいぶった様子で蓋を開け、ひとつまみの嗅ぎタバコを両方の鼻孔に吸いこんだ。

あるいは、そこに集まっていた警官にはそう見えただけかもしれなかった。

彼らはネリー・ブランドに電話し、自分たちが握った情報を詳しく説明した。少なくとも、第一級殺人の共同謀議については大丈夫と思うといった。ネリーはシンシア・キーティングを連れてくるようにいい、彼女自身は三十分後に到着した。刑事部屋の時計は七時三十五分を指していて、外はまだ雪が降り続いていた。

それから十分後にシンシアが連行されてきた。トッド・アレクサンダーは八時十分に一行に加わった。彼はただちに、依頼人はいかなる質問にも答えるつもりはないといい、今すぐ何かの罪で起訴するというのでなければ、依頼人は退出すると警告した。

後は、誰が最初に我慢しきれずにしゃべりだすかだけだった。

「私だったらそんなに急ぎませんね、トッド」ネリーがいった。「ここでたくさんお金がかせげるはずよ」

「ほう？　どうしてそういうことになるのですかな？」

「私は二つの殺人事件を関連づける予定よ。とても長い裁判になると思う。あなたの依頼人が大金持ちだといいわね」

「あなたがおっしゃる二つの殺人事件とは？」

「第一に、ミセス・キーティングの父親の依頼殺人？」

「なるほど、依頼殺人ですか」彼はシンシアの方を向いていった。「依頼殺人は第一級殺人罪になります」

「それがどういうことなのか、彼女に教えて上げたらどうです、トッド」

「どうしてそんな無駄なことを？　彼女にその罪を着せようとしてるんですか？　第一級殺人の？　もしそのつもりなら、どうぞ」

「何をそんなに急いでいるんです？　私のいうことを終わりまで聞きたくないの？　あなたの命を助けてあげられるわ」ネリーは、シンシアの方を向きながらいった。「あなたの大金も助けてあげるわ」

「ありがとう」シンシアがいった。「でも、私の命は危険ではない……」

「ごまかさないで……」

「……それに、私は金持ちになるわ、もしジェニーの……」

「第一級殺人罪に対する刑は致死注射による死刑よ」ネリーはいった。「本当にお得な取引を提供してもいいわ」

「はっきりいって、何を握っているんですか」アレクサンダーがきいた。

「あなたの依頼人が一財産になると思っているものの前に立ちはだかっていた老人のことがわかってるわ。それからロンドンに同じような見方をしたバカがいたこともわかっています。その二人が共謀で……」

「ミセス・キーティングと、ロンドンの何者かのことをいってるんですか？」

「ジェラルド・パーマーという特定の人物よ。この人も、ショーがヒットすれば一財産つくれたはず」

「それで、その二人が、ミセス・キーティングの父親殺害を共謀した、とそういいたいわけですか？」

「われわれの推定は、そういうこと」

「大胆な推定ですな」

「イギリス人は、共謀殺害では昔から有名なんです」

「もちろん、リチャード二世でしょう」

「もっと最近でも」

「ということは……」

「私がいいたいのは、その二人が、ジョン・ブリッジズというジャマイカ人の殺し屋を見つけて、アメリカにつれてきた……」

「ネリー、冗談はやめてくださいよ」

「ロンドン警視庁が、ちょうど今頃彼の前歴を調べているわ。あちらから連絡がありしだい……」

「今度はシャーロック・ホームズですか」

「いいえ。フランク・ビートンというただの刑事よ」

「まったくばかげているわ」シンシアがいった。

「いいでしょう。一か八かやってみたら」ネリーがいった。

「彼女から何をききたいんです？」

「相棒と、殺し屋」

「それじゃあ、みんなだ」


「いいえ。二人だけです」

「彼女への見返りは？」

「あなたがたがお話ししているのは、私のこと？」シンシアがきいた。

「ちょっと待って、シン」アレクサンダーがいう。

「気にしないで。この人がすでにしっかりしたものを握っているなら、ここで取引の話なんか言い出さないでしょう」

「そう思うの？」ネリーがいった。

「見返りは何です？」アレクサンダーがきいた。

「彼女が二人の名前を教えてくれたら、第二級殺人罪に下げてあげるわ。バリウムのカクテルの代わりに、二十年から終身ね」

「十五年に下げてくれ」アレクサンダーがいった。

「二十年。仮釈放の推薦をつけるわ」

「そんなことといわずに、最短刑期にしてほしい」

「十五年なんて、仮釈放なしに過ぎてしまうこともあるわ」ネリーがいった。「それから、二十年、三十年、四十年と過ぎ、それでも仮釈放なし。あなたが知らないうちに、ご婦人は一生そこで過ごすことになるわ。私の忠告をききなさい。推薦付きの二十年」

「出たときには六十歳になってしまう！」

「五十七よ」シンシアが訂正した。

しかし、彼女は考えていた。

「それがいやなら、一か八かやってみてもいいのよ。ただ死刑の可能性があることを覚えておいて。五、六年死刑を待っているあいだに、すべての上訴手続を使い果たしてしまう——そういうことよ」

「十五年後に、仮釈放の推薦」アレクサンダーがいった。

「それはできないわ」

「二十年じゃうまくないですよ」

「あのカクテルはどのくらいおいしいの？」ネリーがきいた。

10

最初に接触してきたのはパーマーの方で、九月のことだった。

彼は、電話でシンシアに大西洋の向こうのノーマン・ズィマーという人から電話があったといった。《ジェニーの部屋》をもとにしたミュージカルを製作している人だが、ご存じですか……？

「ええ。私にも連絡してきました」シンシアがいった。

「こんなふうに、ご迷惑をおかけしたくないのですが」彼はいった。「私の理解では、このプロジェクトは、あなたのお父上の非妥協的な態度のために立ち往生するかもしれないそうですね」

「ええ。わかってます」シンシアがいう。

「非常に残念だとは思いませんか？」彼はいう。「少しばかりの金を儲けられる立場にある人が大勢いるんですよね」

「わかります」シンシアがいった。

「お父上にお話ししていただけませんか？」

「もう話しましたわ」彼女がいった。「態度を変えるなんてことはありえません」

「まったく残念だ」

「父はジェシカを守ろうとしているのです」

「誰ですか、その女性は？」

「ジェシカ・マイルズ。劇の原作者ですわ。父は彼女ならミュージカルの再演を喜ばないだろうと思っているんです」

「本当ですか？　どうしてです？」

「ひどい出来だったからということです」

「私はそうは思いません。あなたは？　私は祖父の脚本を読みましたし、音楽も聴きました。本当にとてもいいものでした。それに、新しい歌をつくらせています。脚本もです――誠に残念ですな。本当に素晴らしいチャンスだと思っているものですから。実際、われわれはかなりの金持ちになれると思うんですよ。もし公演されることになればの話ですが」

電話に雑音がはいった。

彼女はロンドンを思い浮かべようとした。まだ行ったことがないのだ。彼女は煙突頭部の通風管や小石を敷き詰めた通りを想像した。襟がすすで汚れている男や、腰のくびれた長いドレスを着た女を想像した。時を告げるビッグベンや、テムズ川のレガッタを想像した。こういったことをすべて想像した。そして、いつかロンドンに行くことを想像した。

「もう一度、お父上と話してもらえませんか？」パーマーがいった。

次に、電話したのは彼女で、十月の初めのころだった。彼がちょうど仕事から帰ってきたところで、ロンドンでは七時、こちらアメリカ側ではまだ午後の二時だった。彼は〝ベッドフォード・スクエア最後の出版社〟で働いているといった。この言い方は、今までもちょくちょく使っていたんだろうと、彼女は推測した。事実、彼のしゃべることは、すべて研究され準備されているかのように聞こえた。まるである役について勉強し、それを単に演技しているだけのようだ。不自然なのだ。彼のいうことは、すべて人工的で練習を重ねたものだと思わせる何かがあった。彼女はそう思った。言葉の背後に、実質的なものが何もないかのように聞こえる。

「あれからお父上にはお会いになりましたか?」彼がきいた。

「五、六回」彼女がいう。

「それで?」

「行きづまっています」

「うーむ」

「父は聞く耳をもちません。戯曲は神聖な信頼で……」

「ばかげた話だ」

「でも父はそう信じているんです」

「戯曲はかなり昔に書かれたんでしょう」

「一九二三年です」

「ノーマンは最低だといってましたよ」

「父は最高だと思っているのです」

「オールドミスが牛にキスしたとたとえられるように、人それぞれですからな……」

「でも、今、この時期に来たのは残念ですわ。チャンスが、ということですけれど。ミュージカルを再演するという」

「どういうことです?」

「あのう……十年先だったら、ずっとよかったんではないかと」

「私にはわかり……」

「気になさらないで。こんなことというべきではありませんでした」

「すみません。私にはまだ……」

「つまり……父が、まったく健康だとはいえないんです」

「それはお気の毒に」

「それに、父と違って、私には問題はありません」

「問題? どんな……?」

「例の戯曲ですわ。それをミュージカルとして再演することに。私は気持ちのうえでジェシカ・マイルズに何のひっかかりもないんです。その女《ひと》に会ったこともありません。私がいいたいのは、彼女の戯曲は私にはどうでもいいということです。それどころか、是非ともミュージカルを再演してもらいたいと思っています」

「しかし、それと十年先とはどういう関係が……」

「ほう？」

「父が例の権利を私に残してくれるんです」

「彼女の戯曲に対する権利を。父が死ねば。遺書に書いてありますの」

「そうですか」

「ええ」

長い沈黙が流れた。

「でも」彼女がいった。「今から十年先の話ではないんですよね」

「ええ、そうなんです」パーマーがいった。

「今です」彼女がいう。

「ええ」彼がいう。「今です」


彼は、ふたたび十月十八日に、彼女に電話した。アメリカでは真夜中だった。彼は、ロンドンは朝の五時だが、眠れないんだといった。

「お父上のことをずっと考えていたんです」彼がいった。

「私も」彼女がいった。

「お父上があの権利を手放さないとはなんとも残念です、そう思いませんか？　失礼ですが、あなたの立場をよくわかるように説明しましたか？　ミュージカルを実現したいというあなたのお気持ちを話しましたか？」

「もちろんです。一千回も」

「あのう……お父上は、ご自分が亡くなればすぐに……失礼……あなたがあの戯曲を思いのままにできるということをおわかりのはずです。そうは思いませんか？　それがおわかりではないのですか？」

「もちろんわかっていると思います」

「ずいぶん不公平だと思うんですよ、そうじゃありません？」

「ええ」

「特に、お父上の体調がすぐれないのですから」

「二度心臓発作を起こしましたわ」

「あなたも、お父上がすぐにでも戯曲を譲ってくださると思ったでしょう。そうしてくれるにきまっていると。祝福しながら、さあ、シンシア、おまえのものだ。好きにしていいよと」

「一人娘ですし」シンシアがいった。

「普通だったらそう考えますよ」

「でも父は違います」

「しかし、人はある年齢に達すると……」

「そういうことじゃありません。父は、ただの頑固などうしようもない老人です。私ときどき思うんですけど……」

彼女は話の最後をぼやかした。

彼は待った。

「明日にでも死んでくれればいいのにと、思うことがあります」彼女はいった。

ふたたび沈黙。

「まさか、本気じゃないですよね」彼がいう。

「本気じゃないと思うわ」

「そうですよね」

「でも、私は本気よ」彼女がいった。

パーマーと同じ郵便仕分け室に、チャールズ・コールワージーというジャマイカ人がいた。その男がデルロイ・ルイスというもう一人のジャマイカ人を知っており、そのジャマイカ人がまた別のジョン・ブリッジズというジャマイカ人を知っていた。その男は彼らのいうところのれっきとした〝ヤーディー〟だった。パーマーは、それはイギリスの俗語で、暴力と麻薬に関わっているジャマイカ人の若者をいうのだと説明した。

「父をひどい目にあわせるなんていやよ」シンシアが即座にいった。

「もちろんそんなことにはなりません」

「暴力っておっしゃったでしょう」

「絶対苦痛はないといってましたよ」

「その人に会ったのですか？」

「五、六回」

「名前は？」

「ジョン・ブリッジズ。彼はいつでもやれる状態になっています。まだそのつもりでいるのでしたら」

「考えに考えてきました」

「私もです」

「正しいことのように思えるのですが、そうじゃありません、ジェリー？」

「そうですね」

長い沈黙。

あまりにも速く事が進んでいるようにみえる。

「いつ……いつやるのかしら？」

「月末にならないうちに。彼を紹介してもらう必要があります。あなたにその段取りをしてもらわなければ」

「紹介？」

「お父上に」

「その人、黒人ですか？」

「ええ。しかし、非常に色が薄い」

「私、黒人の知り合いなんていませんわ」

「目は非常に薄い青」パーマーがいう。「笑顔がとてもいい。あなたは彼を紹介するだけでいいんですよ。後は彼が始末します」

「私はただ黒人の知り合いがいないといいたかっただけです」

「うーむ……」

「なんていったらいいかもわかりません」

「ロンドンの友だちだといったらどうです」

「ロンドンに行ったことがありませんわ」

「友だちの友だちともいえますよ。四、五日滞在する予定で、お父上に紹介したい。そういってもいいでしょう」

「父に会いたい人なんているかしら？」

「彼はこちらの病院で働いたことがあるといってもいいです。ちょうどお父上がなさっていたように。そういえば二人に共通の話題が生まれます。ロンドンの病院の名前をお教えしましょう」

「今まで、父に誰かを紹介したことなんかないんです」

「彼の警戒心を解くことになるはずですよ」

「でもきっと疑うわ」

「あなたが紹介したいと思う人なら誰でもいいんですよ。例えば、看護士。お父上がそうだったでしょう」

「父を苦しめないわね?」

「絶対に。心配ありません」

「いつだっておっしゃいました?」

「われわれが正式に許可すれば、すぐにでもそちらに向かいます。前金として半額、終わってから半額要求しています」

「いくらといってますか?」

「五千」

「それって高いのかしら?」

「私は妥当な金額だと思います。ドルです。ポンドではありません」

「父を痛い目にあわせたくないんです」彼女はまたいった。

「だいじょうぶです」

「そう……」


「彼に連絡しなければならないんですよ」

「どうしたらいいと思います?」

「やるべきだと思います。二千五百ドルといったら私には大金です。しかし、重大な投資と考えていますから……」

「ええ」

「……出世するチャンス。もちろん、あなたのお立場は知りません……しかし……私は生まれてから一度も豊かだったことはないんです、シンシア。郵便仕分け室で働くばかりで、ウインザー宮のダンスパーティに何度も招待されることなんてないんです。もしこのショーがヒットすれば、私の生活は何もかも変わります。私の人生は……そうですね……華々しいものとなるでしょう」

「そうですね」彼女がいった。

「私は、やるべきだと思います」彼はいった。「心からそう思います」

「それでは……」

「同意していただければ、こうしようと思うのですが。ジョンがロンドンを発つ直前に私が半額払っておきます。あ

なたは彼の仕事が終わったら残りの半額を払ってくだされ
ばいい。アメリカで。終わった後で。それでよろしいでし
ょうか？」
「いいと思います」
「では彼に電話してもいいですか？」
「ええ」
「われわれはやるつもりだといっても？」
「はい」
弁護士や刑事と一緒に警部の部屋に座っていた彼女は、
目を伏せていった。「ジョンはとても魅力的で、彼と父は
たちまち意気投合しました。でも、その後で、たいへん困
ったことになったのです。彼は事故に見せかけるといった
のに、そうじゃなかったんですから」
ジェラルド・パーマーは、警官にどんな罪になるのかを
聞かされるとすぐに、英国領事館に電話した。やってきた
領事はジェフリー・ホールデンという四十代半ばの太めの
男だった。剛毛の口髭をなでているところは、騎馬隊長の
ようにみえる。彼は厚手のオーバーコートを脱ぐと、部屋
の隅の洋服掛けにかけた。その下には、ベスト付きのくす
んだグレーのスーツを着、明るい黄色のネクタイを締めて
いた。彼はパーマーにパーマーが今週初めてのＤＢＮだ
といい、苦しい状況に置かれたイギリス人（Distressed
British National）の略だと楽しそうに説明した。
「殺人だそうですな？」彼はいった。「あなたは、誰を殺
したんです？」
「誰も殺していませんよ」パーマーがいった。「バカなこ
とをいわないでください」
「アメリカの法律を説明しましょう」ホールデンがいった。
「もし実際に誰かを雇って誰かを殺させたのなら、引き金
を引いた者と同じ罪になる。依頼殺人は第一級殺人罪で、
刑は致死注射による死刑です。ここではバリウムを使いま
す。大量のバリウムを投与し、心臓を止める。殺人の共同
謀議もＡ級の重罪です。もしあなたが、そのどちらか、も
しくは、両方をやったのなら……」
「やってません」

「私はただ、あなたはたいへん悪い立場にいるといおうとしただけです。もしそういうことをやったのならですが。しかしあなたはやってないとおっしゃる」

「そのとおりです」

「ところで、イギリス人であってもそのことは言い訳になりませんぞ。免責特権は与えられません」

「免責特権など必要ありません。何もしてないんですから」

「それはよかったですな。ところでジョン・ブリッジズなる人物を知ってますか?」

「いいえ」

「警察では、あなたは彼を知っていると思っているようですよ」

「知りませんよ」

「チャールズ・コールワージーという男はどうです?」

パーマーの目が大きく見開いた。

「あなたと一緒に働いているはずですが、マーティンズ・アンド・グレンヴィルで。いい出版社なんでしょう? 彼を知ってますか?」

パーマーは考えこんでいた。

「警察の言い分では」ホールデンがいった。「コールワージーがデルロイ・ルイスという人物を知っていて、その男の紹介であなたはブリッジズという男と接触した。シンシア・キーティングとあなたはそのブリッジズに五千ドルを支払い彼女の父親を殺させた。しかし、実際はそうではないんですな?」

「実は、コールワージーを知っているんです。しかし……」

「そう、知っているんですな?」

「はい。われわれは郵便仕分け室で一緒に働いています。しかし、私は絶対に雇ったり……」

「それは結構。警察の間違いだといってやりましょう」

「しかし、警察は、どこで名前を知ったのでしょうか?」

「ご婦人からです」

「名前は?」

「シンシア・キーティング」ホールデンはいって、ベストのポケットに親指をかけた。「彼女があなたのことをばらしてしまったんですよ」

パーマーは、彼を見た。

「しかし、あなたになんの関係もないのなら……」

「ちょと待ってください。どういうことです？　彼女が私の同僚の名前を教えたからといって……」

「もう一人の名前も。デルロイ・ルイスです。この男がブリッジズを紹介し、ブリッジズが彼女の父親を殺した」

「私が知っているのは、チャールズだけです。同僚ですから。彼女に、彼の名前をいったかもしれません。なにげない会話のときかなにかに。もし、そういうことがあったとしたら、彼女が自分で、直接彼に接触したに違いありません」

「ほう」ホールデンが頷いた。「誰か父親を殺すのを手伝ってくれそうな人を知らないかときくためにですか。そういうことですな？」

「ええと、私……私は、彼女が彼とどんな話をしたかは絶対に知りません」

「それでは、父親の殺人の手配をするために、彼女自身が直接ロンドンに電話した。あなたはそう考えられているわけですね？」

「私にはどんな考え方もありません。ただ私は、説明しようと……」

「そうですか。あなたは、個人的に、この事件とは何の関わりもないといいたいわけですな」

「まるっきり関係ありません」

「となると、ミセス・キーティングが嘘をつこうとしていることになりますな。事実、もう嘘をついてしまっていますよ。彼女は取引を受け入れたんですよ。警察は共謀罪は取りやめて、殺人罪を第二級に下げました。二十年から終身で、仮釈放の推薦をつけてます」ホールデンは一息ついた。「あなたにも、同じような取引を出してもいいといってくれるかもしれませんな。しかし、おそらく無理でしょう」

パーマーは、彼を見た。

「関連殺人のためです」

パーマーは、彼を見続けていた。

「後の件は、あなたが一人でやったと、考えているようですよ。老婦人のことです。マーサ・コールリッジ。私には、彼女が一連の計画のどこに組み込まれていたのか、まったくわかりませんが。しかし、彼女は盗作の訴訟を起こすと脅していたようですな。今私がお話ししたご婦人をご存じですか？」

「ええ」パーマーがいった。

「それは、二件目の第一級殺人になります」ホールデンはいって、口髭をなでた。「で、結局、同じ取引はしてもらえないと思いますね」

「私は、取引を望んでいるわけではありません」

「もちろんそんなはずはないでしょうな。あなたは何もしてないんですから」

「そうです」

「このことは、忘れるようにいいましょう」

「もちろんです。何の証拠もありません」

「しかし、警察には、あの女性の自白があります。もちろん、それであなたは巻き添えをくったわけです。それに、わが国の警察もブリッジズからもっと何かを聞き出すでしょう、もし彼が見つかればの話ですが。今、彼を捜しています。それは、はっきりしています。ユーストンでね。彼はユーストンに住んでるんですよ」

パーマーはまた黙り込んだ。

「おわかりでしょうが、あなたには保釈金が認められません」ホールデンがいった。「あなたは殺人事件に巻き込まれた外国人です。誰もあなたが逃亡するかもしれない危険を冒したくないのです。実際、何らかの形で騒ぎが収まるまで、あなたのパスポートを渡すように要求するでしょう」彼は大きなため息をついて「さて、あなたに弁護士を見つける手配をしましょう」というと、オーバーコートのかけてある部屋の隅に行った。肩をすぼめてコートの袖を通し、ボタンをはめながら、パーマーに背中を向けたままいった。「ひょっとして何か……彼らに提供してもいいものをお持ちでないでしょうね？」

「どういうことです？」

ホールデンは彼の方に向き直った。

「というのは」彼はいった。「あなたに、はっきりいっておかなければなりませんが、あの女性の自白だけで、彼らは十分起訴できるんです。それに、もし例のジャマイカ人が捕まって、あなたに不利なことをしゃべれば、ますますあなたの立場は悪くなるでしょうな。しかし、そうでなくても彼らの立場は強いのです」

「でも、私は何もしてないんです」

「そうでしたな。このことは、忘れてくれたまえ。悪かったですな。私から警察の方にいいましょう」彼はドアを開け、ためらい、ふたたびパーマーの方に向いていった。「ダイヤモンドバックで刺し殺された黒人の少女については、何も知らないでしょうな?」

パーマーは、ただ彼の顔を見るばかりだった。

「アルシーア・クリアリー? 警察は、事件を整理するのが好きでしてね。その殺人について、あなたが何か情報を提供できれば……もっとも、警察は、この事件についてはあなたを巻き込むつもりはありません。例のジャマイカ人が、一人でやったと考えているようです。少女と口論でもして、カッとなって。ま、どうでもいいことですが」彼の声が低くなった。「しかし、彼がそのことについて、何かをあなたにいってたとしたら……たぶんロンドンに帰る前に……取引する価値があるかもしれませんが?」

パーマーは何もいわなかった。

ホールデンはささやくようにいった。「彼はただのヤーディーですよ、知ってるでしょうが」

パーマーは身じろぎもしなかった。

「さて、私の考え違いでしたかな」ホールデンはいった。

突然、この男はただの大バカ者なんだという考えが浮かんだ。

彼はまたため息をつき、部屋から出ていった。

刑事部屋では、アルシーア・クリアリーに何が起こったのか、みんながいろいろ想像をめぐらしていた。

「彼女はジャマイカ人を自分のアパートに連れていった」まずパーカーが考えを述べた。「彼が飲み物にロープを入れた。うまくいったと思った。しかし、効くのを待っているあいだに、彼女が何気なさそうにいったんだ。私は仕事でやっているの、これは二百ドルかかるのよ、って。今まで、男だろうと女だろうと、金を払わなければならないことなんてなかったから、彼は気を悪くしたんだ。それで刺しちまった」

「その可能性はあるな」ブラウンがいった。「しかし、忘れていることがあるぞ」

「何だ？」

「彼はゲイなんだぞ」

「両刀使いさ」

「両刀使いだと思ってるだけだ」

「両刀使いでなけりゃ、あそこに行かなかっただろう」パーカーがしつこくいい張った。

「彼はアパートに入り」めげずにブラウンがいった。「飲み物に薬を入れ、彼女にモーションをかけ始めた。困ったことに彼はゲイだから、彼女だと立たなかった。で、やれなかった。だから、頭にきて、彼女を刺した」

「そうだな、それもありうる」マイヤーがいった。「しかし、他にも可能性があるぞ」

「何だ？」

「ブリッジズが薬を入れる、そこはいいな？　五分かそこらして、彼女は気分がおかしくなる。飲み物に何かいれたでしょうと彼を責める。彼はパニックにおちいり、カウンターのナイフを取って、お見舞いする」

「そう、たぶんな」クリングがいった。「でも、おれの考えはこうだ。彼がアパートに入る……」

「ピザを欲しいのは誰だい？」パーカーがきいた。

「彼らは、ヤーディーのことを、イギリス人の偽造または盗難パスポートを使って入国する者といってます」キャレラがいった。「通常は——必ずしもそうとはかぎりませんが——ジャマイカ出身の黒人で、年齢層が十八から三十五歳ぐらい。すでに犯罪歴があるか……」

「ブリッジズにはあるのかね？」バーンズがきいた。

「その名前では、ファイルにありません。彼らの話では、そのあたりの新入りかもしれないそうです。絶えず出入りがあるそうで。大部分の者は麻薬取引に関わっています。ロープを手に入れるなんて、やつにとっては何でもないことです」

「何かで指名手配されているということは？」

「イギリスではありません。ともかく、今までのところは」

「いずれそうなるさ」バーンズがいった。

「今のところ、やつはロンドンのどこかを逃げ回っています」

「あるいは、マンチェスター」

「あるいは、どこでもいい。事実、われわれには彼は必要ないんですよ、ピート。ネリーが外的行為で十分だといってます」

「共同謀議と外的行為か、そうだな」

「それを彼女はもうおさえています」

「じゃあ、皇太后に心配してもらおう」バーンズがいった。

オリーは、最初のデートを誘うティーンエージャーのように、非常にどきどきしていた。彼女がくれた名刺の番号をダイヤルし、三回、四回、五回……と鳴らした。

「ハロー？」

「ミス・ホブソンですか？」

「そうですが？」

「刑事のウィークスです。ピアノのレッスンについてお話ししたことがありますが、覚えていらっしゃいますか？」

「いいえ。刑事のどなた？」

「ウィークス。オリヴァー・ウェンデル・ウィークスです。アルシーア・クリアリー殺人事件を捜査していまして。覚えていらっしゃいませんか？ ビッグ・オリーとときどき呼ばれています」彼はいったが、それは嘘だ。「曲を五つ習いたいといったんですが、覚えていらっしゃいませんか？」

「ああ、思い出しました」彼女がいった。

「まだ同じ気持ちです」

「そうですか」彼女がいった。

「リストを作りました」彼がいった。

「犯人は見つかりましたか?」

「誰のことですか、ミス・ホブソン?」

「アルシーアを殺した人ですよ」

「やつは今ロンドンにいます。あちらの警官にまかせています。非常に優秀なはずです。いつから始められますか、ミス・ホブソン?」

「どの曲を習いたいかによりますわ」

「ああ、やさしいものばかりです。ご心配なく」

「それは心強いですわ」彼女はそっけなくいった。「でも、具体的にいっていただかないと」

「当ててみてください」彼はいって、電話に向かってにやりとした。


彼らは、自分たちが人種暴動の渦中にいるとは、火の粉がふりかかるまで気がつかなかった。そのときまで、彼らは仲良くテレビを見ながらいつのまにかまどろんでいた。クリングは明日は八時に刑事部屋に出勤しなければならないとわかっていたし、シャーリンも、彼女の一日が同じ頃にランキン・プラザ二四番のオフィスで始まることがわかっていた。二人とも暴動がおきるとは予想もしていなかったから、驚いてしまった。

解説者の連中が戦争、選挙、結婚、株の暴落、裁判、災害、野球などありとあらゆることに対する総合意見を述べていた。アメリカではニュースをただ流すだけでは不十分なのだ。今流したばかりのニュースについて、半ダースほどの解説者に意見を並べたててもらわなければならない。騒々しいテレビ越しに、クリングがシャーリンに、今テレビが締めくくったばかりの今回の事件では、他人を密告する人が異常なほど多くて、密告者が一斉にみさかいなく白状しているといった。そのとき突然、解説者の一人のブロンドが〝いわゆる警察官の沈黙〟について何か発言した。シャーリンが「シー」といい、解説者の別の一人、黒人の男が、ミラグロス事件で被害者が白人なら警官が黙っていることはないだろう、と叫んだ。すると、また一人、今度は白人が、「あなたがおっしゃっているその哀れな被害者は、殺人鬼なんですぞ」とわめいた。クリングが「ミラグ

「……ただそこに行ったのが、誰だかわからないのです。もし知っていれば……」

テレビの中で黒人の男がいった。「彼らを中に入れた男なら知ってるはずです」

「この市の警官ならみんな知ってるわ」シャーリンがいった。

「おれは知らないぜ」クリングがいった。

わーわーと入り交じったわめき声が、罵倒の洪水となってテレビからこぼれ、声と激情がどんどん高まっていった。

「ばかげた態度を維持しないで……」

「黒人の警官もいるんですよ。私には、彼らが……」

「名乗りをあげてください、もし……」

「密告者になれと頼んでいることになりますよ」

「密告ではありません、もしその人が……」

「ミラグロスは拘束されているんです！」

「彼は犯罪者ですぞ！」

「彼をぶちのめした警官だって犯罪者じゃありませんか！」

ロスのやつも、おれが悪《わる》だといおうとしている連中の一人なんだ」といったとたん、シャーリンがまた「シー」といった。事実上、密告の連鎖ともいえる事件でヘクター・ミラグロスはマキシー・ブレインに見限られ、マキシー・ブレインはベティ・ヤングに見限られたといいたかっただけなのに。

「そこに入っていった者が、白人か黒人かはまだわかっていないのです」解説者の一人が叫んだ。

「本当に警官だったかどうかもわからないのです」別の誰かが叫んだ。

「彼らは、警官で白人ですよ」

「絶対そうよ」また別の誰かがいった。しかし、その声はテレビからではなかった。クリングの隣りの枕から聞こえてきた。彼は彼女の方に向き直った。

テレビのブロンドが非常に冷静にいった。「私は、このような残虐な行為を目の当たりにして、この市の警察官が沈黙を決め込むとは思いません。警察……」

「そんなの嘘よ」シャーリンがいった。

「人を殺してます！」

「……彼をもう少しで殺すところでした！」

「彼は黒人ですぞ！」

「ああ、あんなこといっちゃって」クリングがいった。

「だから彼をぶちのめしたんでしょう！」

「その調子」シャーリンがいった。

テレビの怒鳴り声に、二人は身を寄せ合った。

とうとう、クリングがいった。「ダンスはいかが？」

訳者あとがき

一九五六年に『警官嫌い』から始まった87分署シリーズも、遂に五十冊目になった。今まで三十数歳で通していたキャレラも、前作『ビッグ・バッド・シティ』では四十歳になった。今や不惑の年になったキャレラは無性に歳にこだわり、昔の事件をセンチメンタルに回顧したりする。『寡婦』あたりから暗示されだしたシリーズの幕引きになるのかと心配していたが、どうやらマクベインがまだ書き続ける気力を失っていないことを宣言したようである。

本書も、異なった事件が同時進行するモジュラー型になっているが、今までと少し違う。首をくくられた元看護士だった老人、白昼公然とガンマンに撃たれる密告屋、ナイフで刺されたキャバレーのゴーゴーガール、ひっそりとひとり暮らしをしていて首の骨を折られた老婦人……。最後の事件は20分署の管轄だったが、虫が知らせたシャナハン刑事が部屋を調べて意外な事実を発見する。まったく関係がない四人の被害者と、まったく異なった手口で行なわれた殺人が目に見えない絆で繋がっていた……。その絆が最後にときほぐされて行く。初めからよく構想をねらないと、こうしたプロットは生まれない。

マクベインは、自分の誕生日（十月十五日）にこだわったのか、本書は十月が舞台になる。ただ、直井明氏が著書の『87分署グラフィティ』や、『87分署シティ・クルーズ』で指摘しているように、本書も原文の日取りにはかなり混乱があった。明らかに誤まりと思われたものは訂正した。

『ビッグ・バッド・シティ』では、キャレラの父を殺したソニーが射殺されて事件にけりがついたが、本書では長年にわたってキャレラの陰の片腕になっていたダニー・ギンプが殺されてしまうのは、いささかショック。そのかわりというか、二人のスミレ色の目の検視官、ポールとカール・ブレイニーが、双生児だったということで読者を安心させてくれるだろう。一緒に組むときまって誰かが負傷するので縁起が悪いと思われていたウィリスは、今度は踏みこみの際、当人が撃たれてしまう。病室で夢想するのは『毒薬』『ララバイ』『晩課』でおなじみのマリリン・ホリスである……。

本書で活躍するのは、意外や、オリー・ウィークス。いつの間にか83分署から88分署勤務になった。87分署に転勤したがり、しょっちゅう出しゃばってキャレラに毛嫌いされているはずだった。『カリプソ』で、凶漢と対決した時、「撃ってみな、仲間がおまえを穴だらけにしてくれるぞ」と啖呵を切ったかたわらで、キャレラは相手が本当に撃ってくれないかと半ば希望しながら息をこらしていたくらいである。

自分がデブであるのは自覚していて、ただ誰もがそれを口に出さないのは尊敬しているからだと思っている。傲慢・横柄、気の弱い被疑者はオリーの前に引きたてられるとすぐ自白してしまうくらいおそろしい。街をのっしのっしと歩くときは上衣をはだけてナインを見せびらかす。ケチなヤクザは彼の姿を見ただけでこそこそといなくなってしまう。いまにも飢饉がくることを怖れているような大食いで、ガツガツやるからこぼした食物でネクタイと上衣はしみだらけ。ところかまわずオナラとゲップをするし、風呂に入ったためしがないからそばに寄ると臭い。本人は結構ユーモアがわかるつもりで、本署の殺人課の刑事モノハンを平気でからかうし、ジョン・ウェインの口調を真似てみたりするがW・C・フィールズ調になってしまう。バーではバーテンをおだててたかるし、レストランではかわいこちゃんにお世辞を使ってちょっかいを出す。目が覚めたら裸の美人が横に寝ていても悪くないとほざく。聞き込み先ではおばさんにねだってバナナのフライをせしめ、色っぽい女だと思うとピアノを五曲だけ教えてくれと口説きの口実にする。死人の部屋にいるのは平気で（オナラを気にしないから）、殺された女の子のパンティのにおいを嗅いだりする（清潔かどうか人柄をみるため）が、被害者の親の名前が割れるのは困る（電話をするのが嫌だから）。こちこちの人種差別論者で、ニガーと呼んでなんで悪いかとひらきなおる。

しかし、刑事としては辣腕、プロの鏡。他の刑事の嫌がる危険な街の夜歩きも平気だし、〝ひでえ〟街では尊大さを捨てるくらいの頭も持っている。連日連夜、足を棒にしての聞き込みが空振り続きでケチな事件だからとあきらめかけても、気を取りなおしてねばり抜く。犯人の手がかりを掴む動物的嗅覚本能はたいしたもので、『ビッグ・バッド・シティ』では、駐車違反の切符からキャレラをねらうソニーを探しあてる。

本書では、87分署が総動員で空港の航空便を調べるという大ポカをやっている中で、オリーは孤軍奮闘、事件解決の鍵ヒューストンが実はアメリカでなくロンドンだったということを探しあてる。こともあろうに87分署の刑事部屋で、拝聴する常連の刑事達に囲まれ、トークショーよろしくミスを説くかっこいいシーンまで用意されている。

87分署シリーズがロングランになった理由は、平凡な刑事達である。国の権力が衆民の味方でなかった時代、犯罪小説ではフィリップ・マーロウやサム・スペードのような権力の手先でない私立探偵がヒーローだった。第二次大戦と朝鮮戦争の後、市民達は犯罪に満ちた大都市で自分達を守ってくれるのは警察しかないことに気がついた。凶悪犯を退治するには、スペシャリスト達がチームを組んで活動しなければ駄目だということがわかったのだ。87分署シリーズでは、ベテランの刑事から科研の技手達までが地味な捜査を積み重ねて犯人を追いつめて行く。その刑事達は、悩み苦しみ楽しむ平凡な日常生活を送っている市民達と同じ人間なのだというリアリティが、大都市の住民達の共感を生んだのだろう。

それだけに、87分署のファミリー達は、ハードボイルドの英雄《ヒーロー》のように格好よくない。犯罪捜査の大きなしがらみになっている刑事訴訟法の諸規定の遵守に汲々としている。犯人に黙秘権と弁護士選任権を告げる必要があるミランダ告知には、ことに神経質になっている。『ビッグ・バッド・シティ』ではアパートの管理人に被害者の部屋に入るのを拒否され、令状を取っている間に誰かに重要な手がかりの手紙をさらわれてしまう。ところが、オリーは〝毒の木の教訓〟など糞くらえである。『稲妻』では、びびるキャレラを尻目に扉を蹴破り、後で空巣が入ったことにすればいいと、家探しして犯人をつきとめるカレンダーを発見する。

本書では〝要注意箇所〟になっている教会で、腹に一物ある煽動家の牧師に立ち入りを拒否され、キャレラは玄関先で、雨でびしょ濡れになっている。オリーは恐喝まがいの手口で、それを突破してしまう。刑事訴訟法を遵守するあまり、みすみす犯人を逃がしている刑事達の腑甲斐無さにそこまでしなくてもいいじゃないかと思う読者の鬱憤《フラストレーション》を吹きとばしてしまうようなオリーの活躍ぶりである。

87分署シリーズに、ニュー・スターの誕生か？　これからが楽しみである。

ミステリの翻訳に不馴れな訳者が、マクベインの近作二冊を訳し終えたのは、ひとえに早川浩社長の御好意と編集の川上純子さんの厳しいチェック、直井明さんの御教示と、不明なところをいちいちアメリカの知人に問い合わせて調べるなど翻訳に御協力いただいた大野尚江さんのおかげである。心から感謝したい。

HAYAKAWA POCKET MYSTERY BOOKS No. 1695

山《やま》本《もと》博《ひろし》

1931年生　早稲田大学大学院法律科修了
弁護士・著述業
訳書
『ビッグ・バッド・シティ』エド・マクベイン
『マクベス夫人症の男』レックス・スタウト
『ロスト・ジェネレーションの食卓』スザンヌ・ロドリゲス＝ハンター（監訳）
（以上早川書房刊）他多数

この本の型は，縦18.4センチ，横10.6センチのポケット・ブック判です.

検印
廃止

〔ラスト・ダンス〕

2000年11月10日印刷　　2000年11月15日発行

著　者　エド・マクベイン
訳　者　山本　博
発行者　早川　浩
印刷所　信毎書籍印刷株式会社
表紙印刷　大平舎美術印刷
製本所　株式会社川島製本所

発行所　株式会社　早川書房
東京都千代田区神田多町2ノ2
電話　03-3252-3111（大代表）
振替　00160-3-47799
http://www.hayakawa-online.co.jp

〔乱丁・落丁本は小社制作部宛お送り下さい
送料小社負担にてお取りかえいたします〕

ISBN4-15-001695-X C0297
Printed and bound in Japan

ハヤカワ・ミステリ〈話題作〉

1688
表と裏
マイクル・Z・リューイン
田口俊樹訳
スランプの中年作家ウィリーは、探偵気どりで殺人事件の調査の真似事に没頭し始めるが……巨匠が放つ、脱ハードボイルドの異色作

1689
寄り目のテディベア
エド・マクベイン
長野きよみ訳
〈ホープ弁護士シリーズ〉著作権訴訟の渦中にある玩具メーカーの社主が射殺された。容疑者の女性デザイナーには意外な秘密が……

1690
ベウラの頂
レジナルド・ヒル
秋津知子訳
〈ダルジール警視シリーズ〉ダムに水没する村で、三人の少女が失踪した……十五年後、村人が移り住んだ村で再び少女失踪事件が！

1691
ビッグ・バッド・シティ
エド・マクベイン
山本　博訳
〈87分署シリーズ〉連続空き巣〝クッキー・ボーイ〟を追う一方、キャレラたちは公園で修道女が絞殺された事件の捜査に奔走する。

1692
泥棒は図書室で推理する
ローレンス・ブロック
田口俊樹訳
〈泥棒バーニイ・シリーズ〉貴重なサイン本を狙い、大雪に閉ざされたカントリーハウスへ。だがまたしても奇怪な殺人事件に遭遇！